Huguette Clara

SELON LE FEU

CHRONIQUES DE COURAURGUES
TOME 1

roman

En application de l'art. L.137-2.-I. du code de la propriété intellectuelle, toute reproduction et/ou divulgation de parties de l'oeuvre dépassant le volume prévu par la loi est expressément interdite.

© CLARA Huguette, 2025

Relecture et corrections : Claude Damais, Anne Damais-Cepitelli

Autres contributeurs : Serge Pesce , Sophie Reynier-Clara, Jean Louis Clara

Édition : BoD · Books on Demand, 31 avenue Saint-Rémy, 57600 Forbach, bod@bod.fr
Impression : Libri Plureos GmbH, Friedensallee 273, 22763 Hamburg (Allemagne)
ISBN : 978-2-3224-7798-2
Dépôt légal : Avril 2025

Les voies de ce monde lui apparaissaient sous l'aspect de lignes entrelacées formant un dessin compliqué. Il n'était donné, ni à lui, ni à aucun autre mortel, d'en ordonner le tracé, ou de le contrôler. La vie et la mort, le bonheur et le malheur, le passé et le présent, formaient un ensemble inextricable.

Karen Blixen

Non loin de la frontière du Comté de Nice qui vient d'être rattaché à la France, à Couraurgues dans un coin isolé du monde, des patriotes italiens ont épousé les idées de Mazzini et déploient leur activité clandestine pour la cause de l'unité de leur pays. Lorsqu'un cadavre est découvert dans la montagne qui surplombe le village, le jeune inspecteur Charles Debrume est chargé de l'enquête. Ses observations le mèneront de déboires en aventures, à faire la rencontre d'une femme étrange. En apprenant à la connaître, il se retrouve face à lui-même, un inconnu dont il essaiera de comprendre le mystère.

C'est une histoire où l'on voit souvent les choses du bout d'une lorgnette, où l'on cherche à comprendre la vie en voulant oublier l'existence de la mort, où la réalité se défait peu à peu et tombe en lambeaux, et où il ne reste à chacun qu'à en réinventer une autre plus acceptable. Cette solution paraît la seule issue quand la communication entre les êtres est impossible, et l'amour une illusion fabriquée par des esprits réfractaires à l'oubli mais impuissants à retenir le souvenir dont ils restent cependant prisonniers sans pouvoir en faire le deuil.

C'est une histoire où seule l'évocation de certains événements qui ont jalonné l'histoire du Risorgimento italien appartiennent (désastre de Sapri en 1857) à la réalité historique. Le reste étant pur fruit de l'imagination…

1

Novembre 1861 – Couraurgues

Il ne devrait comprendre que plus tard pourquoi, ce jour là, il eut le sentiment qu'il ne cesserait plus jamais d'avoir froid. L'hiver n'avait pas encore commencé, l'automne finissant lui cédait lentement la place. Mais le froid qu'il ressentait ne tenait pas à la saison. Quand il avait pénétré son âme, il sut qu'il ne la quitterait plus : il le reconnaissait, il avait déjà eu à faire à lui. Qui d'ailleurs ne l'avait pas ressenti un jour ? Depuis la nuit des temps, il s'abattait sur les humains qui le redoutaient et le recherchaient à la fois, comme s'il n'y avait que lui à pouvoir les rassurer sur leur propre existence, ce froid qui avait le goût du malheur.

Charles Debrume était alors un jeune inspecteur de police en début de carrière : comme on est à son âge, avec une haute estime de sa fonction et de son rôle dans la société. Il venait d'être chargé de sa première enquête. Elle concernait un cadavre découvert à Couraurgues, sur la montagne du Couron, dans l'arrière-pays. Une montagne déserte, habitée seulement par de grands rochers gris, ces monuments élevés à la gloire des nuages et des étoiles. C'est en amorçant la montée sur les sentiers qui partent à l'assaut du Couron qu'il eut conscience du froid.

Ce n'était pourtant pas un cadavre qui l'impressionnait. Dans son métier, il les fréquentait de près. Les morgues en étaient pleines. On lui avait appris à piller leur dépouille sans souci de les déranger. Après quelques années de pratique, il vivait avec eux dans une sorte d'intimité inconcevable pour le commun des mortels. Mais celui pour qui il était là aujourd'hui, abandonné aux bêtes sauvages en pleine montagne et dans le froid, avait quelque chose de tragique et de déroutant. En attendant les ordres, on l'avait laissé dans le creux du rocher où on l'avait trouvé, en prenant soin de pousser une pierre devant l'orifice pour éviter de nouvelles déprédations des animaux carnassiers.

Ses restes démontraient, s'il en était besoin, la vulnérabilité d'un corps humain. Cependant, les mutilations et la dégradation des chairs étaient telles qu'elles ne permettaient pas de déceler l'origine des blessures. L'inspecteur mit un moment avant de reconnaître, sous les couches de sang noir et les peaux parcheminées, un bout de doigt rongé, étrangement levé, qui semblait indiquer une direction, donner un avertissement, ou pourquoi pas, désigner quelqu'un. Ce qui n'avait plus rien d'une main contenait un résidu de vie, porteur d'une signification qui méritait d'être connue. C'était le message que lui envoyait le mort. L'inspecteur décida qu'il était nécessaire d'en tenir compte : il lui fallait bien trouver quelque chose par quoi commencer son enquête devant le désarroi qui le gagnait.

Il avait pensé, par ce détachement professionnel où il se trouvait livré à lui-même pour la première fois, qu'il allait pouvoir donner à sa carrière l'élan qu'elle réclamait. Croire à l'importance de son rôle était une réponse à ce monde où le sarcasme finissait d'ensevelir les décombres d'enthousiasme et d'héroïsme auxquels personne, depuis longtemps, ne croyait plus. La causticité des mots avait raison des sentiments. On pouvait rire de tout : il ne restait donc que la foi pour continuer à exercer un métier quel qu'il soit, la foi qui relevait de l'irrationnel. Il se proposait de la cultiver sans sourciller.

L'odeur du cadavre en décomposition se mêlait à celle de l'hiver naissant. La mort et le froid trouvaient leur union dans le silence du paysage minéral presque blanc à force de grisaille. Les rochers qui le composaient possédaient un silence particulier où il entendait résonner les cris de l'agonie comme il les eût entendus au milieu d'un champ de bataille. Le temps d'un éclair il lui semblait voir les charniers que les armées napoléoniennes revenant de Moscou laissaient derrière elles, les soldats en haillons, sanglants et affamés se dévorant entre eux, les corps n'en finissant pas de mourir dans la boue et la neige, déchiquetés par les armes. Il voyait l'horreur du monde, son ignominie, là, dans le silence de cette montagne pourtant si paisible, si loin du monde. Il avait eu de la chance d'être né après de tels carnages. Il ne savait pas ce que réservait l'avenir. S'il espérait que la guerre épargnerait les nouvelles générations, il n'avait pas assez de naïveté pour croire que la faiblesse des hommes pourrait être un jour conjurée. Et la guerre était leur plus grande faiblesse.

Aux côtés de ses compagnons, l'inspecteur Charles Debrume avait marché dans la montagne à la rencontre du brouillard qui glissait lentement le long des pentes. Les chemins étaient luisants d'humidité, comme s'il avait plu. Les halos de leurs respirations se fondaient dans la brume. Et leurs personnes semblaient y flotter comme dans du coton. On n'entendait que le bruit des pas sur les cailloux. Ils étaient peu nombreux : le docteur Courbet, médecin du village, et deux hommes de peine avec un brancard, chargés des diverses manipulations. Jusque-là, la préfecture avait demandé que le corps ne fût pas déplacé. C'est pourquoi ils cheminaient, dans le brouillard, pour examiner le cadavre, avant de le ramener au village.

Charles Debrume n'avait été informé de cette mission que deux jours auparavant. Il avait aussitôt quitté Nice pour Couraurgues. On était sans nouvelles de l'inspecteur Claude Avrillé depuis qu'il avait été dessaisi d'une affaire qui l'avait amené à séjourner longuement à plusieurs reprises dans ce village de Couraurgues sur les terres duquel se trouvait le corps. On avait pensé que cette coïncidence n'était pas sans signification : il fallait s'assurer qu'il ne s'agissait pas de sa dépouille.

Lancé sur les traces de son prédécesseur, le jeune inspecteur avait bon espoir de réussir dans sa mission malgré l'absence de tout signe distinctif qui pût le mettre sur la voie de l'identité du cadavre. Il avait une confiance absolue dans les nouvelles méthodes dont la police disposait et auxquelles il avait eu la chance d'être formé. Il prélèverait des lambeaux d'étoffe pour les faire analyser en laboratoire. Concernant l'examen des restes du corps, il lui faudrait s'en tenir pour le moment aux observations du Docteur Courbet qui ferait office de médecin légiste. Après quoi il ferait procéder sans plus attendre à l'inhumation.

Au premier examen, si l'on pouvait déduire que la mort de la victime avait été violente, on ne pouvait affirmer qu'elle était ou non accidentelle. Elle pouvait très bien ne rien devoir à la cruauté des hommes, et tout à celle de la vie. Ce qui était sûr c'est que l'homme avait fait une chute du haut de la falaise au pied de laquelle se trouvait sa provisoire sépulture.

Qui était la victime ? On pouvait seulement avancer que ce n'était pas celle d'un villageois, aucune disparition n'ayant été signalée. La logique permettait de supposer que s'il ne s'agissait pas de son prédécesseur, il pouvait s'agir d'un étranger, d'un berger ou d'un valet de ferme venant d'un autre village à la recherche d'un travail saisonnier, d'un colporteur ou d'un quelconque voyageur de passage. L'inspecteur devait s'en tenir à la plus stricte logique, comme on le lui avait appris. Mais il lui apparut très vite que les villageois n'avaient aucun doute sur l'identité du mort. Pour eux, il s'agissait de l'inspecteur Claude Avrillé qui avait passé des mois à hanter leurs rues et à les surveiller comme des malfaiteurs. Il avait fatalement dérangé ceux qui avaient quelque chose à cacher.

Les supérieurs de Charles Debrume avaient la certitude que, s'il ne s'agissait pas d'Avrillé, il s'agissait de quelqu'un qui avait à voir avec l'affaire dont il s'occupait et dont il avait cessé de rendre compte. En effet, pourquoi son enquête l'avait-elle amené ici et qu'avait-il fait de ce qu'il y avait trouvé, dont il n'y avait pas de trace dans ses derniers rapports ? Le gros dossier que l'inspecteur Avrillé avait laissé remontait à plusieurs années et rassemblait des documents anciens. Il avait été remis à Charles Debrume avant son départ. Il lui faudrait lire le contenu de trois cahiers de maroquin rouge et un tas de vieilles lettres à peine lisibles qui n'allaient certainement pas lui apprendre grand chose.

Après avoir pratiqué de minutieuses observations autour de la victime, l'inspecteur s'était mis à marcher de long en large à l'aplomb de la falaise, balayant du regard le chaos de pierres et de rochers qui s'étendait à l'infini sous ses yeux. Quand il sentit autour de lui une certaine agitation, il se rendit compte que le jour avait baissé. La nuit ne tarderait pas à tomber. Il donna alors ordre de déposer le corps sur le brancard que les hommes de peine avaient amené.

Il se tint à l'écart pendant ce transfert, essayant de rassembler ses idées. Mais il ne pouvait penser qu'à une chose : le froid, qu'il essayait en vain de tenir à distance depuis le jour où Céleste l'avait laissé seul aux prises avec la vie, il retrouvait intact ici. Il avait repris son âme tout simplement sur les pentes de la montagne du Couron qui dominait Couraurgues de sa masse de pachyderme au repos. Il devrait le subir tant que durerait son séjour à Couraurgues : quelque chose, dans le silence des pierres, avait ramené à lui le désespoir.

Alors que le docteur Courbet lui annonçait qu'on était prêt à redescendre, Charles Debrume comprit qu'il avait passé, sans le savoir, une ligne de démarcation. Une ligne au-delà de laquelle les choses ne pouvaient plus être contenues car elles ne se ressemblaient plus. Il l'avait enjambée en toute innocence et sans aucune prudence. Et il eut la certitude que sa vie ne serait plus jamais la même.

2

L'inspecteur Charles Debrume ne connaissait pas les terres de l'arrière-pays. Il ne tarderait pas à découvrir leur austérité due autant à leur isolement géographique qu'à l'ascétisme des populations qui les avaient modelées depuis la nuit des temps. Les premières paroles du docteur Courbet n'avaient pas été encourageantes : « Les soirées d'hiver sont tellement longues et solitaires… Vous aurez tout le temps, lui avait-il dit en ébauchant un sourire. Peut-être trop de temps… », avait-il ajouté avec une inflexion plus grave, comme quelqu'un qui connaît la question.

L'inspecteur avait quitté Nice la veille, sans avoir eu le temps de préparer ses malles et sans savoir pour combien de temps il resterait absent. Il espérait laisser derrière lui la piteuse existence qu'il menait depuis son deuil. Cette mission arrivait à point nommé pour le sauver d'une ville où il ne trouvait pas de quoi donner à sa nouvelle fonction l'allure de sacerdoce qui l'eût aidé à surmonter la cruelle douleur que lui causait la disparition de Céleste, sa jeune épouse. Mais sans doute la ville elle-même, bouleversée par le changement politique qu'elle subissait, ne pouvait permettre à personne d'y trouver une quelconque place.

Arrivé dans la petite ville de V, il apprit que la poste pour le village de Couraurgues ne partait que le lendemain matin de bonne heure. Il se résigna à y passer la nuit. C'était ici sa dernière étape, le dernier bastion de la civilisation et des terres habitées avant la montagne où il ne savait pas ce qu'il allait trouver. Le maître de poste n'avait pas de chambres à louer. Mais, plein de bonnes intentions, il lui avait conseillé une maison où il pourrait prendre du bon temps avant de finir la nuit dans l'auberge de la ville vieille qui en était la plus proche. Cependant, l'inspecteur ne pensait pas à se distraire. Il avait à lire le fatras de paperasses laissées par l'inspecteur Avrillé. Et il prévoyait que cette lecture n'était pas une mince affaire à la vue de l'écriture fine qui lui arracherait les yeux sous la lampe. C'était pourtant sa seule source d'information, son supérieur direct étant resté muet au sujet d'Avrillé quand il avait eu l'audace de le questionner. D'après ce qu'il en avait entendu dire par ses collègues, Claude Avrillé était un homme taciturne qui ne se laissait pas approcher et semblait toujours détenir quelque vérité dont dépendait le sort de l'humanité. Et il n'avait que cela, à part le gros dossier, pour découvrir les raisons de son silence, voire de sa disparition.

En vérité, il ne s'inquiétait pas pour Avrillé qu'il n'avait jamais côtoyé. Ce qui lui importait, c'était d'être à nouveau sur une piste après de longs mois d'ennui et d'errances dans cette ville en chantier. Sa seule distraction avait été la rencontre des belles anglaises qui promenaient leur flegme légendaire au soleil, le long du chemin qui bordait la plage, en faisant tourner sur leur épaule l'ombrelle que leur main gantée de dentelle retenait avec nonchalance. De ces longues marches dans la ville, il n'avait tiré que dégoût de lui-même. Quelque regard bien pesé lui renvoyait à la face l'indigence de son habit lustré d'usure, et il ôtait son gibus passé de mode d'un geste trop gauche pour susciter quelque intérêt de la part des dames. D'ailleurs il préférait se contenter d'observations sans s'avouer qu'il cachait son dépit derrière la curiosité scientifique du limier professionnel. Il faisait donc mine de s'intéresser au paysage urbain en pleine transformation. Les promenades au soleil d'hiver, le long du rivage, lui permettaient de surveiller l'avancement des travaux des villas et des grands palaces dont la ville allait se couvrir en quelques décennies. Française depuis un an, elle se développait sous l'impulsion d'une aristocratie nouvellement arrivée de la capitale et qui trouvait dans la politique du deuxième empire quelque manière d'assouvir son besoin de luxe et de vie facile sous le soleil de la Riviera.

Aujourd'hui, le bord de mer n'était plus le seul domaine des pêcheurs. Mais ceux-ci, bien que rustres, étaient dans le nombre des indicateurs de la police. Debrume allait leur parler à l'heure où ils étaient réunis sur la plage, à l'ombre de leurs pointus, assis sur les galets, ravaudant leurs filets. Ils avaient le même mépris pour lui que les belles aristocrates et leurs paroles bourrues ne lui apportaient pas grand-chose. Il glanait cependant quelques détails concernant les familles nouvellement arrivées et que la police avait la charge de surveiller en toute discrétion. Les pêcheurs avaient plus de familiarité que lui avec les jeunes filles qui accompagnaient leurs mères, les longues après-midis, sous l'ombre des pergolas construites pour protéger leur peau blanche et rose. Ils tenaient leurs informations de leurs épouses ou de leurs filles placées en ville, comme cuisinières ou femmes de chambre. Leurs propos laissaient percer le sarcasme naturel à leur langue que l'inspecteur Debrume avait du mal à comprendre. Il fallait se contenter de cette moisson de ragots.

Debrume ne connaissait rien de cette étonnante région où il était arrivé depuis peu. Il avait seulement entendu parler de contrastes flagrants entre une zone et l'autre et en particulier entre la côte et l'arrière-pays dont on lui avait vanté la rudesse du climat et des habitants. Il s'était donc apprêté à rencontrer des sauvages qui ne parleraient pas sa langue quand il quitterait cette ville qu'il n'aimait pas.

A V, il n'avait pas trouvé de chambre au relai de poste et il se décida pour l'auberge que le maître de poste lui avait indiquée à l'intérieur des murs. Il avait franchi une porte en arc brisé percée dans la muraille médiévale et s'était perdu dans un dédale de petites rues noires. Il avait eu quelque mal à trouver l'endroit, mais il avait fini par le dénicher derrière les hauts murs de la cathédrale. Il avait demandé à l'aubergiste de lui servir un repas chaud devant la cheminée. L'automne était déjà avancé et les températures n'étaient pas les mêmes qu'à Nice. Le voyage en voiture sur les routes creusées d'ornières l'avait fatigué. Bientôt le chemin de fer amènerait quelque confort pour les fous qui voudraient s'aventurer dans ce pays éloigné de toute civilisation. Il en avait vu de loin le chantier. Il espérait toutefois que son enquête aurait pris fin bien avant de pouvoir bénéficier de ce nouveau moyen de transport.

C'était dans cette chambre sombre de la vieille auberge qu'il avait commencé à déchiffrer l'abondant fouillis de notes de Claude Avrillé. Il avait dû réclamer avec insistance une lampe à pétrole, la chambre n'étant dotée que d'une chandelle en fin de vie. Mais cela allait avec le reste de la ville où l'on ne semblait pas vivre dans l'abondance. Il espérait qu'à Couraurgues on serait moins pingres.

Les trois cahiers de maroquin rouge étaient ficelés par un lien de cuir dont il avait eu du mal à défaire le nœud. Une enveloppe jaunâtre, en papier épais, en était tombée. Claude Avrillé y avait inscrit de sa main : « *Lettres d'Adalberto-Angelo Bonacci da Corsan à Elodie son épouse, 1848-1854, transcrites et traduites par l'inspecteur Claude Avrillé* ». Une note précisait que les originaux avaient été déposés à la préfecture de police et avaient été déchiffrés par ses soins. Il avait mis des années avant de découvrir la clé du code. Il espérait être récompensé bientôt de ce long travail car il était sur le point de démanteler un réseau clandestin dont il ne pouvait encore parler. Les lettres n'étaient pas toujours datées avec précision, mais il les avait soigneusement numérotées et ordonnées selon la chronologie des évènements auxquels elles faisaient allusion. D'un bout à l'autre de ces cahiers la calligraphie d'Avrillé était la même, longue et étroite, barrée de traits énergiques et ornée de lourdes boucles qui la rendaient fastidieuse à débrouiller. Debrume en était rebuté d'avance par l'esprit tortueux qu'elle dénonçait et auquel il allait devoir se confronter. Mais il devait pourtant s'y atteler.

    Son attention fut aussitôt retenue par l'insignifiance des événements relatés. Mais il passa outre, pensant qu'ils devaient avoir une quelconque importance puisque l'inspecteur s'était appliqué à les mentionner et qu'il la comprendrait plus tard. Tout d'abord, Claude Avrillé mentionnait la présence d'une arme dans une bastide située à l'extérieur du village. Il l'avait eue en main. Sa description en était minutieuse. Il s'agissait d'une arme ancienne, un modèle datant des années trente et dont les insurgés de quarante-huit avaient possédé des exemplaires, notait Avrillé. Sa présence dans une bastide, située en pleine montagne, le questionnait. Elle n'était pas habituelle chez des paysans qui ne possèdent tout au plus qu'une escopette pour tirer les lapins de garenne. La façon dont Avrillé avait eu vent de son existence n'était pas mentionnée. Plus loin et à plusieurs reprises Avrillé décrivait minutieusement des feux de cheminée qui avaient eu lieu dans la même bastide. Debrume passa rapidement, les feux de cheminées étant, somme toute, des incidents courants de la vie domestique. Où voulait en venir Avrillé ?

    Mais la suite lui sembla plus intéressante et pleine d'étrangeté : Avrillé rapportait le compte-rendu des interrogatoires qu'il avait menés auprès des villageois d'une année sur l'autre. Ils avaient signalé des manifestations insolites, jamais vues auparavant, et survenues chaque année à la même période, en particulier des vols nuptiaux d'oiseaux de nuit qui éveillaient tout le village. Mais il y avait eu également la visite d'un troupeau de cervidés aux pieds des remparts. C'était un troupeau de plusieurs dizaines de têtes dont on ne se doutait pas qu'ils existaient encore : jusque-là seuls les vieux bergers avaient témoigné de leur présence autrefois autour du village et voilà que tout à coup ils réapparaissaient. Par ailleurs, une nuit où elle s'était aventurée hors de sa maison qui se trouve juste sur les remparts, la mère Bastour avait vu des petites lumières jaunes qui, de la lisière de la plaine du Can, avançaient lentement vers le village par centaines. Ce n'est que lorsqu'elles avaient atteint le pied des remparts qu'elle avait compris qu'il s'agissait de la myriade d'yeux jaunes d'une horde de loups. La vieille femme avait aussitôt semé la panique dans le village où l'on n'avait plus crié aux loups depuis des décennies. Dès l'aube on avait organisé une battue qui n'avait rien donné. Les loups avaient disparu aussi vite qu'ils étaient apparus. Avrillé notait également l'inquiétude de la population quand un troupeau de sangliers avait détruit des champs de sainfoin et d'orge, labouré des plantations de pommes de terre et réduit à néant quelques champs de blé qu'on avait tant de mal à faire pousser. Cela était signalé sur ses cahiers, à des dates différentes. On parlait avec le plus grand sérieux de loup-garou et autres monstres. Avrillé notait avec humour qu'il n'était pas étonnant que l'on pensât aux sorcières et aux drames des légendes qui hantent encore les populations reculées. Pourquoi cela avait-il semblé l'amuser ? Or, s'il avait jugé risibles ces récits des courauguais, cela aurait pu expliquer qu'il ait quitté le village une bonne fois pour toutes sans jamais plus y revenir, jugeant qu'il lui fallait bâcler au plus vite cette affaire. Mais ce n'avait pas été le cas. Il était revenu à Couraurgues deux années d'affilée et il avait noté le moindre détail des récits des villageois, preuve qu'il les considérait importants, sans pour autant en préciser la raison.

Quant à Charles Debrume, il se demandait quelle direction il devait donner à son enquête et si ses supérieurs n'avaient pas voulu le mettre à l'épreuve en lui faisant une farce quelque peu douteuse. Jeune inspecteur débutant, peu expérimenté, on le donnait en pâture à la sauvagerie de ces terres où le progrès de la science et le règne de la raison n'avaient pas encore supplanté les croyances ancestrales et les superstitions afin de le ridiculiser. Mais par ailleurs, Avrillé avait pris beaucoup de peine en remplissant ses cahiers de ces absurdités, et il savait qu'il lui faudrait compter avec elles et qu'il n'était pas au bout de ses peines.

Après avoir constaté, avec quelque étonnement, que de nombreuses pages avaient été arrachées des carnets d'Avrillé, il souffla la lampe. Il continuerait longtemps de se poser des questions sur ces pages fantômes qui avaient été retirées à la curiosité des successeurs éventuels de l'inspecteur et qui avaient peut-être contenu l'essentiel de ses découvertes. Mais il remit ses questions à plus tard. Il se déshabilla dans le noir et se glissa dans des draps qu'il fut étonné de sentir propres et empesés. Il s'endormit en pensant à la soi-disant énigme qu'on lui avait donné à résoudre. Quant au pistolet trouvé dans la bastide, la certitude qu'il aurait vite fait de confondre son propriétaire actuel en lui faisant avouer à quel voyageur de passage il l'avait volé lui rendit la tranquillité nécessaire au sommeil. Il ne pensa plus à Avrillé. Il choisit de se tourner du côté de la ruelle, résolu du même coup, par cette stratégie qu'il n'est pas le seul à employer, à tourner le dos au problème.

3

Les lettres d'Adalberto Bonacci da Corsan, gentilhomme piémontais, à son épouse Elodie écrites sous le pseudonyme de Ange Bonnet, ont été compilées et décryptées par l'inspecteur Claude Avrillé.
<u>Première lettre d'Ange Bonnet à son épouse.</u>

Paris, le 26 juin 1848

Mon aimée,

Voici sans doute ma dernière lettre. J'écris à la lueur d'un soupirail qui laisse entrer une lumière blafarde dans cette fosse où nous sommes nombreux à attendre. J'ai pu garder miraculeusement sur moi de quoi écrire ainsi qu'un peu d'argent qui m'aidera à monnayer le passage de cette lettre. Je termine ma vie loin de toi et de notre pays, dans une prison parisienne. Ma seule consolation reste d'être allé jusqu'au bout de mon engagement et d'être resté fidèle à mon idéal.

Le jour ici ne dure pas longtemps. La nuit n'en finit pas, longue comme notre attente. Elle coule, lente, le long des heures, noire comme le cloaque que nous avons traversé avant que les gendarmes ne nous prennent. Elle a l'odeur fétide de ce qui nous attend, sang, misère, humiliation puis la mort.

Nous avons perdu notre bataille pour la liberté. Le sang versé n'a servi à rien. J'ai encore dans les oreilles le bruit de l'agitation avec laquelle nous avons monté les barricades. Je ressens encore l'anxiété qui battait dans nos veines avec notre sang. Je revois défiler les heures précédant l'action. Alors que nous pensions que rien ne devait plus arriver, nous avons entendu, au petit matin, le pas des soldats sur le sol humide. Et la première salve a déchiré le silence ainsi que nos cœurs. Nous avons tiré jusqu'à ce que nos munitions soient épuisées. Nous avons tué des frères qui auraient pu être à nos côtés puisque, simples soldats, ils étaient comme nous, issus de la misère. Nous avons tué pour rien. Cette révolution n'aura été utile à personne. La violence, encore une fois, n'aura engendré de la douleur et de l'effroi que pour s'assouvir elle-même.

Refusant de nous rendre, nous avons tenté notre dernière chance. Nous avons essayé de fuir par les égouts dont Paris possède un réseau serré, et que l'un d'entre nous connaissait bien pour avoir travaillé à leur construction. Piégés comme des rats, nous fûmes pris à la sortie. Inutiles, ridicules, couverts d'immondices, puant plus que des fauves, nous avons été conduits dans cette prison où depuis des jours nous attendons le verdict.

Certains semblent tenir de source sûre que nous serons exilés dans des geôles lointaines. Nous embarquerons à Toulon. Nous y serons conduits, liés à des entraves et tirant notre boulet jusqu'à épuisement, traversant, à pied, villes et villages, sous les quolibets de la population, comme des bagnards, des proscrits. D'autres disent que nous serons passés par les armes. Cette éventualité me semble plus probable. Nous saurons demain matin ce qu'il en sera de nous. L'aube qui suivra cette nuit, la plus longue de notre existence, scellera notre destin.

Je compte les gouttes d'eau qui suintent de la pierre de notre cachot. Elles font en tombant un petit bruit à peine perceptible. L'une après l'autre, elles se succèdent avec la lenteur de la nuit qui s'écoule, cette longue nuit qui nous défait déjà en nous entraînant vers notre mort.

Suis-je prêt à mourir ? Je n'ai pas de haine, aucun regret. Seulement ce goût amer dans la bouche. Et dans l'oreille le bruit lancinant des gouttes d'eau qui se détache des autres bruits. Nous sommes nombreux. On entend cliqueter des chaînes au moindre mouvement, on entend les respirations, les râles. Parfois un soupir emplit l'air puant de la prison sans apporter à celui qui l'émet quelque réconfort. Ce sont les bruits de la vie qui vibre pour quelques heures encore. Et derrière eux, celui des gouttes d'eau qui s'égrènent, ce bruit fuyant comme le temps et qui me rend fou...

Je ne sais si cette lettre te parviendra un jour. Mais je veux que tu saches qu'en ces moments, les derniers de ma vie, c'est à toi seule que je pense. Je meurs avec ton amour pour seul viatique. Je sais que tu n'oublieras pas ton compagnon de peines, et que, quoi qu'il arrive, tu n'abandonneras pas la lutte pour la cause à laquelle nous avons consacré ...

4

Le lendemain Debrume s'était éveillé avant l'aube. La voiture de poste, une vieille patache brinquebalante, était en route depuis plus d'une heure lorsque, après avoir traversé un sombre vallon, les voyageurs avaient vu paraître le soleil entre deux collines. On en oublia vite la froideur des rues noires et humides de la petite ville médiévale. Avant la fin de la matinée les chevaux renâclaient dans la montée du col sous un soleil de plomb.

Tassé sur le siège de moleskine, avec face à lui un villageois endimanché, il avait désespérément essayé de trouver quelque attrait au paysage. Mais ce désert de roches ne lui disait rien. Pas un arbre à perte de vue, seulement l'éblouissement du soleil sur la blancheur des pierres que la terre avait laissées nues face au bleu magnétique du ciel. La poussière irritait les yeux, ajoutant à l'inconfort. Devant son laconisme, le villageois avait cessé de le questionner. Pour essayer de tuer le temps, Debrume pensait aux pages manquantes des cahiers d'Avrillé, comme si leur absence était porteuse de signification. Mais les cahots l'empêchaient de réfléchir.

Le cocher ayant pris la montée à trop vive allure, il avait fallu s'arrêter pour faire souffler les chevaux qui ne refusèrent pas l'avoine. Le jeune inspecteur fut étonné, en sortant de l'habitacle, de sentir dans la fraîcheur de l'air, une sorte de légèreté qui lui rendait la sensibilité de ses membres. On profita de cette halte pour se restaurer. Il se régala du gibier rôti que l'aubergiste lui avait fait préparer dans un panier pour le voyage. Il avalait son repas en même temps qu'il dévorait le paysage des yeux.

On avait pris de la hauteur. On était maintenant au-dessus des collines. De là, si l'on pouvait suivre le tracé tortueux de la route qui cheminait entre les rochers, en levant les yeux on avait, droit devant, l'immensité de la côte qui déployait ses sinuosités et ses détours. A l'infini, le ciel et la mer chantaient la splendeur de leur complémentarité. Il reconnut la pointe du Cap d'Antibes. Le vert intense des collines couvertes de forêts de chênes et de pins allait à la rencontre du bleu de la mer pour la célébration de leurs noces magiques. Une sorte de paix infinie baignait ce coin du monde.

Mais il délaissa vite la contemplation de cette vue grandiose pour le paysage minéral qu'il avait autour de lui. Celui-ci dégageait quelque chose d'indéfinissable qu'il n'avait pas perçu au premier abord et que pour l'heure il ne pouvait s'expliquer. Ce n'est que longtemps plus tard qu'il le comprendrait. Alors, il se souviendrait que c'était en ce lieu précis, lors de cette halte, que sans le savoir il avait tourné une page de son existence et qu'il avait laissé à l'abandon, continuant de s'effilocher seule, celle qui avait été la sienne jusque-là. C'était ici qu'il était entré dans un ailleurs dont le paysage qu'il découvrait était la représentation. Le lendemain, cette impression lui serait confirmée quand il ferait ses premiers pas dans la montagne, parmi les rochers abandonnés au brouillard, au froid et à la solitude, dans ces jours de l'automne finissant.

Pour l'heure, il était assis sur un rocher inconfortable, les pieds dans des touffes de thym et de sarriette déjà rabougris par le froid mais dont la puissante senteur arrivait à ses narines. Et il s'abandonnait à l'impression naissante que l'âpre nudité qui s'exposait autour de lui sous un soleil implacable contenait un mystère. Bien que dépouillé, ce n'était pas un paysage simple. Refermant le secret de sa beauté sur lui-même sans rien céder, il exaltait des émotions élémentaires qui le rattachaient à la vie. Déjà l'inspecteur se sentait irrésistiblement lié à lui. Les jours suivants pourtant, il allait vite apprendre à ses dépens que maintenir un contact avec ce pays, entrer dans l'âpre austérité de sa présence fascinatrice n'était pas une mince affaire et que pourtant, sa vie en dépendait. Mais pour le moment, inconfortablement assis sur un rocher et dévorant son en-cas avec appétit, il n'en était pas encore là. Il avait seulement l'impression de toucher du doigt pour la première fois de sa vie l'innocente et fragile beauté du monde. Et il ne voyait aucun mal à céder à la séduction de ce paysage minéral qu'il découvrait avec un certain éblouissement.

Toutefois, revenant vite à son devoir, il pensa que, si les gens étaient à l'image du pays, ils n'étaleraient pas facilement leurs secrets à la vue de tous et en particulier de l'étranger qu'il était. Pendant le reste du trajet, les mots d'Avrillé lui revinrent à l'esprit. Son écriture sautait devant ses yeux comme pour le narguer : « (…) dialogues de cerfs, vols nuptiaux des oiseaux de proie… myriades d'yeux jaunes traversant la nuit… ». Des bribes de mots qui faisaient un chaos assourdissant dans sa tête. C'était sa première enquête. Il s'apprêtait à entrer dans les arcanes du métier avec le plaisir du chien de chasse qui sent le gibier. Il était déjà sur la piste. Il allait suivre des traces, et sa vie se mettrait à ressembler à ces traces. Elle prendrait leur couleur, serait modelée par elles, se perdrait en elles, disparaîtrait, happée par ces destins qu'il allait falloir contrer, parfois malmener, pour faire régner la loi, vaincre le mal… Car, en ce temps-là, il avait encore une haute opinion de sa fonction. C'était un rôle d'envergure que celui du justicier ! Il donnait du sel à l'existence. L'idée que sa propre vie, si elle se laissait immerger en totalité dans ce rôle, risquait de s'y perdre, n'effleurait pas son esprit. Il allait droit au combat comme un bon soldat. Il croyait encore tenir son destin en main et que jamais rien ne pourrait le détourner de son devoir, ni de lui-même.

Quelques heures plus tard, la voiture de poste effectuait un arrêt au flanc de la colline. De là, il découvrit le village de Couraurgues tendrement lové au cœur de ses remparts séculaires, rosissant sous le soleil de la fin de l'après-midi. C'était le dernier repos pour les chevaux avant la traversée du pont sur le

Can et la rude montée qui allait suivre. L'air tout à coup était devenu piquant, mais le soleil encore doux et la promesse du havre tout proche le réconfortèrent. On voyait des groupes de paysans quitter les champs et remonter par d'étroits chemins muletiers vers leurs foyers, les femmes à pied, les hommes dirigeant un attelage de bœufs. Le cocher souffla dans sa trompe pour appeler les chevaux de renfort. « L'angélus a déjà sonné », remarqua-t-il et il invita les voyageurs à remonter en voiture.

Quand la patache arriva sur la place du village, le soleil avait disparu. Un calme étrange régnait. Personne pour les accueillir à part les palefreniers qui devaient aider le cocher à s'occuper des bêtes. Il faisait froid. Tout était immobile. Les cheminées fumaient. Seuls, l'odeur de feu de bois et quelques rais de lumière perçant par les interstices des volets témoignaient de la présence humaine. De la place vide partaient des rues étroites où l'on ne voyait âme qui vive. Debrume se dirigea vers l'unique auberge de la place et demanda une table et une chambre. Une servante, aux gestes lents et au buste étroit serré dans un corselet de laine le fit entrer dans une petite salle à manger. Il y faisait bon. Des meubles de noyer cirés luisaient à la lueur des flammes. La chaleur de la pièce faisait un contraste avec l'impression de sévère indifférence qui émanait de la place déserte. Ici, on se levait tôt le matin et le repos du soir était précieux, se dit-il. Il se restaura avec tant de plaisir qu'il en fit compliment à l'aubergiste. Pour toute réponse, l'homme lui dit d'un ton énigmatique qu'il espérait qu'il ne séjournerait pas ici pour rien comme son prédécesseur : « A Couraurgues, tout le monde a peur et ce n'est pas bon pour les affaires, dit-il, le regard fuyant. » Puis il se retira non sans avoir ajouté : « Ce n'est pas étonnant qu'on l'ait trouvé mort... »

Debrume préféra remettre les questions au lendemain et alla se coucher, fourbu. La nausée le reprenait en constatant qu'il devrait dédier les jours suivants aux banales nécessités de son métier, à la sempiternelle routine des interrogatoires et du protocole, et à l'intrusion dans la petite vie d'anonymes qui n'aspiraient qu'à le rester... En vérité, il se faisait toujours trop d'illusions quant à son métier. Les mystères étaient davantage dans les livres que dans la réalité et les bandits de grands chemins ne couraient pas les rues. Les villages de cet arrière-pays étaient sans doute tous emplis de gens qui, loin du monde, n'avaient rien d'autre à se mettre sous la dent que de sempiternelles légendes. Il n'était pas besoin d'être fin limier pour comprendre au premier coup d'œil qu'ici, c'était la paix qui régnait. Un ordre fait de rigueur et de coutumes régentait une population vouée à son travail dans la plus stricte platitude. Si Avrillé était venu ici par hasard et qu'il en était reparti en laissant des cahiers emplis de notes qui n'avaient débouché sur rien, c'était peut-être que ladite affaire n'en était pas une ! Que pouvait-il se passer dans un village où la vie était réglée sur les heures du clocher et où les villageois étaient de sains travailleurs de la terre qui avaient besoin comme tout un chacun de tromper l'ennui ?

Néanmoins, c'était son rôle d'entreprendre des recherches. Si elles ne permettaient pas de sauver l'humanité, elles lui permettraient au moins de mettre quelque distance entre lui-même et une existence qu'il était incapable de reconstruire sans Céleste à ses côtés. Depuis qu'elle n'était plus là, il ne savait que se laisser porter par les événements. Il faisait semblant de vivre, se saisissant de ce qui lui tombait sous la main. Il lui aurait pourtant fallu s'employer à accepter ce deuil inacceptable et à oublier peu à peu ce qui s'était passé. Si le drame qu'il avait vécu lui avait fait abandonner la ville où il était né pour ces pays du sud, il lui restait du moins à les découvrir. Sans compter qu'il était nécessaire de satisfaire ses supérieurs pour pouvoir subsister. Et pour commencer, on attendait de lui qu'il apaise les villageois au moyen de démonstrations scientifiques soutenues par un sain raisonnement et en leur promettant que la loi était là pour les protéger.

Le lendemain, accompagné de l'escorte dont faisait partie le docteur Courbet, Charles Debrume alla donc dans la montagne afin d'en ramener la dépouille qu'on y avait trouvée. Au retour de l'expédition, on espérait sans doute quelques commentaires de sa part. Mais, pour de multiples raisons, la première étant qu'il n'avait encore rien tiré de ses observations, il s'enferma dans le silence. Il ne savait pas que ce silence ressemblait étrangement à celui qu'avait observé son prédécesseur tout au long de son séjour, ce même silence qui l'avait peu à peu rendu hostile aux habitants.

5

<u>deuxième lettre d'Ange Bonnet à son épouse.</u>

Paris, le 5 août 1848

…quand serons-nous entendus ? Alors que les peuples montrent leur volonté de défendre les droits pour lesquels tant de gens déjà sont morts, les anciennes monarchies reprennent force et les accablent à nouveau de leurs injustices. Qu'en sera-t-il de notre pays encore une fois proie de l'envahisseur autrichien ? J'apprends, du fond de la prison où je me trouve toujours dans l'attente d'une sentence, le désastre de Custoza. Charles-Albert a été lamentablement écrasé par les troupes autrichiennes. Pourtant, de quel courage le peuple de Milan n'avait-il pas fait preuve lorsqu'il avait

libéré sa ville le 23 mars… ? J'imagine la liesse dans les rues. J'eusse été heureux à Milan, à ce moment-là, si ma mission ne m'avait retenu en France ! Heureux d'un bonheur fou ! J'imagine les colonnes de paysans et de villageois prévenus par ballons, confluer vers la ville pour la libérer des quatorze mille hommes de la garnison de Radestsky. Mais il n'a pas tardé à prendre sa revanche le tyran !

Je sais à quel point ces événements peuvent te toucher, mon amie. Mais il ne sert à rien de verser des larmes. Nous devons garder espoir et resserrer nos forces. Nous ne sommes pas seuls à nous battre. Combien de gens l'ont fait dans le silence et le font encore ! Soyons dignes d'eux et mettons à leur service le peu que nous avons : nos deux vies. Le don de notre fortune n'est pas à négliger non plus, car l'idéal se prend toujours les pieds dans les obstacles du matériel. Il faut de l'argent et nous avons la chance d'en posséder. Nos nobles ancêtres seraient fiers de nous voir tout sacrifier à la patrie où ils ont vu le jour.

J'ai trouvé le moyen de te faire passer ces deux lettres en toute sécurité. Les geôliers, ici aussi, aiment l'argent. Et sans doute plus que n'importe quel idéal. Il en est ainsi de la nature humaine si prompte à flancher devant les sacrifices qu'implique l'idéal… J'ai réussi, moyennant quelques pièces d'or, à contacter les nôtres. Le messager sait où te trouver. Reçois-le en toute confiance.

Quant à nous, nous attendons toujours le jugement. Des bruits continuent de courir. La Constituante a besoin de calmer les esprits et non de les attiser par des représailles. Quelque espoir nous est donc permis. Je garde à chaque instant au cœur celui de te serrer bientôt dans mes bras…

6

L'explosion eut lieu en pleine nuit. Comme elle n'avait pas réveillé l'inspecteur, l'aubergiste le félicita pour son sommeil de plomb. « Le sommeil des justes… », ajouta-t-il en le regardant droit dans les yeux, avec, dans la voix, une sorte de défi. Debrume fut étonné de le voir abandonner le ton déférent mais neutre qu'il avait employé envers lui à son arrivée. Mais il n'était pas au bout de ses surprises à son propos. L'homme profitait déjà de cette familiarité à peine établie pour lui répéter qu'ici on attendait beaucoup de lui : le village se sentait en danger. Un jour, dit-il, on ne pourrait plus arrêter le feu s'il prenait aux champs de genêts qui jouxtaient la bastide de Combeferres d'où il partait avec une régularité d'horloge. Des incidents de cette sorte avaient détruit les récoltes de familles entières l'an passé. Il était temps de se liguer contre le danger qui risquait de ruiner le pays. Et le danger tout le monde savait d'où il venait ! Il fallait avoir été aveuglé par le charme de certaine personne pour n'avoir rien vu, - ne pas avoir voulu voir ! L'inspecteur Avrillé, c'était bien dommage pour lui, l'avait sans doute payé de sa vie. Voilà ce qu'il en coûte aux policiers qui filent du mauvais coton… ! On le lui avait pourtant répété, à cet inspecteur, que c'était à ce moment-là que tout avait commencé, … au moment où cette étrange femme était venue s'installer dans le pays avec cette espèce de rustre qui lui servait d'homme à tout faire. Il n'y avait, d'ailleurs, qu'une fille perdue pour accepter de travailler dans cette forteresse… La petite Eimeline l'était qui avait mis au monde un enfant sans père ! L'inspecteur n'était sans doute pas au courant des coutumes du pays. Mais il devait savoir qu'ici on avait un grand sens de l'honneur. On élevait les filles dans la religion et on exigeait d'elles de rester « honnêtes ». Si la pauvre enfant avait fauté, elle ne devait pas s'étonner de ne pas trouver de mari ! C'était bien regrettable mais personne ne voulait plus d'elle au village. Et si elle n'avait pas quitté le pays comme on le lui avait recommandé, c'est parce que ceux de Combeferres ne craignaient pas d'accueillir le péché dans leur maison ! Hélas, ils n'étaient pas très regardants en la matière !

L'hôte insistait pour que l'inspecteur se rendît sur-le-champ constater les dégâts provoqués par l'explosion qui avait eu lieu à la bastide de Combeferres. Déjà la foule s'y était précipitée, disait-il. Il devait se dépêcher : « Il faut interroger Utto, lui, avec sa tête de fourbe… il cache certainement quelque chose. Et cette demoiselle Marthe… en réalité, une sainte n'y touche qui se donne des grands airs… ». À la suite de quoi il avait entrepris de raconter ce qu'il savait de cette femme que personne n'osait approcher tant elle était inquiétante et hautaine. Ce n'était pas lui qui l'avait vue, disait-il, mais des personnes dignes de foi lui avaient certifié qu'elle déambulait à cheval la nuit dans son long manteau de laine qui flottait au vent. Certains l'avaient entendue parler seule, ou comme si elle s'adressait aux étoiles et au vent… Mais peut-être qu'elle appelait les morts, les nuits de pleine lune. Certains affirmaient que c'était une sorcière. Elle vivait recluse, sans voir personne. Depuis qu'elle s'était installée à Couraurgues, voilà bien quatre années déjà, elle avait refusé plusieurs demandes en mariage dont celle du notaire du village voisin qui, après avoir entendu parler d'elle, avait voulu la rencontrer. L'intervention de Monsieur le Curé lui-même n'avait servi à rien. Elle refusait les visites, à part celle du médecin dont elle avait grand besoin car il était apparu qu'elle souffrait d'une mystérieuse maladie. Il fallait bien le dire, on ne savait pas grand-chose d'elle. On ne savait pas d'où elle venait, ni pourquoi elle avait choisi cette retraite dans un pays aussi éloigné des grandes villes où elle avait sans doute vécu jusque-là. Personne ne connaissait sa famille, elle n'en avait peut-être pas.

Certains disaient, mais allez savoir, qu'elle était la fille ou la petite fille de l'homme qui, il y avait bien longtemps, avait fait construire cette immense maison sur le domaine de Combeferres. Il avait hérité ces terres d'un lointain parent, il n'était pas du pays. Seuls les vieux se souvenaient encore de lui, un original, disaient-ils. Mais il était parti un jour et on ne l'avait jamais plus revu… La maison était restée fermée, voire barricadée pendant des années. Les vieux disaient que son propriétaire ne s'était jamais mêlé à la vie du village. Comme cette demoiselle, il était resté inaccessible dans sa grandiose demeure ! Hélas, non, on ne savait pas grand-chose d'elle. Le docteur Courbet était sans doute celui qui en savait le plus mais quand on l'interrogeait il se retranchait derrière son autorité que personne ici n'aurait jamais oser contrer. Il avait même élevé la voix un jour, comme il savait le faire dans ces occasions et celle-ci en était une : « Tout ça ne vous concerne pas ! Elle a ses raisons et sa vie ne regarde personne… Retournez à vos travaux, bande de farfelus ! » Depuis cette semonce, ils étaient tous persuadés qu'il était au courant de beaucoup plus qu'il ne voulait en dire. C'était par lui que l'inspecteur devait commencer son enquête, conclut l'hôte avec force et conviction, tout en mettant sur la table un café odorant accompagné de tranches d'un pain rustique cuit le matin même dans le four municipal.

 Assailli dès le premier café du matin par cette somme de questions, de réponses et de suppositions en chaîne auxquelles il n'avait pas encore eu l'idée de penser, l'inspecteur se renfrogna. Il expliqua avec fermeté qu'il entendait mener ses investigations comme il voulait. Il était là pour enquêter sur la mort d'un homme. A quel titre devait-il interroger une personne contre laquelle aucune charge n'était retenue ? S'il devait surveiller tous les villageois qui étaient mal vus du reste de la population, il allait devoir passer des siècles dans le pays. Les ragots ne l'intéressaient pas, qu'on se le tienne pour dit. Ce dont il avait besoin aujourd'hui, c'était d'un moyen de locomotion facile et indépendant. Loin de s'offusquer de la raideur de la réponse, l'aubergiste reprit le ton obséquieux de la veille et lui promit de lui procurer une monture. Il était là pour rendre tous les services que l'inspecteur lui demanderait, répétait-il. Mais sur le même ton caressant, il revint à la charge, ajoutant qu'en attendant, si l'inspecteur voulait faire un tour à Combeferres, le médecin n'était pas encore parti pour sa tournée. Il pourrait profiter de sa jardinière et lui poser toutes les questions qu'il voudrait. Mieux que quiconque il connaissait les gens et en particulier Mademoiselle Marthe qu'il soignait et qu'il allait voir souvent. D'ailleurs, chaque fois que le feu avait pris à la bastide, il n'avait pas manqué de lui faire une petite visite. Tout le monde avait déjà pu le remarquer. Comme l'aubergiste mettait toute sa bonne volonté en lui promettant de lui trouver un cheval (« Ne vous attendez pas à une merveille, ici on n'a que des chevaux de trait… »), Debrume jugea plus judicieux d'accepter la proposition.

Le médecin fut moins bavard que l'hôte au sujet de ce qui préoccupait le village. Il pensait des habitants qu'ils étaient atteints d'un mal qui ressemblait à une maladie de peau, un prurit qui gagnait du terrain par contagion. En homme de l'art, il préférait ne pas en aborder les causes avec un néophyte. Il se contenta de quelques commentaires et d'observations pragmatiques : « Il paraît qu'il y a beaucoup de gens sur place. La déflagration a été violente. Cela s'était déjà produit… Les feux de cheminée dans cette bastide, c'est habituel et même si personne ne s'en étonne plus, tout le monde s'en inquiète plus que de raison. Ah ! mon ami, les vieilles lunes ont la peau dure… ! On va devoir passer par le bas des terres. La route d'en haut a été coupée par un contre-feu. Quand les gens ont peur ils finissent par faire n'importe quoi et voir du danger où il n'y en a pas. Cela les arrange sans doute… chacun a ses raisons qui ne sont jamais celles de tous, vous savez cela mieux que moi, hélas… ! »

Un long moment de silence avait suivi. On n'entendait que le grincement des essieux. Le médecin ne cessait d'observer l'inspecteur, comme s'il hésitait à ajouter quelque chose. Mais quand il recommença à parler, ce fut pour combler le vide qui naissait entre eux et il s'en tint à des banalités : « Vous allez arriver là-bas le dos brisé, je le crains. La route est pleine d'ornières et les ressorts de ma jardinière sont usés. Certes avec mes appointements de médecin de campagne, je ne peux que me contenter des services du maréchal-ferrant qui est le seul sur la place… Mais il est comme moi, toujours débordé. Il me faudra attendre mon tour. Il a de la chance : moi, mes malades n'attendent pas… ! Voyez, nous emprunterons cette route qui traverse le Can et monte à Combeferres en contournant la colline toute ronde que vous avez ici devant vous. Ce ne sera d'ailleurs pas beaucoup plus long, rassurez-vous… » Des considérations sur la structure géologique qui avait déterminé les différentes voies de circulation depuis la haute antiquité avaient continué jusqu'à leur arrivée. Ces commentaires mitraillés à toute allure convainquirent Debrume que le médecin avait quelque chose à lui révéler mais qu'il tournait autour du pot, passant d'un sujet à l'autre, chacun étant aussi peu en rapport que possible avec sa patiente et le mystère de sa vie. Il préféra attendre le moment propice aux confidences pour le questionner.

L'agitation était à son comble autour de la bastide. Utto, le domestique de la demoiselle, essayait de chasser les curieux à coups de pierre. Des insultes volaient dans un langage rocailleux que Debrume ne comprenait pas mais dont le ton ne trompait pas. Toutefois les badauds s'écartèrent pour laisser passer la jardinière du docteur Courbet connue dans tout le pays. La présence du policier avivant la curiosité générale provoqua un murmure collectif. Le groupe esquissa un léger mouvement de recul à l'approche du médecin qui s'employa à le disperser avec autorité et une certaine véhémence. Au bout de quelques minutes le calme était revenu.

Utto était un homme encore jeune qui marchait pourtant épaules voûtées comme s'il portait le poids du monde sur ses épaules. Tout le temps que le médecin fit jouer son autorité, il ne montra aucune intention de s'occuper des nouveaux venus. Il continuait de vaquer, longeant les murs, regardant souvent derrière lui, comme s'il s'attendait à quelque danger. Toutefois, malgré l'hostilité que son attitude manifestait, il se montra tout à fait courtois quand, après l'altercation avec les badauds, le médecin et l'inspecteur s'adressèrent à lui.

Si autour de la bastide le feu n'avait pas fait un long chemin, laissant, à la place de l'herbe sèche, des traînées noires qui marquaient la terre comme des plaques de goudron en revanche, l'intérieur de la maison avait été largement endommagé. Dans le salon qui ouvrait sur le jardin par de larges portes-fenêtres inhabituelles dans les demeures de cet arrière-pays, les bergères et le petit canapé étaient couverts de suie ainsi que les lourds rideaux de damas. Le manteau de la cheminée avait volé en éclat, des débris de verre jonchaient le sol. Le médecin dit qu'Utto était assez habile de ses mains pour qu'en quelques jours seulement il ne reste plus aucun souvenir de ce désastre.

Tandis que le docteur Courbet se rendait dans la chambre de Mademoiselle Marthe pour laquelle il était venu et qu'il devait examiner, Debrume profita de son absence pour demander à Utto ce qui s'était passé. Celui-ci ne répondit pas. Il se dirigea tête baissée hors de la pièce en faisant signe à Debrume de le suivre. Après avoir traversé une vaste cuisine où, dans l'âtre, un chaudron était suspendu pour le repas du jour, il fit entrer l'inspecteur dans une pièce sombre et sans fenêtre qui jouxtait une resserre. Autrefois cave à vin, un immense tonneau qui avait dû être monté sur place s'y trouvait encore, vestige d'une époque plus prospère où un certain bonheur de vivre accompagnait l'exploitation scrupuleuse des ressources du domaine.

Toujours sans un mot, le domestique prit un coffret de bois qui contenait une arme. Il s'agissait bien de celle qu'Avrillé avait décrite avec tant de minutie. Puis le son de la voix d'Utto se fit entendre, dans l'obscurité de la cave : « J'ai déjà tout dit à l'inspecteur Avrillé… Je n'ai pas peur de recommencer : ce pistolet ne m'appartient pas. Je l'ai trouvé dans la maison lorsque nous y sommes arrivés Mademoiselle Marthe et moi-même. Elle n'en connaissait pas non plus l'existence. Il doit être là depuis longtemps… avoir appartenu à quelque membre de la famille de Mademoiselle. Ce n'est pas la première fois que je m'en sers pour éteindre le feu quand il prend dans la cheminée. Mais cette fois la déflagration a été plus violente et le manteau est tombé… »

7
<u>Troisième lettre d'Ange Bonnet à son épouse.</u>

23 décembre 1848

Mon aimée,

Je te dois le récit des derniers événements à la suite desquels j'ai eu la vie sauve. J'ai maintenant tout le temps pour le faire, depuis le refuge où la Providence m'a fait échouer.

Contre toute attente, parmi ceux qui se trouvaient dans la même prison que moi, nous avions été une majorité à être graciés. La Constituante avait mis du temps pour prendre des mesures et pour nous qui attendions que tombât le couperet de la guillotine, il avait été long. Mais, au bout du compte, nous ne nous en tirions pas mal. Un budget avait été alloué pour l'organisation d'une expédition : nous devions être emmenés de l'autre côté de la mer, sur les terres à coloniser. Mon passeport était en règle au nom d'un certain Ange Bonnet originaire d'un petit village du sud de la France limitrophe du Comté de Nice : je fis d'office partie de l'expédition.

Nous fûmes les premiers étonnés des discours faits en notre honneur, lors de notre départ pour Lyon. On nous félicitait de partir à l'aventure dans un pays où nous apporterions l'ordre de la colonisation, l'Afrique du Nord. Ce pays offrait des espaces immenses et la fertilité de ses terres de soleil pour l'implantation d'une agriculture qui ferait de nous de riches exploitants. Tout y était encore à construire. Des terres nous seraient distribuées. Avec mes compagnons d'infortune, nous nous trouvâmes mêlés à une multitude de chômeurs, d'affamés, qui comptaient désespérément sur cette terre à cultiver pour sortir leur famille de la misère. Nous eussions dû être pleins de reconnaissance pour ce gouvernement qui savait régler plusieurs problèmes en une seule action énergique autant que salutaire.

Arrivés à Lyon, on nous fit embarquer sur les péniches qui devaient nous mener à Marseille. Après de longs discours réitérés, exaltant la valeur de nos hommes politiques, la Marseillaise se mit à sonner. Les péniches furent halées du rivage et prirent leur départ. Nous nous éloignâmes. Sur le pont d'où nous avions observé avec étonnement l'agitation des fêtes que l'on faisait en notre honneur, le silence tomba. Et une sorte de peur nouvelle.

Il y avait des femmes et des enfants encore au sein, d'autres à peine un peu plus grands, accrochés à leurs jupes et qui regardaient autour d'eux avec de grands yeux inquiets. Des familles entières avaient accepté de partir pour survivre. Et nous étions ébahis d'être parmi eux, après avoir échappé à la guillotine ou au bagne.

Nous nous organisâmes pour le trajet jusqu'à Marseille, où nous quitterions les péniches pour des navires qui nous mèneraient en terre africaine. Dès le premier jour, la promiscuité se révéla difficile mais se réalisa dans le respect de chacun. Les femmes s'entraidaient, se cachant derrière des draps qu'elles déployaient pour leur toilette. La nuit, la chambrée était éveillée par les pleurs des enfants malgré les soins des mères attentives. Les hommes étaient soucieux, mais ils savaient que le temps que durerait le voyage, ils n'auraient pas à se préoccuper pour trouver de la nourriture. Notre bon gouvernement avait pensé à tout.

J'avais signé comme les autres. Mais je savais que, contrairement à eux, je n'irais pas au bout du voyage. Je ne verrais pas les côtes de l'Afrique, je ne serais pas ému en foulant le sol qui devait m'apporter l'espoir, je ne serais pas déçu par les promesses non tenues, par la rude vie dans des camps provisoires ravagés par la boue durant la saison des pluies. Je ne connaîtrais pas le sentiment d'avoir refait le monde, car je ne verrais pas naître les vergers et les vignobles, fruits de mon travail. Je ne poserais nulle part mon camp. J'avais un autre destin. J'étais voué à l'errance tant que ma patrie n'aurait pas trouvé un statut décent qui lui rendrait sa liberté. A aucun moment je n'oubliais la mission que je devais accomplir. La mission que nous nous étions juré d'accomplir ensemble, toi et moi, depuis le premier jour.

Il me fallait rejoindre les patriotes italiens qui organisaient depuis la France et l'Angleterre, la collecte de fonds indispensables à notre cause. Car ce devoir, pour lequel je t'avais laissée seule, je n'avais aucune intention de l'oublier. J'avais en tête quelques noms de villes où je savais trouver de l'aide, mais rien de bien précis. Tout m'avait été retiré. Les listes codées qui, si elles étaient déchiffrées, pouvaient faire tomber des gens hauts placés m'avaient été confisquées par la police. L'argent collecté m'avait été volé. Je devais m'assurer d'urgence que mes quelques messages, partis clandestinement de la prison, avaient suffi pour donner l'alerte à notre organisation. Cependant je ne regrettais rien. Je m'étais battu sur les barricades aux côtés de mes amis français. Je m'étais trouvé là par hasard lors d'un de mes passages à Paris et je n'avais pas hésité. Je savais que la cause pour laquelle j'œuvrais était la même que celle des insurgés : c'était celle du peuple qui est la même partout.

Mais il me fallait à tout prix rejoindre les miens. Des vies étaient menacées et elles étaient entre mes mains. Qui aurait encore foi en moi si j'échouais dans cette *mission ? J'aurais à me battre toute ma vie pour me laver de cette faute et j'aurais beau faire, les soupçons continueraient de peser sur moi pour le restant de mes jours…*

8

Les jours suivants, l'inspecteur Charles Debrume se présentait à la bastide de Combeferres. Mademoiselle Marthe était souffrante et ne pouvait le recevoir. Comme il n'avait aucun mandat pour les feux de cheminées et autres déflagrations insolites il n'insista pas. D'autant qu'il n'était pas pressé : il était toujours en attente du résultat des analyses du laboratoire et des ordres de la préfecture concernant le cadavre du Couron. Il saurait bientôt si quelque élément nouveau allait lui permettre de continuer son enquête et vers quoi il devrait la diriger. Jusque-là, l'examen du corps par le docteur Courbet n'avait rien apporté de précis. Pas de trace de balles, mais de nombreuses blessures. La putréfaction avancée des chairs ne permettait plus d'établir si celles-ci étaient dues ou non à une arme blanche. Les fractures pouvaient être imputées avec certitude à une chute du haut de la falaise. On en était donc toujours au même point.

Toutefois, en attendant les ordres, l'inspecteur jugeait utile d'explorer les lieux et d'interroger ceux qui avaient pu les fréquenter, d'où sa visite à Combeferres. Peut-être quelque inconnu avait-il été aperçu dans les parages et pourrait-on lui dire à quoi il ressemblait. Pour cela, il fallait délier les langues, ce qui demandait du temps. Cet exercice pouvait représenter une manière acceptable de tuer ce temps qu'il avait en abondance et qui commençait à lui peser. Si une enquête n'était pas jugée nécessaire, il se hâterait de quitter le village avec le plus grand plaisir et sans demander son reste.

Montant le cheval de trait loué à l'un des propriétaires du pays par l'intermédiaire de son hôte, il visitait la campagne. Il s'attardait longuement au rythme de sa paresseuse monture. Il ne faisait pas très froid malgré le givre qui, le long de la rivière, ouatinait de blanc chaque filament d'herbe et les bouquets de joncs. Hors des zones d'ombre, le pâle soleil du matin avait quelque mal à réchauffer les collines endormies de l'automne. Il ne rencontrait personne. Il voulait profiter de cette solitude forcée pour réfléchir à son affaire. Mais ce paysage qui l'entourait, par ses couleurs de douce grisaille qui tapissait les champs, par les sensations qu'il éprouvait à humer l'air parfumé de sarriette, de thym et d'herbe mouillée, le ramenait sans cesse à lui-même et à l'étrange sentiment qu'il avait éprouvé le premier jour : ce froid du corps et de l'âme, comme une maladie tenue longtemps à distance et qui l'avait finalement atteint.

Pour se débarrasser de cette sale impression, il crut qu'il lui suffisait de scruter le paysage afin d'en apprendre les vibrations, de l'apprivoiser en quelque sorte. Dans un premier temps, il dut reconnaître qu'il y prenait un certain plaisir. Il eût voulu caresser les rondeurs des collines comme on caresse le corps dénudé d'une femme. Ainsi dévoilées, impudiques et lisses, elles ne révélaient rien de leur charme mystérieux, le même qu'il reconnaissait dans la touffeur des vallons et dans le calme oppressant de leurs chambres de verdure. Alors que partout la campagne était brûlée de froid, le silence se dilatait et prenait la forme massive de la montagne qui se trouvait face à lui. Nouveau pour lui, ce silence signifiait quelque chose qu'il ne pouvait comprendre. Après quelques instants, au lieu de lui apporter le réconfort qu'il avait espéré, il était devenu si lourd qu'il en éprouva une sorte de malaise qui répercutait l'impression subie le lendemain de son arrivée, ce froid du corps et de l'âme ressenti sur les sentiers qui l'avaient mené jusqu'au cadavre. Il ne comprenait pas pourquoi c'était justement au sein de ce paysage inconnu que ce froid devenait tangible et que le silence le ravivait. Son esprit rationnel s'en trouvait quelque peu dérouté. Il savait pourtant que le silence ne pouvait se mesurer, de même que le volume du ciel qui pesait sur la montagne de toute sa présence invisible, prêt à la broyer en même temps que tout ce qui s'agitait autour d'elle. La montagne qui dominait le village de toute sa puissance semblait seule prendre la mesure de la force du ciel. Mais il sentait qu'elle y était soumise autant que lui-même. Et il se dit que s'il s'étendait sur les roches grises, pris entre la poussée des forces telluriques et le poids du ciel, le temps s'écoulant comme le sang d'une blessure ainsi que les jours de sa vie, les années, les siècles, il ne ressentirait plus rien. Il n'aurait plus aucune peur. Il ne serait plus qu'un bloc d'absence.

Mais il reprenait ses esprits et revenait à son affaire : cette jeune femme qu'il n'avait pas encore pu voir et dont il avait tant entendu parler. Il tournait autour de sa maison depuis des heures. Il lui fallait en savoir plus sur elle, et pas seulement parce qu'il devait trouver quelqu'un à interroger si ses supérieurs exigeaient de lui qu'il continue l'enquête. Il lui fallait néanmoins reconnaître, son indépendance d'esprit dût-elle en pâtir, que le regard malveillant que les habitants portaient sur elle attirait son attention. Il ne savait pas encore que bientôt et pour longtemps, les questions à son sujet ne lui laisseraient plus de repos. Au moment où elles se posèrent à lui pour la première fois, elles n'étaient que les préliminaires inévitables d'une banale enquête et il n'eut aucune méfiance. Il lui sembla élémentaire de se demander ce que faisait cette femme dans la solitude de la montagne où des cadavres étaient oubliés et jetés en pâture aux animaux sauvages. Il fallait s'assurer que le cadavre du Couron n'avait pas quelque chose à voir avec elle. Et apprendre de sa bouche la raison de son séjour ici, dans cet endroit qui lui était si hostile. Mais il soupçonnait que ces questions routinières ne lui apporteraient rien. C'étaient peut-être les hasards de la vie qui l'avaient amenée dans ces montagnes, exactement comme lui. Et comme lui, elle avait été paralysée par le même sentiment de froid qu'il y éprouvait. Ou bien elle avait peut-être trouvé dans ce coin abandonné du monde quelque certitude qui l'aidait à vivre. Ces questions étaient moins accessoires qu'elles n'y paraissaient : il avait déjà entendu tant de choses à son sujet, auxquelles un esprit cartésien ne pouvait apporter aucun crédit, qu'il lui fallait trouver une explication plausible à donner en pâture aux villageois. A ce moment de sa vie, mettant de côté les étranges impressions dont il était victime, Charles Debrume ne doutait pas de réussir à le faire. Il décida donc qu'il insisterait pour la voir, même s'il savait qu'avoir l'air de complaire à la population mettait en danger l'autorité de sa fonction.

9

Quatrième lettre d'Ange Bonnet à son épouse

décembre 1848

…
La vie à bord des péniches n'était pas facile. On se souciait peu de nous, sauf pour nous maintenir sous haute surveillance. Nous étions promis à une autre sorte de bagne. A chaque arrêt du convoi, lorsque nous avions le droit de mettre pied à terre, des hommes en armes ne nous lâchaient pas de l'œil. Les arrêts se faisaient deux fois par jour, à heure fixe, à l'aube et au crépuscule. Quand nous fûmes rendus dans le sud de la France, je n'attendis pas d'être entré en Avignon pour fausser compagnie à mes compagnons de voyage.

Seul, l'un d'entre eux, Renaud Prodon, était au courant de ma décision et de la mission que j'avais à accomplir. Je doute que ce soit par lui qu'on ait pu retrouver ma trace. Je ne sais ce qu'il est devenu depuis. Il a dû passer en Afrique, essayer de rendre fertile une terre ingrate qui lui avait été allouée comme aux autres. C'était un homme intègre et loyal. Il s'était battu avec moi sur les barricades. Il croyait à la liberté et défendait de toute son âme les valeurs humaines que les grands de ce monde bafouent. Il croyait à la force du prolétariat et au droit des hommes à accéder à une vie meilleure.

Il avait eu la douleur de voir tomber ses compagnons l'un après l'autre. Parmi eux était un ami sincère qui l'eût suivi au bout de l'enfer s'il le lui avait demandé. Renaud le regarda mourir sans pouvoir soulager les affres de son agonie. Blessé sur la barricade, il avait été transporté dans la salle d'auberge de leurs réunions clandestines d'autrefois, transformée en hôpital. Malgré les soins qui lui furent prodigués, il se vida peu à peu de ses forces. Et la vie le quitta sous les yeux de Renaud. Il eut cependant le temps de lui confier ses quelques trésors, des secrets d'agent double, ainsi que le pistolet qui lui avait servi à se battre sur les barricades.

Dans la nuit de la péniche, alors que les femmes dormaient dans les hamacs en berçant leurs enfants dans les bras, et que les hommes ronflaient, allongés sur le sol sur lequel ils avaient ménagé des paillasses pour se protéger du froid et de l'humidité, Renaud Prodon et moi nous ne dormions pas. Je lui parlais de la cause de mon peuple qu'il fallait aider à survivre avant de l'aider à exister. Les patriotes italiens se battaient dans la clandestinité de génération en génération. Je lui parlais de toi, ma bienaimée, qui est ma plus fidèle alliée. Je t'imaginais dans ces lieux où tu devais agir seule en l'absence de ton époux. Renaud pensait, comme nous, que la cause de tous les peuples est la même. C'est pourquoi, connaissant mon projet de fuite, il me confia l'arme que son ami lui avait donnée au moment de mourir, en disant que j'en aurai besoin : « Ta lutte continue sur d'autres barricades. Cette arme a déjà tué. Puisses-tu ne jamais te prévaloir de la gloire d'avoir tué un homme. Puisse ton combat parvenir à ses fins sans bains de sang… » Renaud me confiait le souvenir le plus précieux qu'il possédait. Mais en même temps, je le sentis soulagé de s'être débarrassé de cet objet. L'expérience de la mort sur les barricades le hantait. C'était une épine dans son cœur qui y restait fichée et qui y faisait une plaie impossible à cicatriser. Les jours suivants, Renaud m'aida à préparer ma fuite et à la couvrir. On attendait le moment propice. Quand les péniches firent halte le long d'une berge que longeaient des bois drus, on sut que ce lieu était favorable. Nous nous séparâmes sans effusion.

Chacun s'était éloigné de la péniche. Les femmes cherchaient un lieu à l'écart. Je n'eus qu'à m'éloigner un peu plus que les autres. Je me perdis dans les fourrés. Lorsque les gardiens firent l'appel, peut-être Renaud répondit-il pour moi. Quant à moi, j'avais déjà disparu aux yeux de tous et personne, sur le moment, ne s'en était rendu compte. J'étais retourné à la clandestinité. J'allais m'appliquer à cette lente dilution de moi-même, en même temps qu'à la lutte qui ne prendra fin qu'avec ma vie. Cette lutte que nous mènerons jusqu'au bout ensemble, toi et moi…

10

Il était pris par une sorte d'impatience en se demandant ce qu'il allait obtenir de la rencontre avec cette femme. La pensée de l'inconnue occupait les soirées qu'il passait seul dans sa chambre où un faible feu de cheminée ne réussissait pas à le réchauffer, tandis qu'il continuait à éplucher les rapports d'Avrillé et à méditer sur les pages qui en avaient été arrachées. Ses journées, il les consacrait à surveiller la bastide de Combeferres avec assiduité, mais de loin, pour ne pas être vu par Utto. Du bout de sa lorgnette, il le voyait travailler. L'homme sortait de la maison, sa lourde démarche balancée par le port de seaux pleins de gravats. Le tas sur lequel il allait les vider grandissait à vue d'œil. Gestes lents, réguliers, il ne faiblissait pas. Tous les jours il recommençait, sans économiser sa peine, comme un forçat destiné à la répétition à perpétuité. On pouvait se demander quel était le regard ou la volonté qui le faisait se mouvoir comme un automate. Certes, il y avait dans chacun de ses gestes une force venue des âges qui le faisait avancer sans faiblir et qui dénonçait une lignée de redoutables travailleurs de force, des bûcherons, des soldats. Mais Debrume y voyait aussi de l'accablement, du découragement, une certaine détresse. Cet homme avait peut-être peur ou bien une autre exigence le poussait-elle à avancer. Et Debrume concluait que si c'était le cas, s'il obéissait à une nécessité quelle qu'elle soit, c'était cela qu'il fallait mettre à jour.

Tant de doutes couraient au sujet d'Utto dans les rapports d'Avrillé qu'il n'était pas permis de le voir comme un simple valet dévoué à sa maîtresse. Quant aux gens du pays, ils avaient peu à dire à son sujet. Personne ne savait d'où il venait, ni qui il était. Accompagnant Mademoiselle Marthe, il était arrivé un jour à Combeferres et comme elle, il n'en était plus reparti. C'était lui qui s'était occupé des travaux d'installation, accueillant les charrois de meubles et de coffres en provenance d'on ne savait où. Debrume comptait sur l'aubergiste pour lui en apprendre davantage. Mais à part le sempiternel commentaire : « C'est un drôle de type », remarque qu'il avait pu faire tout seul, il ne réussissait à apprendre rien de plus.

Debrume rentrait fourbu à l'auberge et chaque soir, il s'asseyait à une table qui lui était réservée, près de la cheminée. Le feu crépitait et faisait briller l'encaustique des meubles alignés le long des murs comme les gardiens muets d'un passé domestique aux rites éternels. Il attendait son repas. La bougie coulait sur le cuivre du bougeoir qu'une main avait astiqué avec application. Ici on ne disposait pas de lampes à pétrole, tout au plus, de quelques lumignons à huile qui noircissaient les poutres du plafond. Sans doute n'avait-on jamais entendu parler d'électricité et des changements qu'elle pourrait apporter au monde. Mais l'atmosphère était chaleureuse et le civet de lièvre particulièrement savoureux pour avoir mijoté longtemps au fond du chaudron de fonte qui ne quittait jamais la chaîne de l'âtre.

Parfois il lui semblait que l'homme allait reprendre ses virulents discours des premiers jours. Mais son éloquence avait disparu comme si quelque chose dérangeait sa conscience. La moindre question le plongeait dans un mutisme habilement camouflé sous la courtoisie du commerçant qui s'applique à ses affaires. Debrume comprit que cet homme ne parlerait plus et que quelque chose le préoccupait. Il le surveillait du coin de l'œil, à la lueur des flammes, comme sans le voir. Mais l'autre avait compris le jeu et il s'employait à évoluer autour de lui pareil à un chat sur ses pattes de velours. C'était une ombre que l'inspecteur sentait à peine se mouvoir dans l'obscurité de la pièce. Alors, pour Debrume, l'impatience redevenait ce qu'elle était quand, à cheval dans la campagne, il avait en face de lui la bastide de Combeferres postée au pied de la montagne comme pour en garder l'entrée. Attendre deviendrait plus tard pour lui une seconde nature, mais il ne le savait pas encore. Durant cette première enquête, il avait du mal à accepter qu'attendre au hasard il ne savait quoi pouvait lui permettre de découvrir ce qu'on tenait caché : ces mots qui ne viendraient pas sur les lèvres et qu'il devrait inventer, ces événements qu'il ne verrait pas se dérouler mais qu'il devrait imaginer, un passé qu'il devrait reconstituer, ou, s'il avait de la chance, une preuve qui allait le mener droit au coupable. Néanmoins, cette attente qui aujourd'hui lui paraissait inutile restait cependant la seule chose qu'il avait à faire.

Or, un de ces soirs où, devant sa table desservie, il ne savait plus à quoi occuper son esprit, il vit entrer le médecin. Transi de froid, penché en avant sous son chapeau à larges bords, il était emmitouflé dans une cape de laine qui le faisait ressembler à un berger. Sans y avoir été invité, il tira une chaise et s'assit à sa table. Depuis le seuil de la cuisine, l'hôte lui jeta un regard étonné : Debrume eut l'impression de sentir son inquiétude.

« Vous tournez en rond », dit le docteur Courbet. Puis il lança en direction de la porte de la cuisine un regard chargé d'autorité. On entendit l'hôte s'éclipser, la porte se refermer. Le médecin reprit comme s'il ne s'était pas interrompu : « Ici, on invente des fables et on garde les vrais secrets. Mais soyez rassuré, il n'y a pas de mystères dans ce pays. Les gens n'ont rien, à part leur misère quotidienne et leur labeur. Ils ont besoin d'histoires… peut-être même seulement de rêve… Cependant, il ne faut pas s'y tromper : ils vivent de sentiments, bien que rustres, ce sont des sentiments et parfois se laissent emporter par la passion. La nature humaine est partout la même, je ne vous apprends rien… »

Debrume se taisait pour ne pas interrompre la spontanéité d'une déclaration qui, pour une fois, avait l'air de toucher à quelque chose de concret.
- Ne vous fiez pas à leur imagination. L'inspecteur Avrillé a payé de sa vie… C'est bien lui, n'est-ce pas, dont nous avons trouvé le cadavre ?
- Rien, pour le moment, ne le laisse à penser.
- Vous savez… les gens ici n'aiment pas qu'on se mêle de leurs affaires. Ils sont aussitôt sur la défensive, mais croyez-moi, je soigne Mademoiselle Marthe et sa maladie n'a rien à voir avec la sorcellerie.
- On dit que les feux de cheminée…
- N'écoutez pas ce qu'on dit… Tous les accidents n'ont pas forcément une cause volontaire… ils peuvent être le fruit du hasard, d'une maladresse…
- Quelle est cette étrange maladie ?
- Je ne peux pas vous en parler… vous savez bien… Hippocrate…
- Je ne sais encore rien de l'identité de cette femme. Je me demande même si elle représente un quelconque intérêt pour mon enquête, enfin, peut-être a-t-elle vu quelque chose… son domestique aussi… Utto… Mais qui est-il, vous savez quelque chose de lui ?
- Il vit à son service. Il est très dévoué. Sa maladie l'aurait tuée depuis longtemps sans sa présence. Il faut les laisser tranquilles, croyez-moi. Avrillé s'était intéressé à eux mais sa disparition n'a rien à voir avec eux. Ne vous mettez pas des idées en tête ! Voyez plutôt du côté de ceux qui auraient quelque intérêt à… Ici aussi les gens s'aiment et se haïssent. Et comme partout la passion peut les porter à sortir du cadre délimité par les lois… et les conduire au crime…

Ils s'étaient rapprochés et parlaient à voix basse. Ils ne virent qu'au dernier moment l'hôte, tout près d'eux, qui les regardait d'un air suspicieux. Plus que s'il voulait les entendre, comme s'il les jugeait. Sa présence eut pour effet de rendre muet le médecin. Il s'appuya sur le dossier de sa chaise et lança d'un air enjoué : « Alors, l'aubergiste, tu m'amènes mon vin chaud ? Avec l'accouchement de la ferme des Melles qui n'a pas été facile, il faut que je reprenne quelques forces avant de rentrer chez moi… Mais elle a un beau garçon… C'est la dernière mariée… la cadette… On ne l'attendait pas si tôt cet enfant ! ». Il entreprit l'éloge de la famille des Melles dont Debrume, interloqué, put tout apprendre, en remontant jusqu'à la septième génération.

Puis, quand il sut l'hôte occupé dans sa cuisine, baissant à nouveau la voix : « Soyez tranquille… il ne se passe rien de particulier dans le village que les villageois ne puissent régler entre eux, certes, de la manière la plus pragmatique et sans prendre des gants, j'en conviens, qui aurait de quoi échauder quelque esprit sentimental… Mais au fond des choses ils savent bien que le temps des sorcières est révolu. Les légendes n'ont plus cours depuis longtemps. Tout cela n'est que du vent ! Rentrez chez vous avant que la neige ne bloque les routes. Les hivers ici sont cruels et vous pourriez attraper une pneumonie dont vous vous remettriez à grand peine, étant donné que mes soins ne seraient pas suffisants. Ils sont juste bons pour des montagnards aguerris et vous êtes un homme de la ville. Ne faites pas du zèle comme votre collègue. La montagne ne pardonne pas et les accidents ne sont pas rares… »

  Puis il se leva, tendit la main à l'inspecteur et disparut dans la nuit sans un bruit. Il n'avait pas attendu l'aubergiste et son vin chaud. Debrume monta se coucher, la tête bourdonnante, sans savoir si c'était aux paroles ou au vin chaud du médecin, dont le départ précipité l'avait fait bénéficier, qu'il le devait. Il réussit cependant à prendre une décision. Il contacterait ses supérieurs au plus tôt et entreprendrait des recherches sur l'identité des gens qui habitaient la bastide de Combeferres.

11
<u>Cinquième lettre d'Ange Bonnet à son épouse</u>
                       décembre 1848

* Les premiers jours, je n'eus aucun mal à survivre le long des rives du Rhône. Les cultures maraîchères foisonnaient. Je chapardais des œufs dans les poulaillers et tout ce que je pouvais trouver de mangeable dans les cours des fermes. Le pistolet de Renaud me fut d'un précieux secours : je chassais du gibier que je rôtissais sur un maigre feu. Lorsque j'eus épuisé la réserve de poudre, je péchais. Bref, j'étais revenu à la vie sauvage.*

* Les roselières qui bordent le fleuve m'offraient un abri sûr. Je ne m'attardais pas dans la traversée d'Avignon. Je longeais les berges du fleuve sans pénétrer dans le cœur de la ville. Je mis plusieurs jours pour atteindre l'intersection de la Durance. De là, je m'engageais dans des terres plus sauvages. Les cultures se faisaient plus rares. Fermes et villages étaient plus distants les uns des autres et il me fallait parfois une journée de marche pour trouver une maison que je regardais de loin en entendant aboyer les chiens. Je voyais monter dans l'air bleu de l'hiver la fumée d'un foyer. J'imaginais un chaudron plein d'une soupe au lard en train de cuire dans l'âtre, alors que sur un petit trépied de fer on avait mis à chauffer quelque boisson réconfortante, une infusion odorante, peut-être même du café. Et tout au long de ce chemin sans fin je me demandais*

pour combien de temps encore la chaleur du foyer me serait interdite, quand j'aborderais au port, où je fixerais ma vie après avoir accompli la mission pour laquelle je me bats depuis des années déjà, comme s'était battu mon père avant moi, ainsi que le tien. Je ne réussissais plus à mettre de l'ordre dans mes pensées : quand te retrouverais-je ? quand réussirais-je à contacter l'un des nôtres ? Un souci permanent me taraudait quant au bon fonctionnement de nos stratégies depuis mon départ. Annina était-elle toujours à tes côtés ? Sans douter de son dévouement ni de celle de nos proches compagnons, tu peux deviner mon inquiétude, alors que j'errais sur les chemins comme un fugitif, un hors la loi.

En réalité je suis depuis longtemps ce vagabond sans port d'attache, ce clandestin dont la patrie ne peut se libérer du joug étranger qui la maintient prisonnière. Je ne puis plus me cacher que je ne connaîtrai pas le repos tant que mon pays ne retrouvera pas sa liberté. Ma patrie est dans mon cœur une idée de perfection, une image de bonheur à laquelle on revient lorsque les heures noires nous assaillent, quand se meuvent les fantômes de nos peurs irraisonnées devant un monde tous les jours plus hostile. Ma patrie est le lieu de mon apaisement. Et le lieu de l'amour. Quant elle aura accompli son unité, chacun y aura une place et notre famille retrouvera sa dignité et son rang. Nous ne serons pas les seuls pour qui la vie aura de nouveau un sens. Je ne saurais dire combien nous sommes, à l'étranger, à combattre, combien de révolutions il nous faudra faire encore, combien de sang devra couler avant de voir la réalisation de notre espoir.

Il me tarde de passer la frontière où mes amis Mazzini et Garibaldi rassemblent leurs troupes dans l'ombre. Quelque chose se prépare à Rome qui doit avoir lieu d'un moment à l'autre. Il me faut y participer pour me racheter. Il me faut cesser d'être inexistant aux yeux du monde. Quelque part, des amis m'attendent. Je dois d'abord revenir à Nice où, malgré la police de Charles-Albert, je trouverai le moyen de rallier les miens. La ville doit être sur les dents. On y est bien décidé à ne pas l'abandonner aux français. Je dois également rendre compte à mes amis des vols dont j'ai été victime. Mais, pour le moment, les difficultés que je vais te conter me retiennent encore loin de mon devoir.

Ce voyage, avec les périls que la clandestinité représente, s'avérait plus long que prévu. Je n'avais plus mangé depuis deux jours quand j'aperçus enfin un village qui dominait la Durance. Je m'apprêtais à m'y rendre dans la nuit pour essayer de forcer la porte d'un jardin clos ou d'une cave où je trouverais de la nourriture, comme le vagabond que la vie m'a forcé à devenir. Le temps avait changé, le froid s'était fait plus intense. Le mistral, qui avait balayé la vallée depuis que j'avais quitté le convoi de péniches, s'était essoufflé. De lourds nuages s'étaient massés au-dessus des collines. Je n'avais trouvé aucune nourriture depuis la veille et mes vêtements étaient mouillés. Il y avait bien longtemps que je ne savais plus ce qu'était la douceur du linge propre sur la peau. La fatigue me gagnait tout à coup.

Je m'approchais d'une ferme située à l'écart du village. Avant que je n'eusse repéré le poulailler, les chiens se mirent à aboyer. Un homme sortit avec sa pétoire et tira au hasard. Je partais en courant, promptement rejoint par les chiens. L'un d'eux m'attaqua que je dus embrocher sur mon couteau. Mais ses dents avaient laissé de profondes morsures dans ma chair. Je fuyais. Ma blessure ralentissait ma course. Fort heureusement, le deuxième chien avait abandonné la poursuite pour assister son compagnon agonisant. Je me réfugiais à nouveau au bord du fleuve, parmi les saules. Il faisait froid et j'avais faim. Je n'avais rien pour me soigner. Je fis un garrot d'un pan de ma chemise.

Le ciel s'était alourdi de nuages blancs qui accablaient le paysage. C'était la couleur de l'effroi que je voyais autour de moi. Je pensais alors à mon pays : avec un ciel pareil, on eût attendu la neige au coin du feu en sculptant quelque cuillère de bois pour tromper les longues heures de la veillée. Je ne connaissais pas le pays que je traversais et je n'imaginais pas que la neige pourrait ajouter des difficultés à mon voyage.

Je renonçais cependant définitivement au village où l'alerte avait dû être donnée. On ne devinait plus la rive du fleuve derrière les hautes cannes et les oseraies qui la bordaient. Je me frayais un chemin avec difficulté dans une zone marécageuse. Mais je me fourvoyais et ne trouvais aucun endroit où faire un peu de feu. J'avais quitté les sentiers depuis longtemps et j'étais seul au monde quand les premiers flocons se mirent à tomber. Je me débattais encore parmi les cannes sans trouver d'issue, cherchant vainement quelque abri, traînant la jambe. Tout à coup, à travers les flocons qui couvraient mon visage, j'aperçus ce qui me parut être le pignon d'une église. Je n'en croyais pas mes yeux, mais c'était ainsi. Le clocher décapité ressemblait à une tourelle. Il avait dû perdre depuis longtemps sa fonction de carillonner aux vents de l'immense vallée. Il semblait à moitié ruiné.

J'arrivais donc dans un lieu qui aurait pu être un refuge s'il n'avait pas été désaffecté et abandonné depuis longtemps par les hommes. Je m'approchais, espérant sortir de la boue dans laquelle je pataugeais depuis un moment, pour trouver un trou de mur où passer la nuit sur un sol plus solide. La neige tombait drue et je grelottais. Je parvins devant la porte de l'église. Contre mon attente, elle n'était pas ouverte mais fermée à double tour. Le bâtiment possédait encore ses quatre murs et son toit. Je dus frapper longtemps, de toutes les forces qui me restaient, espérant voir paraître âme qui vive…

12

Malgré son manque d'expérience, le jeune inspecteur avait fini par comprendre qu'il n'apprendrait rien de personne. La chape de silence qui s'était abattue sur le village était impénétrable. Il ne lui faudrait compter que sur ses observations et ses déductions. Loin de renoncer, il tenterait de glaner quelques informations auprès des habitants de Combeferres. Il devait en savoir davantage sur Utto tout d'abord. Sans attendre de se rendre dans la ville de V. pour envoyer une dépêche, il préféra adresser un courrier à la préfecture pour demander si l'individu était connu des différents services. Il lui apparaissait également comme une nécessité d'en apprendre plus sur ladite maladie de Mademoiselle Marthe.

Il avait pu constater que le médecin avait voulu tenir l'hôte curieux à l'écart de leur conversation. Or, ce bon Docteur Courbet lui-même, qui vouait sa vie et son art à de rudes montagnards, lui posait un problème. Il semblait savoir quelque chose dont il ne voulait pas parler et montrait une propension à brouiller les pistes. Certaines de ses réflexions révélaient qu'il suivait un but précis, comme éloigner Debrume de la vérité par ses paroles rassurantes ou bien le guider vers quelque nouvelle proie, peut-être quelque fausse piste, par l'appât de paroles sibyllines. L'inspecteur ne savait que faire de tout cela. Il ne pouvait décider s'il devait diriger son premier rapport dans le sens du doute ou s'il devait s'abstenir. Toutefois, le peu d'éléments dont il disposait ne lui permettait pas d'avancer avec certitude qu'il y avait là matière à intéresser la police.

Il relisait les pages d'Avrillé, y cherchant quelque indication. Des interrogatoires avaient été pratiqués à peu près sur tous les habitants du village. Mais, dans les copies des différents rapports, aucun dialogue avec Mademoiselle Marthe n'était reporté. C'était cette absence, ce vide autour d'elle qui était dérangeant. Comme si l'inspecteur Avrillé avait voulu l'effacer de la surface de la terre ou la faire disparaître aux yeux du monde.

Plus Debrume lisait ces pages, plus sa conscience lui soufflait qu'il était de son devoir de repartir en chasse. Une image finirait par lui sauter aux yeux en éclairant une autre et ainsi de suite. De plus, il avait du temps à perdre. Même s'il devait lutter contre les sensations éprouvées sur les chemins de terre quand il traversait la campagne en maintenant sa monture au pas compté, ces déambulations lui devenaient tous les jours un peu plus indispensable. Le menant sans but d'un point à un autre, elles lui permettaient de supporter le dédain de ces gens parmi lesquels il n'avait aucune place. La lenteur de son cheval de trait et sa paresse lui laissaient tout le temps de réfléchir lors de ces improbables traversées qui ne menaient nulle part.

Il se rendait compte que c'était à cela qu'il s'habituait peu à peu : au temps et à sa lenteur. A la lenteur des gestes calqués sur les mouvements de son cheval. A celle des actes et des paroles qui semblaient avoir chaque jour moins d'importance. Son esprit se noyait dans une sorte de torpeur. Et autour de lui tout semblait vouloir l'y maintenir. Mais espérait-on pour autant l'endormir ? Qui se moquait de lui ? Lorsque lui venait à l'esprit ce doute, il sentait monter en lui une indignation qui s'affermissait en même temps que le temps ralentissait et que les gestes se figeaient. Alors renaissait le sentiment d'urgence des premiers jours. Il se sentait à nouveau menacé. Et cette menace donnait à sa vie un goût nouveau, un peu acerbe, qui le faisait réagir vivement. Il ne pouvait plus s'en passer parce qu'il ressemblait au paysage qui l'entourait sans qu'il pût définir en quoi se situait l'analogie.

Son cheval marchait lentement et il ne retenait pas la bride. Elle pendait le long de son encolure. Les rênes lui glissaient des mains peut-être seulement à cause du froid. La grisaille enveloppait les sentiers et recouvrait la plaine du Can qu'il devinait à ses pieds. Au-dessus de lui, les silhouettes des rochers, comme des ombres surgissant des strates laiteuses du brouillard, surplombaient les collines et les champs de leurs formes inquiétantes. Des haies d'arbustes séparaient les terres selon des schémas établis par la main de l'homme depuis la nuit des temps, et composaient, dans la brume qui les effleurait à peine de leur voile impalpable, un tableau aussi irréel qu'inaccessible. Des figures de grands arbres épars y avaient établi leur royaume. Et elles surgissaient, présences altières, prêtes à attirer le voyageur et à le perdre dans les méandres inconnus des chemins, le dirigeant vers quelque accident invisible du terrain où il serait englouti. Mais ici qui pouvait se perdre, à part les étrangers comme lui ? La lumière baissait et l'endroit était lugubre. Quelques corbeaux volaient dans l'air épais et lançaient leurs cris contre le brouillard qui devenait plus opaque, comme s'ils cherchaient désespérément quelque chose qu'ils ne trouveraient jamais. Leurs appels lui parvenaient amortis et ajoutaient encore à la torpeur qui retenait son esprit dans un questionnement sans réponse.

Son cheval avait fini par s'arrêter et se mettre à brouter l'herbe fine qui avait repoussé après que les bergers avaient brûlé les herbes sèches de l'été. Cette tache verte devant les yeux de l'inspecteur et l'arrêt soudain de sa haridelle le rendirent à son besoin d'action. Il sentait le poids de l'humidité pénétrer peu à peu la houppelande de laine que l'aubergiste lui avait procurée en même temps que le cheval. Il laissa la bête manger pendant qu'il scrutait le paysage enfoui dans la brume et qui semblait s'être perdu en elle.

    Ses yeux distinguaient peu de choses. Mais un grand arbre surgissant au pied de la montagne lui fit le signe qu'il attendait. Il marquait une limite, celle des terres cultivées au-delà desquelles s'étendaient des guérets qui léchaient le pied des premières falaises. C'était un tilleul jauni par l'automne et qui ne tarderait pas à perdre ses feuilles. Il était comme un écu d'or, une enseigne qui indiquait la présence de la bastide où vivaient Mademoiselle Marthe et ses domestiques. C'était un appel, le seul, que lui faisait le paysage que striait encore par intermittence, le vol noir des corbeaux. Comme s'il s'éveillait d'un mauvais rêve, il reprit les rênes en main. Serrant les jambes contre le ventre chaud du cheval, il le dirigea au trot vers la bastide. Le soir tombait, laissant traîner derrière lui une lueur verdâtre qui n'en finissait pas de s'éteindre. Il suivit au hasard les chemins qui s'ouvraient devant lui dans la direction de Combeferres. Il se trouva tout à coup face à la masse de la bastide surmontée de son donjon végétal, cette enseigne d'or qui lui avait montré la direction à prendre. En approchant de la grille du parc, il s'étonna de ne pas être assailli par les aboiements des chiens. Il descendit de cheval et attacha la bride à la branche du dernier arbre séparé du mur d'enceinte par une vaste étendue herbeuse. Il attendit la nuit pour n'être vu de personne.

    Pataugeant dans la boue, il traversa la langue de terre qui le séparait du grand portail en fer dont les vantaux étaient ouverts. Il suivit l'allée centrale, glissant le long des arbres et des buis rouillés de froid, mais taillés avec une régularité auquel l'ensemble du paysage se refusait en dehors du parc. Il atteignit le grand parvis dallé de blanc sur lequel la lumière dessinait les carreaux des croisées surmontées de hautes impostes dont la distribution régulière le long de la façade donnait à la bastide des airs de château. Il le traversa, sans que rien ne bouge. Les rideaux n'étaient pas tirés. A l'intérieur de la bastide, on avait allumé des multitudes de lampes, flambeaux et girandoles, comme pour une fête.

13
<u>sixième lettre d'Ange Bonnet à son épouse</u>

                                                                                   décembre 1848

*   Quand la porte s'ouvrit, je me sentis soulagé malgré la vision qui se présentait à moi. Le personnage avait quelque chose de la bête plus que de l'homme. Il était enveloppé dans un morceau de toile de jute qui lui servait de cape et d'où sortait une*

main noire et ridée. Il grommelait des mots que je ne comprenais pas, avait des gestes désordonnés et me mettait sous le nez son lumignon puant qui dégageait une fumée noire.

Il me fit traverser la nef de l'église qui ressemblait davantage à un hangar agricole qu'à un lieu de culte malgré les hautes voûtes dépouillées que je devinais, portées par des pilastres surmontés de chapiteaux massifs et sans ornement. Après avoir eu sous mes pieds un sol marécageux où je m'enfonçais et la voûte céleste pour tout abri, j'eus le sentiment d'être arrivé en lieu sûr sous ces voûtes qui semblaient vouloir accomplir leur mission jusqu'à la fin des temps, malgré la période de déchéance qu'elles traversaient. Nous passâmes ensuite une porte étroite qui menait dans un enclos de pierre où je reconnus les restes malmenés d'un cloître. Celui-ci servait de cour et de dépotoir. Le long de la galerie qui le bordait, d'immenses tonneaux attendaient d'être terminés. On se livrait ici à leur fabrication. Mais sous la neige qui peu à peu couvrait d'une fine mousse blanche tous les objets qui étaient entassés là, personne ne se hasardait à travailler, d'autant que la nuit commençait à tomber.

Derrière mon hôte claudiquant, vêtu de haillons et grommelant toujours, je traversais donc ces bâtiments de pierre qui avaient dû connaître une certaine majesté à une époque où des moines les habitaient. Je me laissais conduire, me demandant ce qu'il allait advenir de moi, et si je n'étais pas tombé dans un repaire de brigands. Il fallut se baisser pour entrer dans une pièce basse, où l'on avait allumé un feu et où des chandelles brillaient parcimonieusement. D'un geste péremptoire, le vieillard loqueteux me fit asseoir auprès de l'âtre.

Je tremblais de tout mon corps et de toute mon âme. J'avais de la fièvre. Je ne savais pas ce qu'on allait faire de moi. Pour la première fois je regrettais d'avoir quitté mes compagnons de voyage. Ils avaient dû arriver à Marseille et bientôt ils embarqueraient pour un pays inconnu où ils seraient reçus, protégés par l'armée qui y avait établi sa force, comme les bienfaiteurs des populations autochtones. C'était du moins ce qu'on leur avait promis. Et alors que, rentrant dans le rang, ils deviendraient les maîtres d'une terre qu'ils cultiveraient comme de bons travailleurs, moi je continuerais, pendant je ne sais combien de temps encore, d'errer sur une terre qui ne voulait pas de moi et d'être la proie de tous les dangers.

Pour le moment, la première urgence était de prendre soin de mon corps, de le restaurer, de soigner ma blessure. Mais je ne me préoccupais pas de lui parce que c'était à toi qu'allaient mes pensées dans le délire de la fièvre. Je me demandais si tu n'avais pas été inquiétée après mon arrestation, si le faux sauf-conduit avait suffi ou si la police n'avait pas entrepris d'ultérieures recherches sur mon identité. Je redoutais qu'on ait découvert le subterfuge et fait peser quelque pression sur toi. Et l'angoisse aidant, je finissais par me persuader que la protection des gens sous qui je t'avais mise avant de partir pour ce voyage à l'étranger n'avait pas suffi. Il y a si longtemps que je suis sans nouvelle de toi, et hélas, je le resterai tant que je n'aurai pas trouvé un messager dont je serai sûr. Mon deuxième souci concernait ma mission et son échec. Cela revenait dans mon délire comme une obsession. Personne ne pouvait dire si, après ces événements de Paris, mon nom ne serait pas sali à jamais : je m'étais engagé pour défendre une noble cause et j'étais devenu un paria. Qui m'accorderait encore sa confiance désormais ?

Pendant que j'étais recroquevillé devant le feu qui ne réussissait pas à me réchauffer, en proie à une agitation que je ne pouvais plus contrôler et qui allait durer plusieurs jours et plusieurs nuits, je sentis tout à coup une présence derrière moi. Un bruissement d'étoffe. Je me retournai et je vis une très jeune femme, une paysanne qui, sans un sourire, se dit prête à m'aider. Elle me fit changer de linge, me donna des vêtements chauds, des sabots de bois dont la paille eut la douceur de la plume. Puis, alors que je continuais de trembler, elle alla chercher une écuelle de terre et la remplit à ras bord du brouet qui mijotait dans la marmite pendue à la chaîne du foyer. Je mangeais avec avidité, en me brûlant les lèvres, sans attendre qu'elle ait fini de couper la tranche du gros pain noir qu'elle tenait serré contre sa poitrine. Je n'avais jamais imaginé qu'un jour un repas si frugal me comblerait d'un tel bien-être. Je bus du vin chaud et sucré, je me laissais servir sans dire un mot, sans croire au réconfort de ce moment qui m'était offert après tant de temps passé à dormir sous les étoiles, dans le froid et la peur. - Tu riras sans doute au récit de mes aventures ! Et tu pourras constater à quoi tient la vie d'un homme banni de la société. Et que je ne suis pas si héroïque que tu as pu le croire. -

Tandis que je me restaurais, et avant que la fièvre ne me fasse sombrer dans l'inconscience et la prostration, je pensais que, dès que je connaîtrai mieux mes hôtes, je pourrai leur demander de m'aider pour autre chose encore. Ils me paraissaient misérables mais avaient l'air d'honnêtes gens. La promesse de quelque secours substantiel devait pouvoir les convaincre...

14

A travers la croisée, il voyait un grand feu brûler dans la cheminée dont les longues flammes revêtaient les murs de soie rose. A l'autre bout de la pièce, un lustre de cristal palpitant de mille chandelles était suspendu au plafond. Sur la paroi face à lui, des girandoles et de grands candélabres d'argent faisaient étinceler les services de cristal et de porcelaine disposés sur une console dorée qui semblait apprêtée pour quelque convive raffiné. Cette même pièce qu'il avait vue dévastée par l'explosion naguère avait retrouvé, en quelques semaines, son éclat et son élégance. Elle lui sembla déserte mais il se trompait. De là où il était, le dossier d'une bergère lui masquait en partie l'âtre et il n'avait pas vu, au premier coup d'œil, des formes s'agiter sur le côté de la cheminée. Quand il se rendit compte de ce mouvement, il sut qu'il resterait devant ces fenêtres tant qu'un peu de lumière brillerait dans la maison. Tant pis s'il devait rentrer à nuit noire, quand la lune ne serait plus là pour le guider : il comptait sur le souvenir d'un sac d'avoine et sur l'habitude que son cheval avait des chemins pour retrouver le village.

Il ne bougeait pas. Il respirait à peine. Il ne distinguait toujours pas ce qui remuait ainsi derrière le fauteuil. Mais il n'eut pas à attendre longtemps avant de reconnaître une forme humaine ou tout au moins des membres humains mus de saccades irrégulières. Le mouvement accélérait par moment son rythme convulsif. On eût dit les bras d'un automate déréglé : ils se tendaient dans le noir, se repliaient aussitôt et ne cessaient jamais leurs mouvements. Mais très vite une silhouette se détacha d'eux. Debrume reconnut celle d'un homme à genoux, tournant le dos au foyer, qui se penchait sur la bergère où s'agitaient les bras. Il eut honte de son indiscrétion. Il était prêt à se retirer pudiquement pour ne pas déranger les amants quand il vit la porte s'ouvrir en grand. La domestique se précipitait, amenant davantage de lumière et tenant à la main un flacon. Il vit encore le temps d'un éclair les bras se tendre dans un appel désespéré, puis à nouveau plus rien. L'homme se dressa et Debrume comprit sa méprise. Il ne s'agissait pas d'un couple d'amants interdits profitant de la complicité de la nuit : c'était autre chose qui se jouait ici. Utto, immobile devant le fauteuil faisait des signes à la servante pour lui montrer comment elle devait l'aider.

Tout se passa alors comme une chorégraphie bien orchestrée. Utto et Eimeline soulevèrent le corps désarticulé de Mademoiselle Marthe perdu dans un amas désordonné de volants et de dentelles. Ils la portèrent, poupée de chiffon se pliant mollement, la tête pendante, les mains inertes. Ils se dirigèrent vers la porte. Des torches devaient brûler dans l'antichambre pour éclairer leur marche boiteuse. Debrume n'avait qu'à suivre, le long de la façade, la succession des différentes fenêtres pour trouver la chambre où gisait maintenant Mademoiselle Marthe. Autour de son lit disposé parallèlement à la croisée, Utto et la servante s'appliquaient à installer la jeune femme sur des coussins, à arranger sa chemise, à la couvrir et la border comme une enfant, avec des gestes d'une grande douceur. L'inspecteur n'aurait jamais pu imaginer ces êtres capables de tant de délicates attentions.

Il resta à son poste d'observation pendant des heures. Etonné des événements autant que de cette demeure d'un luxe absent des habitations de la contrée, il avait l'impression de faire partie désormais de la scène qui se déroulait devant lui. Pendant tout ce temps, le manège ne cessa pas. Les deux dévoués serviteurs ravivaient tour à tour le feu, allaient chercher des tisanes, des onguents, retiraient les couvertures pour frictionner les membres de la malade, bassinaient le lit, remontaient les coussins. Puis ils recommençaient, essayant à nouveau de lui faire boire une potion qu'elle refusait, remettant des bûches dans le feu, passant sans cesse des onguents aux coussins au feu à la carafe de cristal qui se trouvait sur la table de nuit et qui contenait de l'eau fraîche. Enfin, un peu de vie finit par gagner le corps de Mademoiselle Marthe qui pendant tous ces longs soins était resté inerte et tremblant.

A la lueur des nombreuses lampes, candélabres et bougeoirs que la servante avait amenés dans la chambre au fil des heures, Debrume avait pu vivre ces intenses moments d'émotions au rythme de celles des protagonistes lorsqu'il se rendit compte qu'il était pétrifié de froid. Son cheval, par cette nuit de gel, avait dû attraper la mort. Il aurait des comptes à rendre à son propriétaire s'il ne s'appliquait pas à le bouchonner énergiquement en rentrant à l'écurie. Mais il ne pouvait se résoudre à partir, la stupeur le clouait là, devant la fenêtre de cette demeure où il n'aurait pas dû se trouver.

A un certain moment, alors que rien ne le laissait présager, toute agitation cessa. Les deux serviteurs étaient maintenant assis de part et d'autre du lit et regardaient la malade en souriant, soulagés de voir leurs soins porter leurs fruits. Des couleurs étaient revenues sur le visage de la jeune femme et sans entendre sa voix qui devait être faible, l'inspecteur devinait qu'elle leur parlait doucement. Elle les regardait à tour de rôle avec reconnaissance. Il n'apercevait que son profil émergeant à peine des coussins de dentelle, mais il devinait son épuisement. Elle tendit les mains vers eux et chacun en prit une dans les siennes. Ils retrouvaient ensemble la paix après la bourrasque, incrédules mais rassérénés. Le calme régnait maintenant dans la maison.

Alors, la servante, levant les yeux, se rendit compte que, dans la panique, elle avait oublié de tirer les rideaux. Elle sauta de sa chaise comme mue par un ressort. Debrume n'eut que le temps de se jeter de côté et de se plaquer contre le mur. La scène se referma devant son nez. Il eut l'impression d'en avoir été exclus injustement tant il avait partagé l'anxiété de ces gens, allant jusqu'à éprouver le sentiment qu'il avait été pour quelque chose dans l'efficacité des soins prodigués et qu'il était en droit d'en tirer lui aussi quelque satisfaction. En vérité, la guérison de Mademoiselle Marthe lui tenait à cœur.

Mais pourquoi ? Ces êtres qu'il connaissait à peine étaient-ils déjà entrés dans sa vie, alors que c'était lui qui aurait dû entrer dans la leur ? Il ne savait répondre. Cependant, troublé, il se ravisa, pensant qu'il devenait le jeu d'une sensibilité qui ressemblait à une ridicule sensiblerie, laquelle était incompatible avec l'exercice de son métier.

Il se frotta les yeux et revenant à la réalité, il décida de faire une visite, dans les jours à venir, aux membres de l'étrange famille. Pour que le médecin ne lui mît pas des bâtons dans les roues, il agirait sans son aide. Il oublierait ce qu'il venait de voir ou plutôt il le garderait pour lui et n'en parlerait à personne, surtout pas à ses supérieurs dans le rapport qu'il s'apprêtait à leur envoyer. Après tout, ses sentiments ne regardaient que lui. Et il avait bien le droit d'avoir quelques secrets.

15
Septième lettre d'Ange Bonnet à son épouse

début 1849

Ma chère épouse,

Comment vis-tu ces longues semaines d'attente ? As-tu pu avoir mes premières lettres de Paris ? Je n'ai aucune certitude que le courrier auquel je l'ai confié ait pu passer le message sans anicroche, mais j'ose l'espérer. Je brûle d'avoir de tes nouvelles. As-tu pu te rendre en Savoie prendre les eaux et contacter ceux qui nous y attendent chaque année ? J'aurai réponse à tout cela lorsque je te reverrai. Pour l'instant je vais te conter par le menu le récit d'événements récents qui sont sur le point de résoudre la situation dans laquelle je me trouve. Sache que la chance m'a souri !

Je sortis au bout de quelques temps de l'inconscience dans laquelle je tombai le jour de mon arrivée et où m'avaient maintenu la fièvre et l'épuisement dus à ma blessure. Peu à peu j'appris à connaître mes hôtes. Ils étaient plus nombreux que je ne l'avais cru le premier jour, quand, traversant la grande nef déserte et le cloître encombré de douves de tonneaux, je n'avais rencontré âme qui vive, mis à part mon étrange guide. Je les ai découverts les uns après les autres, les membres de cette nombreuse famille. Aux champs, ils travaillent sous les ordres du fils aîné, le père étant devenu trop vieux pour mener les travaux de la terre. Mais c'est à ce vieillard que revient la véritable autorité. On ne fait rien sans lui. Il n'y a pas ici de domestique, à part l'homme qui est venu m'ouvrir le jour de mon arrivée, un valet de ferme un peu diminué, mais attaché à la famille qui l'a recueilli. Chaque fils, fille ou bru a son rôle assigné. Comme ailleurs, les femmes s'occupent des tâches ménagères et participent aux travaux de champs aux côtés des hommes. Tous travaillent dur et les enfants ne sont pas en reste. Ils vivent quasiment en autarcie dans cette ancienne abbaye abandonnée des moines depuis la révolution. La quasi-totalité de leur production va au propriétaire qui a reçu l'abbaye et ses terres en héritage. Le reste suffit à peine à faire vivre la famille qui s'en contente et qui mène une vie recluse, sans contact avec le village, une vie parcimonieuse et laborieuse, où la misère guette. Ils possèdent cependant une grande richesse puisqu'ils ont les eaux de la Durance. Les ouvrages de drainage et d'aménagement des rives mis en place par les moines du temps de la création de l'abbaye continuent d'irriguer leurs cultures et de les protéger des caprices du fleuve. Et on éprouve un sentiment de sécurité entre ces murs dont la puissance se lit dans la masse imposante des différentes bâtisses.

Je contribuais aux travaux des champs dès que je fus remis sur pied après plusieurs jours de fièvre intense et de délire où je fus soigné avec dévouement par les femmes de la maison. Alors, j'appris à mieux connaître chaque membre de la maisonnée. Mais je ne fus adopté comme l'un des leurs que lorsqu'ils comprirent, je ne sais comment, que je redoutais les gendarmes. J'eus la certitude, quelques jours plus tard, qu'ils les redoutaient autant que moi mais pour d'autres raisons. Je n'ai pas encore démêlé complètement l'affaire, mais il est certain qu'ils pourraient, eux aussi, avoir maille à partir avec la justice. Sur les rives de la Durance, à la limite de deux contrées, ils ont à faire à la maréchaussée lorsqu'ils transportent les quelques produits de leur production qu'ils réussissent à soustraire à la part de leur maître pour les vendre de l'autre côté du fleuve. Sans doute ces petits trafics leur permettent-ils d'échapper à la mainmise totale du propriétaire sur leur production, ainsi qu'à l'octroi qui leur prendrait bien plus qu'ils ne pourraient gagner. J'en avais la suspicion sans en avoir de preuves, jusqu'au jour où j'ai participé sans le savoir au passage clandestin d'une rive à l'autre, de sacs de blé prélevés sur l'ensemble de la récolte. On les embarquait sur le bac qui traverse la rivière, en pleine nuit, à la lueur des torches, et comme tu peux t'en douter, dans le plus grand silence. Cela avait tout du trafic de contrebande… Depuis cette nuit-là, je suis devenu l'un des leurs et ils m'emmènent partout avec eux.

C'est ainsi que je me suis rendu plusieurs fois avec eux au marché de Cavaillon. Et c'est là, par le plus grand des hasards, que je viens de reprendre contact avec les miens. J'ai donc bon espoir que ma bucolique retraite finisse bientôt. Voilà toute l'histoire : arpentant le marché aux côtés d'Yves, l'un des fils de la maison (Utto est le nom de la famille), pour y trouver quelque acheteur discret qui serait intéressé par les sacs de blé clandestins que nous étions prêts à céder à bon prix, je fus étonné de voir, accroupie à terre, une vieille femme qui vendait des marrons dans ce pays où les marronniers ne foisonnent pas et quelques champignons, des cèpes séchés, qu'on trouve en quantité dans les bois en automne. Les marrons me firent penser aux collines de mon enfance. Je m'arrêtais un instant pour en acheter une poignée. La vieille femme parlait un provençal bâtard où je devinais quelques mots de piémontais : elle avait reconnu la *première mon accent et avait hasardé quelques mots de la langue de mon pays. Ces quelques mots prononcés entre les dents devaient faire basculer ma vie.*

J'expliquai mon secret à Yves qui m'est tout dévoué depuis le premier jour. Aussitôt il se proposa de m'aider au nom de cette sacro-sainte amitié qui nous liait désormais après les longs mois où les soins de sa famille m'avaient permis de revenir à la vie. La vieille femme nous fit signe de la suivre de loin. Elle nous amena à son logis où son fils était à l'attendre. Nous nous présentâmes mutuellement. Lui aussi était un transfuge. Il s'était réfugié à Cavaillon après avoir fui le désastre qui avait succédé aux journées de Milan auxquelles il avait pris part. Désormais, le Piémont non plus n'était plus sûr, gouverné par ce Carlo-Alberto qui ne pensait qu'à plaire aux autrichiens pour consolider sa monarchie. Ainsi, l'homme avait-il dû fuir son pays, enlevant au passage sa vieille mère et sachant qu'il pourrait trouver dans ces parages un refuge auprès de patriotes qui y étaient établis et qui travaillaient de loin à la cause. C'est par lui que je t'envoie mes lettres. C'est grâce à l'aide de tout ce petit monde que je vais pouvoir te rejoindre. Après quoi je pourrai également participer à l'action qui se prépare à Rome. Sans doute ne m'y attend-on plus. J'ai appris par cet homme régulièrement informé que nos amis ont subi d'énormes pertes et que la situation frôle la catastrophe. Des représentants de grandes familles sont en danger, leur vie menacée. Et, dans notre Comté, ceux qui n'ont pas prêté allégeance au roi du Piémont craignent évidemment plus que les autres.

Ces tristes évènements vont cependant conditionner nos vies par l'impulsion nouvelle qu'ils donneront enfin à notre lutte. Nous n'aurons sans doute, et comme toujours, que le choix d'adhérer à eux. Nos vies sont entrées depuis longtemps dans cet engrenage que nous connaissons bien désormais, et nous savons qu'il est impossible d'en sortir. D'autant que tout va se précipiter et qu'il n'est pas l'heure de lâcher prise.

Pendant ces longs mois, j'ai eu le temps de penser à toutes les éventualités. Je vais bientôt, grâce à l'aide de l'homme rencontré à Cavaillon, me rendre auprès d'un homme de grande valeur dont nous avons si souvent entendu parler et qui a voué sa vie à notre cause, Roberto Regardini. Il n'habite pas très loin d'ici, du côté de Manosque. J'ai pour cela besoin de quelques jours encore. Aussi, je te demande de suivre à la lettre mes instructions que te transmettra mon messager. C'est un homme en qui tu peux avoir confiance. Il te donnera de vive voix les détails de mes intentions et ce que tu devras faire pour moi… Dans quinze jours au plus tard, je te serrerai dans mes bras…

16

Il rapprochait sa surveillance dans l'intention de provoquer une rencontre avec la demoiselle de Combeferres. Il lui fallait trouver une ruse pour rendre fortuite cette rencontre qu'il ne voulait devoir à personne et surtout pas au docteur Courbet dont il s'étonnait du comportement. Tout en lui proposant son aide avec la bienveillance habituelle, il lui semblait ne pas parvenir à lui dire quelque chose qu'il avait sur le cœur. Cette hésitation était sans doute la raison de ses visites récurrentes à l'auberge, au moment du dîner. Il entrait hâtivement comme s'il avait toujours une urgence qui l'attendait rendant son temps plus précieux que celui du commun des mortels. Durant toute la journée, perché sur la banquette de sa vétuste jardinière et frileusement enveloppé dans sa houppelande de berger, il avait parcouru le réseau serré des chemins tortueux autour du village qui l'avaient mené d'une ferme à un hameau éloigné. Il avait mis un enfant au monde, réduit une fracture, pansé une mauvaise blessure. On eût dit qu'il venait chercher un peu de distraction auprès de Debrume, quand, épuisé, il se laissait tomber sur une chaise face à lui et demandait son vin chaud. Il continuait à épier l'hôte du coin de l'œil quand il s'adressait à Debrume avec des airs de conspirateur. Mais il parlait peu. Parfois, après un échange désabusé sur les choses de ce monde, il repartait, le dos courbé, harassé de fatigue ou de désillusion, sans avoir renouvelé sa proposition de faire visiter le pays à l'inspecteur dans sa voiture aux essieux grinçants. Alors, Debrume avait l'impression d'avoir eu devant lui l'image de ce que lui-même allait devenir après qu'il se serait éreinté pendant des années au rôle de garde-fou de la misère humaine, le même rôle qui avait eu raison des forces de cet homme et avait imprimé sur sa physionomie son air affligé et brisé.

  Chaque jour, Charles Debrume faisait préparer son cheval de bonne heure. Il se dirigeait vers son poste d'observation pour attendre que la brume matinale se lève. Un moment plus tard, transi de froid, il voyait apparaître, au bout de sa lunette de longue vue, l'écu d'or du tilleul qui lui indiquait de loin la direction à prendre. Il se dirigeait sans hâte vers Combeferres. S'il passait le mur d'enceinte qui délimitait le parc sans l'enfermer – (la grille de fer de l'entrée n'ayant jamais été verrouillée) – il était assuré de ne rencontrer personne à cette heure. En se faufilant entre les buis, il pouvait donc s'approcher de la cour ensoleillée, ce parvis dallé de pierre qui bordait la façade sud de la demeure sur laquelle se déployait l'enfilade des hautes fenêtres. Aucun bruit ne se faisait entendre, aucun chien n'aboyait. La demeure était enfouie dans une profonde léthargie. Elle semblait déserte.

  Mais le plus souvent, il préférait l'observer de loin. Juché sur une hauteur, caché derrière un arbre ou un rocher, il lui arrivait de surprendre, toujours au moyen de sa lorgnette, les menus événements de la vie domestique qui se déroulaient chaque jour dans la cour. La servante Eimeline allait puiser de l'eau ou étendre du linge portant son lourd panier d'osier sur la tête. Utto étrillait un cheval, en conduisait un autre à l'abreuvoir, coupait du bois, grimpait sur le toit d'une remise ou s'occupait à d'autres travaux que l'inspecteur ne pouvait identifier de là où il était. La paix régnait dans la demeure, un calme absolu. Rien n'y dérangeait la bonne ordonnance des heures. La cloche des repas sonnait avec une régularité d'horloge et au fil du temps les occupations se répétaient chaque jour plus ou moins identiques.

Debrume espérait pourtant qu'il croiserait un jour la jeune femme sur les chemins, à cheval ou dans sa calèche qu'Utto attelait parfois. Mais depuis la scène qu'il avait observée par la fenêtre dont les rideaux étaient restés ouverts fort à propos, il ne l'avait plus aperçue, sans doute gardait-elle encore la chambre. Un jour pourtant il la vit paraître. Elle était menue, telle qu'il la voyait, au bout de sa lorgnette. Menue et droite, regardant le ciel comme si elle y cherchait un signe. Elle était enveloppée d'un châle clair et, sur le pavé de la cour blanchi à force de soleil, sa silhouette faisait une tache à peine visible, comme si elle existait à peine. Silhouette transparente à force de pâleur, elle lui semblait la réplique d'une autre silhouette qui, à force de transparence, était devenue une ombre sans consistance. Et cette ombre, en s'effaçant tous les jours un peu plus, emportait avec elle les derniers rayons du soleil qui avait embelli sa vie. Mais Mademoiselle Marthe, quant à elle, était bien vivante. Elle marchait de long en large. On eût dit qu'elle attendait quelque chose ou quelqu'un. Elle observait les chevaux quand Utto les sortait de l'écurie. Il y avait un petit cheval bai qui avait l'air nerveux et qu'elle approchait avec des gestes très lents, le caressant longtemps. Et comme elle lui parlait doucement à l'oreille, il lui répondait d'un petit hennissement, s'ébrouait puis finissait par se calmer. Ce dialogue que l'inspecteur ne pouvait entendre, il lui semblait le comprendre, comme s'il lui était adressé.

Que faisait-elle, dans ce pays si rustique, cette femme fragile que la maladie emportait dans de terribles convulsions et qui aurait sans doute perdu la vie sans les soins de ses compagnons ? Elle semblait appartenir à un autre monde. Sa maison elle-même était tout droit sortie d'un ailleurs, d'une autre époque, avec son ordonnance de fenêtres aux petits carreaux brillants de soleil qui faisaient entrer la lumière à flots dans des salons dont jamais au village personne n'avait vu les pareils. Cette demeure qu'on appelait avec la dérision qui masque l'envie, « le château » était une aberration pour les villageois. Elle était l'exact contraire des petites habitations du pays, étriquées, tout étirées en hauteur et qui se tenaient mutuellement debout s'appuyant l'une sur l'autre pour former des rues étroites où le soleil ne pénétrait jamais et où le vent s'engouffrait en sifflant les jours de mistral. Les remparts les protégeaient frileusement, comme si les habitants craignaient encore les attaques venues de la plaine de soldats en armes, de cavaliers à l'armure d'acier dont les heaumes alignés sous les bannières colorées cachaient des visages inhumains, et qui apportaient avec eux violence, terreur et destruction. Ce que certains avaient pu prendre pour une vieille bergerie abandonnée comme il y en avait quelques-unes autour du village, était devenue par les soins de la demoiselle de Combeferres, une vaste et élégante demeure qui comportait tout ce qu'on n'avait jamais vu ici : des meubles de prix, des objets d'argent, de porcelaine, de cristal et de vermeil, des tapis aux couleurs tendres, des tableaux aux cadres dorés dont les scènes étranges ne représentaient pas le Christ et les Saints comme ceux qu'on voyait à l'église, des rideaux de damas ou de faille de soie, ces tissus dont personne ne connaissait le nom. Ici, on se contentait de rideaux de coton que les villageoises crochetaient, profitant de la lueur du foyer, lors des longues veillées, quand la neige bloquait les rues du village transformées en patinoires. Cette dentelle domestique qui, pour être fine n'en gardait pas moins un charme rustique, était également le seul luxe, le seul raffinement de leur toilette. Elles s'y usaient les yeux. Le monde de Mademoiselle Marthe, parce qu'il était différent, avait de quoi interroger les villageois et la leur rendre suspecte. Il ne leur avait pas été difficile de rattacher des manifestations grotesques, fruit de leur imagination, à sa présence incongrue dans ces lieux.

Quant à lui, s'il ne versait pas dans leurs élucubrations, il ne cessait de se poser des questions sans trouver de réponses au sujet de sa présence ici. Peut-être, dans une soif d'oubli, y cherchait-elle une sorte d'espoir. La vie du village lui étant étrangère, il se persuadait qu'elle était comme lui-même, sensible au silence de la montagne qu'elle ressentait dans sa chair, tout comme lui, tel un désir d'absence ou la promesse d'une vie étrangère dont l'accès restait interdit et qu'il faudrait chercher toute sa vie dans une quête qui ne laissait jamais de repos. Alors, il pensait que si la réalité cachée de ce pays - qu'il n'arrivait pas à cerner après les deux mois qu'il venait d'y passer -, trouvait une résonance en elle, il lui fallait en avoir la certitude. Et tout à coup, il se demandait pourquoi ce besoin devenait si important pour lui. Il ne pouvait répondre à cette question. Néanmoins, il était convaincu que quelque chose le retenait ici, une chose qu'il attendait, une chose dont par avance il savait qu'elle ne lui servirait à rien et qu'il ne pourrait signaler dans un rapport officiel qu'au prix de devenir la risée de tout le service de police dont il dépendait. Et quand il lui arrivait de douter de la nécessité de cette attente, il secouait la tête et, revenant à une certaine lucidité, il se rendait compte que ce qui occupait son esprit ce n'était pas de savoir si cette attente était nécessaire ou non, mais combien de temps elle allait durer.

17

<u>Huitième lettre d'Ange Bonnet à son épouse</u>

Manosque, le 10 janvier 1849

(…) Nous ne serons plus seuls, mon amie (…)

Du marché de Cavaillon me voilà rendu à Manosque. J'y ai été conduit par Yves Utto qui, avec l'assentiment de son père, a laissé sa famille et les murs de l'ancienne abbaye qui l'ont vu naître pour se rallier à notre cause. Ses proches me sont également dévoués : ils nous ont harnachés comme ils ont pu, avec ce qu'ils avaient de meilleur. Je m'en vais les dédommager dès que possible pour tous les frais que je leur ai occasionnés.

Je t'envoie ces lettres par le biais du piémontais rencontré à Cavaillon et qui m'a ramené, par hasard, dans les rangs de notre organisation, dès que j'ai eu prononcé les mots qu'il fallait, tu sais ce dont je parle…

Je suis aujourd'hui à Manosque chez celui qui œuvre depuis longtemps pour la cause et va donner à notre groupe une nouvelle impulsion : Roberto Regardini. Je n'ajoute rien de plus, tu le connais de renom. Il m'a reçu comme un ami et a accepté de me confier son bien le plus précieux, sa fille, à la demande de celle-ci qui est bien décidée à entrer dans la lutte à nos côtés. Apprête-toi donc à quitter la Savoie où tu dois t'ennuyer ferme au bout de tout ce temps. Rejoins Nice. Je ne ferai qu'y passer sans t'y attendre mais tu y trouveras Marthe, ta nouvelle compagne de lutte, ta dame de compagnie que j'espère tu apprécieras. Quant à moi, après m'être équipé convenablement, je me dirigerai directement à Rome où de grands événements sont en cours comme tu l'as sans doute appris par les journaux.

Je ne te verrai pas d'ici là, mon cher ange. Viens me rejoindre dès que possible. Il serait bon de faire courir le bruit que nous avons entrepris une expédition à Chiusi pour voir l'avancement des fouilles étrusques. Tu verras, Marthe est encore très jeune mais elle a reçu une bonne éducation, sa conversation est intéressante, elle est raffinée, a de la prestance, ce qui lui permettra d'endosser tous les rôles que nous voudrons lui confier. De plus c'est une excellente cavalière. J'emmène également Auguste, vieil ami et compagnon de lutte de Regardini. Il l'a vue grandir et veillera sur elle en cas de besoin. Lui aussi tout dévoué à la cause…

18

Bastide de Combeferres, février 1862

La première neige de l'année était tombée la veille. Le pays semblait assaini, repeint aux couleurs de la candeur et de l'innocence, qualités dont les habitants de Couraurgues étaient parfaitement démunis, ironisait Marthe. Pourtant, elle avait beau être sensible à la beauté du paysage, celui-ci ne suffisait pas à la distraire d'elle-même ; bien au contraire il ravivait en elle une mémoire douloureuse. Elle redoutait ces moments où les choses lui revenaient sans vouloir lâcher prise, laissant la voie libre au feu qui avait consumé son enfance. C'était à lui qu'elle avait espéré échapper en fuyant la maison de son père. Et en effet, pendant un temps, sans doute le plus heureux de sa vie, elle y était parvenue.

Or, depuis quatre ans déjà, elle était confinée à Combeferres sur l'ordre de Corsan, loin d'Elodie. Elle aurait dû s'y sentir à l'abri mais c'était tout le contraire. Et son anxiété n'avait fait que croître depuis qu'elle avait eu connaissance de la présence d'un cadavre sur les chemins du Couron qu'elle arpentait chaque jour. Si l'inconnu était bien, comme elle le soupçonnait, le messager qu'on lui envoyait après ces années d'attente, sa mort lui donnait la certitude que tout avait été inutile, espérer autant que fuir : le feu qui avait brûlé son enfance l'avait rattrapée et le combat inégal qu'encore une fois elle allait devoir mener contre lui ne lui laisserait aucune chance.

C'était en tremblant qu'elle attendait le résultat de l'enquête. Si rien aujourd'hui ne disait qu'il s'agissait d'Auguste, la révélation de l'identité du cadavre apporterait peut-être la preuve qu'elle était bien la seule à avoir vu juste. Alors, elle rejetait de toutes ses forces la vision qui lui venait du vieil homme longeant les sentiers escarpés pour arriver jusqu'à elle de sa démarche reconnaissable à la boiterie laissée par une ancienne blessure et qui n'avait fait que s'accentuer avec l'âge. Elle savait sa fatigue comme si elle l'éprouvait dans ses membres, son désespoir après des années de lutte sans issue, mais elle savait aussi son refus de renoncer, son désir resté intact de donner une utilité à sa vie en l'offrant à la cause. Discret, il avait toujours su rester dans l'ombre et sa mort ne le trahissait pas puisque sa dépouille n'avait pu être identifiée. Mais si c'était bien lui, que venait-il lui annoncer ce vieux messager d'autrefois ? Qu'il allait la ramener au monde des vivants ? Il l'avait vu grandir et c'était à lui que son père l'avait confiée lorsque toute jeune fille, elle s'était volontairement engagée aux côtés des Corsan. Pendant une quinzaine d'années, il l'avait suivie sur les routes d'Europe comme un chien fidèle lors des voyages incessants où elle accompagnait Elodie, et il avait fait profiter à toutes deux de ses talents d'ancien comédien pour le grimage et les travestissements. Après le désastre de la lamentable expédition de 1857, Corsan l'avait contraint à la quitter brutalement, comme il l'avait fait d'Elodie. De quelle faute avait-elle été soupçonnée pour mériter une telle punition ? Ne sachant plus ce qu'il était devenu, il était facile d'imaginer que ce cadavre, c'était lui, ce vieux compagnon de lutte de Roberto Regardini, ami de la première heure, agonisant seul dans la montagne, comme une bête, sans avoir pu accomplir sa dernière mission.

Si elle était avérée, la mort d'Auguste lui était doublement douloureuse. Tout en la privant de l'affection d'une personne sur qui elle avait toujours pu compter, elle abolissait l'espoir d'échapper à l'immobilité à laquelle on la contraignait à Couraurgues où elle se sentait coupée des vraies raisons de sa vie, dépossédée de ce qu'elle avait aimé et de ce pour quoi elle avait vécu. Elle ne saurait jamais ce que le vieil Auguste avait à lui dire. Et il lui faudrait attendre encore, mais combien de temps, avant qu'un autre messager ne lui soit envoyé. Peut-être personne ne viendrait plus jamais. Pourtant, pour survivre, elle devait continuer à croire que sa vie pouvait encore redevenir ce qu'elle avait été. Alors, le flux des événements reprenant son cours, elle n'aurait plus qu'à se laisser porter. Et elle recommencerait à vivre et elle effacerait de sa mémoire les torpeurs anciennes qui l'avaient clouée au sol si longtemps.

Mais aujourd'hui elle en était là. A part ce corps engourdi figé dans une immobilité délétère, il ne lui restait rien de son passé empli d'actions mouvementées, folles et dangereuses, accomplies dans un enthousiasme qui s'apparentait à une certaine joie de vivre. C'était de cet enthousiasme qu'elle avait la nostalgie. Les risques qu'elle avait pris, le tourbillon incessant dans lequel elle avait vécu, tout cela, c'était elle, alors que pour les villageois ici, elle n'était qu'une étrangère inaccessible et hautaine, une démente dont les pouvoirs de sorcière amenaient le malheur sur eux, un danger pour tous. Seul le docteur Courbet était bien disposé à son égard. Il la soignait comme un honnête médecin de campagne et semblait tout comprendre d'elle, son mal-être, la maladie de son corps. Pourtant, il lui arrivait de se dire que si on voyait en elle la manifestation du Malin, on n'avait peut-être pas tout à fait tort. Car en vérité, elle ne savait plus exactement ce qu'elle était, ni de quoi elle pouvait être capable maintenant que le temps lui-même n'avait plus de sens.

L'inspecteur Avrillé qu'elle avait rencontré quelquefois avait disparu du jour au lendemain, volatilisé comme toutes les autres personnes dont elle avait effleuré la vie sans pouvoir pénétrer leur mystère. Ces gens, elle les avait parfois beaucoup aimés. Elle les avait suivis dans leurs entreprises. Mais ils étaient restés aussi étrangers qu'elle l'était aujourd'hui à elle-même. C'était dans un théâtre d'ombres qu'elle avait évolué. De ce mouvement continu d'ombres autour d'elle, elle n'avait pu rien saisir. Si elle avait réussi à le faire, sa force de vie, enfin libérée, lui eût permis d'ancrer son existence dans une réalité plus profonde et moins incertaine.

Quant au jeune inspecteur Charles Debrume apparu après la disparition d'Avrillé, elle ne l'avait pas encore vu d'assez près pour avoir de lui une opinion. Elle le surveillait du coin de l'œil quand il la suivait pas à pas sur les sentiers du Couron. Il peinait autour d'elle, hésitait longuement et finalement renonçait à l'approcher. Comme il montait à cheval comme une arbalète il manquait d'endurance pour les longues courses qu'elle lui imposait sur les sentiers tortueux de la montagne. Mais il s'obstinait à la suivre. Si en plusieurs mois il avait fait quelque progrès, il était évident que le pauvre garçon n'était pas fait pour les grandes chevauchées auxquelles elle était rompue. Sa maladresse l'amusait tant qu'il était devenu sa seule distraction dans ces lieux solitaires, ces lieux d'abord hostiles, qu'elle avait peu à peu apprivoisés et qui, loin des endroits quotidiennement fréquentés par les villageois, ne lui faisaient plus peur désormais. C'était peut-être seulement parce qu'il la faisait sourire quand elle le voyait s'échiner autour d'elle qu'il lui semblait n'avoir rien à redouter de lui. Mais lui aussi disparaîtrait du jour au lendemain à la fin de son enquête. Si elle le laissait s'approcher d'elle, pas trop près tout même, ce serait sans l'intention de faire de lui un ami... Elle n'avait pas d'amis ici et n'en aurait jamais. Quelle sorte d'ami pourrait remplacer la seule personne dont on l'avait injustement privée ? D'autant qu'il devrait être pourvu de qualités rares pour supporter avec elle sarcasmes et indifférence, hostilité, solitude, exclusion qui étaient son quotidien. Il faudrait une personne d'exception pour combler les manques que ladite situation imposait. Et autour d'elle, elle ne voyait que des gens ordinaires vouées aux tâches banales de la vie de tous les jours. Elle savait qu'elle ne pouvait attendre de l'aide de personne pour libérer la force enfouie au fond d'elle-même et injustement anéantie.

Voilà pourquoi son attente était de plus en plus pesante. Pourtant elle était aguerrie à ses pièges. Elle les connaissait pour les avoir tous affrontés après la mort de sa mère. La vie aux côtés d'Elodie l'en avait libérée. C'était grâce à elle qu'elle avait recommencé à vivre grâce après son deuil. Leur vie avait été pleine de risques et de grands et petits bonheurs. Pour partager sa vie elle s'était jetée dans l'aventure et parfois dans la tourmente sans la moindre hésitation. C'était ce qui l'avait sauvée. Puis tout cela avait pris fin soudainement. Et elle avait été assignée à résidence dans cette bastide, à l'écart de ce village où on la jugeait indésirable. Une nouvelle vie, étrange et immobile, s'était organisée en compagnie du dévoué Utto, une vie d'attente si longue qu'elle avait fini par ne plus savoir ce qu'elle attendait, comme avant son engagement, comme avant de connaître Elodie dont la dévorante affection avait été le pilier de sa renaissance.

Cependant, tout en déplorant la lamentable fin de cette période de sa vie, elle mesurait sa chance : en faisant le choix de suivre son père dans la société secrète à laquelle il avait dédié sa vie, elle avait évité le carcan d'un mariage à laquelle sa condition l'eût contrainte, une vie de désœuvrement et d'ennui, rythmée par les passetemps ordinaires de la vieille aristocratie provençale. Et pour commencer, elle avait échappé à la compagnie d'une marâtre indésirable que son père lui avait imposée. Auprès d'Elodie, elle avait eu la vie dont elle avait toujours rêvé.

C'était une vie riche et trépidante où elle avait sa part. Sa stature élancée, transformée par les mains expertes d'Auguste, lui avait permis de jouer parfois le rôle du jeune époux d'Elodie. Elle paraissait à ses côtés, dans une ville où le couple ne connaissait personne, dans la loge d'un opéra d'une ville lointaine où Corsan devait laisser la nouvelle de son passage que les journaux ne manquaient pas de rapporter. Pendant ce temps, sous un nom d'emprunt, il courait mille dangers au risque d'être arrêté par les polices de la péninsule où il encourait la peine de mort, passant de la France à l'Angleterre, de la Hollande à la Suisse, au gré des besoins de la cause. Le rôle de Marthe consistait à donner le change afin de protéger son action clandestine. Elle se souvenait avec une certaine nostalgie avoir traversé aux côtés d'Elodie, dans leur calèche, la petite station thermale savoyarde où elles passaient quelques jours et où elles devaient se montrer sans se laisser découvrir : elles choisissaient la demi-obscurité du crépuscule, retour de promenade, alors qu'on pouvait encore reconnaître le couple sans distinguer les visages. Longtemps elle n'avait été que cette silhouette fuyante de jeune homme, habilement travestie par le savoir-faire d'Auguste. Malgré les talonnettes dont il l'avait affublée, elle avait appris sans difficulté la démarche de Corsan, le moindre de ses gestes et elle avait joué son rôle avec jubilation, fumant le cigare d'un air détaché, comme son modèle. Et quand la nécessité s'imposait, elle endossait le rôle d'Elodie. Bref, pour les Corsan et pour la cause, elle avait effacé Marthe Regardini de la surface du monde, étouffé ce qui sommeillait en elle de son adolescence. Et aujourd'hui, mise à l'écart de cette vie tumultueuse, elle constatait qu'il ne lui restait plus rien et qu'elle avait perdu jusqu'à la raison de ses choix.

Dans la solitude que Corsan lui avait cruellement imposée, elle n'espérait qu'une chose : revenir en arrière, reconquérir la réalité de la force profonde et inemployée qu'elle possédait encore, avant que le feu qui autrefois avait failli la consumer ne la cerne de toute part. La longue et inutile immobilité à laquelle on l'avait contrainte lui avait au moins appris que c'était cette force, qui l'avait habitée tant d'années et dont on l'avait dépouillée, qu'il lui fallait à tout prix reconquérir.

19

<u>Neuvième lettre d'Ange Bonnet à son épouse</u>

Rome, 1849 (où vient d'être instaurée la « République Romaine »)

Mon cher amour,

(…) cette lettre toujours par le même canal. Ne viens pas à Rome. N'entreprends pas non plus ce voyage à Chiusi, en compagnie de 'ton cher époux'. Trouve la solution qui me permettra de me replier, si les choses devaient mal tourner pour moi. Par exemple Combeferres… Mais ne restez à Nice sous aucun prétexte : les espions du Roi y ont déjà fait de multiples dégâts dans nos rangs.

Ici le sang coule à flots. Ce n'est pas la place de deux jeunes femmes comme vous. Soigner les blessés, comme le font les épouses des officiers de notre petite armée est une tâche inhumaine quand on manque cruellement de tout. Et finir dans les basses fosses du pouvoir restauré ne servirait pas la cause.

J'espère avoir quitté Rome au plus tôt. C'est Mazzini qui a décidé pour nous : il refuse de mettre en danger plus longtemps les plus solides défenseurs de ses idées. Il faut se rendre à l'évidence, il ne nous reste rien d'autre à faire. Si nous tombions aux mains de la réaction, ce serait la fin de tout espoir.

Mais si la république romaine est déchue, cela ne signifie pas la fin de la lutte. L'Italie un jour redressera la tête et tous les peuples d'Europe s'uniront pour instaurer la paix et rendre la vie des hommes plus humaine, en les protégeant par les lois d'une république où chacun pourra faire entendre sa voix. L'enthousiasme de Mazzini est convaincant, qui voit les Nations, libres et amies, unies par la volonté de chaque peuple.

J'espère que cette lettre te parviendra à temps. Sache combien, mon amie, je voudrais être déjà auprès de vous. Mais une autre mission m'attend à Londres. Pisacane doit s'y rendre également et nous nous y retrouverons. Yves Utto m'y accompagnera. Fidèle à lui-même, il sait se rendre utile quand il le faut. Je te ferai parvenir mes instructions dès que tout cela sera mis en place.

> *En attendant, je te promets des jours meilleurs, ainsi qu'à Marthe et à nos fidèles compagnons. Nous sommes si forts de notre foi en la juste cause pour laquelle nous combattons que rien (...)*

20

A son arrivée à Couraurgues, elle avait cru qu'en effaçant souvenirs, amertume ou espoir, elle tromperait l'attente avec facilité. Elle reviendrait à la conscience d'avant la mémoire, se tiendrait à l'écart de la vie et la vie l'oublierait. Elle vivrait comme si personne n'avait connaissance de son existence. Elle s'appliquerait à l'immobilité et au silence, loin de tout. Voilà pourquoi aucun visiteur ne franchissait jamais le seuil de sa demeure au pied de la montagne du Couron. Loin du village, elle y était installée une bonne fois pour toutes et comme s'il s'agissait d'y finir sa vie. Elle avait ses chevaux et Yves Utto s'occupait de tout, n'allant au village que pour se procurer les produits de première nécessité. On pouvait vivre du plus grand dépouillement, pensait-elle alors, et s'en enrichir si on savait voir ce qu'il apporte en contrepartie, la paix de l'âme.

La maison où elle avait échoué par nécessité appartenait à son père, Roberto Regardini. Elle y avait fait faire quelques transformations pour son confort personnel, ajoutant une cheminée dans toutes les pièces pour qu'elles soient abondamment chauffées et éclairées, un luxe dans ce pays de froidure. Le feu y brûlait toute la journée jusque tard dans la saison. Il n'était pas rare que l'été, les soirs de grand mistral, elle demandât d'en faire dans le petit salon contigu à sa chambre. Des quantités de lampes à pétrole, chandeliers, flambeaux, torches, lustres et girandoles éclairaient toutes les pièces *a giorno* pour assouvir le besoin qu'elle s'était découvert de voir le velours des flammes se mouvoir sous ses yeux à n'importe quel moment du jour ou de la nuit. Pour le reste, elle ne voulait vivre que de l'air du temps, de la couleur du ciel, de la brillance des étoiles. Elle n'avait besoin de rien d'autre. Utto veillait sur elle comme un père. Sa servante Eimeline venait à bout de toutes les tâches ingrates, et ses chevaux, fidèles compagnons, l'aidaient à traverser les longues journées d'ennui en toute saison.

Cependant, ces précautions prises avaient fini par jouer contre elle. Peu à peu, l'attente sans fin dans l'immobilité qu'elle s'était imposée l'avait vaincue. Elle s'y était épuisée. La fragilité qu'elle n'avait plus connue depuis longtemps, - disparue pendant la période passée aux côtés d'Elodie - , la mettait à nouveau en danger, un danger accru du fait que les humains semblaient ne pouvoir l'écarter de leur commerce. Et en effet, la forteresse qu'elle avait construite autour d'elle avait montré ses failles : il y avait eu d'abord l'inspecteur Avrillé qui l'avait harcelée de questions, puis maintenant ce Charles Debrume qui ne la lâchait plus d'une semelle. Lors de sa première visite, il s'était employé à montrer un certain du tact avec plus ou moins de bonheur, marchant des œufs quand il était entré dans la pièce où elle l'avait reçu, bougeant avec une économie de gestes qu'il s'était peut-être imposée à son contact. Depuis lors, il avait fini par connaître tous les chemins qu'elle empruntait. Elle le voyait paraître en plein milieu de sa promenade, la suivant de loin et affichant sans complexe sa maladresse de cavalier qui l'amusait tant. Il savait toujours où la trouver, même quand la grisaille, le brouillard ou la neige recouvraient le pays. Il avait avec elle une patience infinie grâce à laquelle, quand elle l'avait croisé elle avait parfois répondu à certaines de ses questions. Mais il savait ne pas insister et respecter son mutisme. Il la regardait, intimidé, comme touché par elle ne savait quel saisissement devant elle. Ou une sorte d'inquiétude. Alors, leurs dialogues devenaient une succession de silences entrecoupés de mots sans signification. Lorsque les regards eux-mêmes n'en comportaient plus aucune, il repartait sans rien dire, comme une ombre furtive qui n'aspire qu'à l'effacement.

  Elle aimait les ombres. Elle les connaissait bien, elle vivait d'elles et pour elles, même si elle s'employait autant qu'elle le pouvait à opacifier sa mémoire. Il avait dû le comprendre. Il lui arrivait de l'imaginer doté d'une forme d'esprit qui ressemblait à la sienne et c'est pour cela qu'elle le laissait s'approcher d'elle. Il aurait même pu devenir un ami si toute amitié ne lui était pas interdite. Lorsqu'elle se souvenait des raisons de cette interdiction, la violence d'une peur irraisonnée l'accablait, un malaise terrifiant qu'elle ne savait pas combattre. Cette terreur lui était hélas familière et quoi qu'elle tentât contre elle, elle la laissait chaque fois démunie. Elle tentait de la conjurer. C'était le feu qui l'y aidait. Elle le connaissait bien lui aussi et à tout moment il pouvait devenir son allié. Elle n'avait qu'à l'attiser. Tout était toujours à portée de main pour cela. Elle souriait en pensant qu'on disait qu'elle était un peu sorcière. Et si c'était vrai ?

  Très vite les flammes envahissaient le foyer. De longues flammes s'étiraient sous ses yeux comme les membres d'un étrange animal prêt à déployer ses tentacules ardents tout autour d'elle. Devant la promesse de destruction que la présence du feu signifiait, une certaine forme de résignation la gagnait. Une bergère auprès de la cheminée était là pour l'accueillir. Elle pouvait oublier son corps qui, elle le savait, serait bientôt la proie des convulsions comme le bois était la proie des flammes. Un jour, elle le savait, c'est le feu qui serait le plus fort.

Dehors, la lumière avait baissé. La neige s'était arrêtée de tomber et immobilisait le paysage dans son silence. Elle sentait la chaleur du feu. Elle ne le voyait plus. Elle voyait seulement l'œil de l'enfant près du sien qui la regardait comme s'il voulait observer au fond de son âme. Que croyait-il y trouver, lui, cet enfant inconnu, alors qu'elle-même ne parvenait qu'à y voir un flou noirâtre d'habitudes et de monotonie, recouvrant quelque chose d'inaccessible et qu'elle n'avait jamais pu déchiffrer ? Cet œil scrutateur et plein d'assurance avait une audace contre laquelle, pour une fois, elle n'avait aucune envie de se défendre : elle avait au contraire une étrange impression de sécurité sous ce regard, comme si celui à qui il appartenait savait pour elle. L'œil contre le sien brillait comme l'obsidienne. Il reflétait la joie, étirait sa paupière dans la promesse d'un sourire.

Elle sentait maintenant le corps de l'enfant peser dans ses bras. Il avait la densité de sa force naissante. Une densité particulière, porteuse d'une vitalité à toute épreuve, d'une vivacité qui ne connaîtrait ni la lenteur ni l'immobilité. Ce petit corps semblait invincible. Il était une proposition d'éternité. Ce n'était que le corps d'un petit enfant de moins d'un an. Son regard brillait près du sien et lui donnait sa lumière et son sourire. Il l'absorbait avec la puissance d'une volonté inflexible comme s'il avait décidé, de toute sa force neuve, de l'habiter entière. Elle ne pouvait que s'abandonner à la lente violence de cette intrusion.

Alors que ses membres s'agitaient par saccades violentes et que déjà elle ne pouvait plus les maîtriser, elle savait encore, comme venant d'une certitude lointaine, la présence de la neige derrière la fenêtre et son silence qui enveloppait Combeferres. Mais elle ne sentait plus le poids du monde peser sur elle. Son cœur était maintenant plein de l'enfant dont les yeux avaient dévoré son regard, cet autre qui venait à la vie à travers elle et qui la faisait renaître, différente, pleine de vie nouvelle. Et si le silence de la neige oppressait le paysage dans la gangue de sa blancheur, c'était pourtant d'espoir qu'il irradiait. Et si le feu engourdissait ses membres tordus sous l'effet des convulsions, c'était pourtant d'une merveilleuse douceur qu'il l'enrobait entière. L'enfant l'habitait, elle se sentait invincible.

Alors que le silence amplifiait contre elle la violence de sa présence, elle sentait son corps soulevé de terre, manipulé, emporté. Et tout à coup elle entendit un grand vacarme. Il y avait maintenant, posé sur elle, le regard inquiet du Docteur Courbet. Elle sentait la chaleur de sa main sur son pouls affolé. Dans son lit, enveloppée dans ses draps et ses dentelles, la tête enfouie dans ses oreillers moelleux, elle était encore une fois vaincue. Utto et Eimeline s'agitaient, comme toujours près d'elle, lorsqu'elle revenait à la vie. Le médecin lui souriait : « Tout va bien, lui dit-il ». Elle ne savait de quoi il parlait. « Vous allez mieux, ajouta-t-il, la crise est passée. »

Mais elle ne pouvait aller mieux puisque l'enfant avait disparu. Sa force nouvelle, à peine entrevue, lui avait été dérobée. Les larmes venaient. Elle retrouvait le monde inchangé. Ainsi qu'elle-même. Elle devrait attendre encore, tout en sachant qu'elle ne pourrait plus jamais atteindre ce degré d'immobilité ardente qu'elle venait de traverser comme un éclair. Encore une fois, l'espoir d'une certitude entrevue fuyait devant elle. Désormais, c'était cette part de vie promise par l'enfant qu'elle allait devoir offrir aux flammes, pour la seule raison que cet enfant n'existerait jamais. Longtemps avant Elodie, Rodolfo qu'elle avait tant aimé l'avait abandonnée pour toujours et à l'heure qu'il était, il l'avait probablement déjà oubliée.

21

On s'enfonçait dans l'hiver. Charles Debrume avait dû renoncer à l'espoir de voir son séjour à Couraurgues prendre fin : un courrier lui était arrivé de la préfecture en même temps que ses émoluments, lui demandant de rester sur place jusqu'à nouvel ordre. Il lui faudrait donc oublier la douceur des hivers niçois, ses flâneries le long du bord de mer qu'il avait arpenté quelques rares fois, Céleste à son bras. C'était dans le froid et la neige des montagnes qu'il passerait le premier hiver sans elle, dans l'inconfort anonyme d'une auberge de village et loin des lieux où ils avaient eu leurs derniers moments de bonheur : un endroit où personne ne pouvait se souvenir d'elle qui n'y avait jamais mis les pieds. Inutile de dire que ses supérieurs n'en avaient cure. Mais le devoir exigeait sa présence et il avait jugé qu'il était temps de se faire livrer une malle de linge et d'objets personnels par sa vieille gouvernante. Il trouvait peu d'avantages à continuer à se vêtir des hardes de villageois que, jusque là, une lavandière bienveillante lui avait procurés pour remplacer son trousseau réduit à sa plus simple expression. Cependant, pour se prémunir du froid, et en attendant ses bottes, il avait fait faire une paire de gros souliers par le cordonnier du village.

Il avait plaisir à se rendre dans la soupente où celui-ci tenait boutique. Le cordonnier consacrait son temps au travail du cuir pendant la saison froide et retournerait aux travaux de la terre à l'arrivée du printemps. Autour de lui, il y avait toujours du monde à le regarder tirer l'alêne et les discussions allaient bon train. Mais dès que, grimpant l'étroit escalier, l'inspecteur abordait le dernier étage, il s'y faisait un silence de mort. L'odeur du cuir était plus loquace que ces hommes au visage fermé qui saluaient à peine à son entrée avant de disparaître furtivement. Il se contentait de cette odeur comme d'une parole. Présente dans ses nouveaux souliers, elle l'accompagnait partout et lui racontait ces vies ordinaires partagées entre peines et labeurs sans pour autant lui apprendre quelque chose concernant son affaire !

Il n'était pas homme à se décourager pour autant. Et s'il voulait sauver la face et faire honneur à la confiance qu'on mettait en lui, il lui fallait comprendre ce qui s'était passé dans la montagne et découvrir les causes de cette mort. Mais il n'avait aucun début de piste. Ne sachant comment organiser ses recherches, il parcourait les rues en espérant y voir quelque chose de suspect. Il n'y rencontrait pas grand monde. L'hiver était froid et les courants d'air entre les venelles transperçant les vêtements n'inclinaient pas à s'attarder dehors. Il sentait la vie dont il était soigneusement maintenu à l'écart vibrer derrière les murs, autour du foyer. Là aussi, la parole était rare. Peut-être le laconisme des échanges, cultivé par les villageois comme un exercice de l'esprit ou une philosophie, permettait-il de dérouler le ruban des habitudes sans en changer jamais la couleur et de maintenir caché ce qui devait le rester. Ce mode de communiquer était si hermétique qu'après s'y être colleté pendant plusieurs mois sans rien apprendre de ces gens, l'inspecteur avait dû l'accepter : c'était leur façon d'appréhender le monde : silence, immobilisme, prudence en toute chose et il n'y pouvait rien.

Dans les rues couvertes, il croisait parfois une femme qui sortait d'une cave où elle élevait poules et lapins. En le voyant, elle se hâtait de regagner la porte d'entrée de sa maison, juste en face, de l'autre côté de la rue. Elle faisait claquer à son nez la grosse porte de noyer sur laquelle brillait une main de cuivre que Debrume entendait sonner imperceptiblement sous le choc comme pour lui reprocher sa présence incongrue en ce lieu. Il avait à peine eu le temps d'entrevoir l'intérieur, un escalier aux tomettes rouges dont les marches étaient bordées d'une latte de bois ciré. Et, l'espace d'un instant il avait respiré avec nostalgie la bonne odeur d'encaustique et de pain chaud des maisons bien tenues.

Quand il approchait du lavoir, il entendait, dominant les coups de battoir, un fouillis de voix criardes. Les conversations des femmes résonnaient sous une voûte en berceau au dépouillement des églises romanes. Mais il tournait le coin de la rue et sa présence face au lavoir mettait fin à toute parole après une vague réponse collective à son salut. Il s'éloignait en trainant derrière lui ce silence bien orchestré qui venait de s'établir à l'unisson et qu'il percevait comme un nouveau reproche.

  Un jour, passé le lavoir, il surprit une scène dont il devait se souvenir bien plus tard. On posait le tord-nez à un poulain réticent qui allait être ferré pour la première fois. La jeune bête se débattit un moment puis, vaincue par la douleur, s'immobilisa. Le père Cavadaire s'affairait autour de la postérieure droite, alors que son fils tenait le cheval d'une main ferme. Certains étaient venus profiter du spectacle tout en essayant de se rendre utiles. L'un d'eux avait posé la main sur le ventre frémissant du poulain pour le calmer. Une excitation bien maîtrisée régnait autour de cette opération délicate qui demandait du tact et de la concentration. On ne s'occupait pas de Debrume qui pouvait observer chaque chose à loisir sans qu'on note sa présence. Des outils étaient dispersés par terre. Les manches de bois étaient marqués au fer de la lettre « C », cette lettre qui avait la force de ramener l'inspecteur en lui-même quoi qu'il fît, à cause de Céleste, sa défunte épouse. Mais il ne se laissa pas perturber et il maintint son attention concentrée sur ces hommes qui, le travail terminé, dispensaient maintenant de rudes caresses à l'animal en échangeant regards et propos de satisfaction. Le propriétaire du poulain avait apporté une bouteille et on s'apprêtait à trinquer. C'est alors qu'on se rendit compte de la présence de Debrume. L'enthousiasme fut coupé net. L'inspecteur eut cependant le temps de surprendre, en un éclair, le regard du fils Cavadaire qui, s'éloignant à reculons, disparut derrière la forge. Debrume avait perçu dans ce regard une panique incontrôlée. Tous avaient pu l'y voir aussi, mais on fit comme si de rien n'était. On se mit à trinquer gaiement au nez de l'inspecteur en lui proposant un verre qu'il refusa. Pour autant, l'effusion sonnait faux : on voulait simplement aider le fils Cavadaire à se faire oublier. Perplexe, le jeune inspecteur s'éloigna lentement en se promettant de savoir ce que tramaient ces gens. C'était une question d'honneur : on venait de se moquer de lui ouvertement. Mais il sourit en constatant que la lettre « C », le suivant pas à pas, l'avait rappelé à l'ordre juste à temps après avoir failli le distraire de sa tâche.

  Lassé de ses habitants, il se dirigeait vers le bas du village. Il passait les remparts par la porte d'occident, laissait derrière lui les granges et se dirigeait vers les potagers où l'on préparait la terre pour les cultures de printemps les jours de grand soleil. Entourés de murs de pierre sèche et fermés par une porte de bois, on ne pouvait savoir ce que cachaient ces jardins clos, ni ce qui s'y passait, ni ce qui y était cultivé. Leurs portes étaient aussi fermées que celles des maisons. Dans ce pays on se méfiait de tout, des mots et des regards indiscrets comme du chapardage des indigents.

Il revenait par les rues étroites en se demandant combien de secrets sommeillaient derrière ces murs ancestraux. Des secrets que des générations avaient transmis en prenant soin de les envelopper d'un silence de mort. Le mutisme des gens, l'austérité de leur vie, l'hostilité des regards étaient à l'image de ces murs que perçaient de petites fenêtres à peine ouvertes sur l'extérieur. La vie ici était dédiée au silence et au travail. Et ce qui bouillonnait dans l'imagination de ces esprits fermés était empreint de la peur de l'inconnu qui faisait se refermer portes et fenêtres sur le passage d'un étranger. Or, aujourd'hui, plus que jamais, tout le village se sentait en danger. Pour conjurer ce danger, on ne manquait pas de faire converger sur Mademoiselle Marthe la cause de tous les malheurs des villageois ; ces malheurs mêmes qu'on savait s'infliger avec la jouissance de la malignité dans l'enceinte du village et de la petite société où l'on vivait en vase clos. La vie que la jeune femme menait était jugée à l'aune des valeurs qui y étaient en vigueur comme des lois inébranlables à travers le temps. Or, Mademoiselle Marthe montrait ostensiblement qu'elle n'avait aucune intention de se conformer à elles : de ce genre de lois elle n'avait cure. Et l'inspecteur sentait venir avec inquiétude le temps où la haine s'abattrait sur elle. Dès que serait prononcé au grand jour et collectivement le nom du bouc émissaire, le désir de vengeance ferait tomber le couperet de son injustice sans ménager les corps ni les larmes. La chasse aux sorcières serait impitoyable.

Mais la surveillance des villageois ne lui apprenant plus rien, il écourta enfin ses séjours dans le village qu'il traversait maintenant comme une ombre se fondant dans les murs. S'il avait peu de moyens pour empêcher les événements de se produire, il refusait de se cantonner au rôle de témoin inutile mais il se contentait de stationner dans un coin de porche sombre, au petit matin ou à la fin du jour, espérant encore surprendre quelque conversation, quelque conciliabule, prenant la température de la haine avant que le degré d'ébullition ne soit atteint.

Sans doute agissait-il ainsi pour se donner bonne conscience car au village et à ses habitants il préférait de loin la montagne. Le mutisme des pierres lui était moins pesant que celui des hommes. Ses déambulations lui permettaient de réfléchir aux rapports sibyllins laissés par l'inspecteur Avrillé dans ses cahiers de maroquin rouge dont les pages arrachées le questionnaient de plus en plus. Qu'avait consigné Avrillé dans ces pages perdues ? Ces pages manquantes exprimaient encore un silence identique à celui des habitants, des murs des maisons, des jardins clos et de tout ce qui l'entourait ici à Couraurgues. Il ne saurait jamais ce que ces pages avaient contenu, ni si elles avaient un rapport avec le présent et auraient pu mettre à jour une vérité, ou dévoiler le début d'une piste. Toutefois, c'était son rôle d'enquêteur de le découvrir.

Or, ce rôle d'enquêteur qui lui était échu un peu par hasard, s'il lui pesait, était tout ce qui lui restait depuis la mort de Céleste, la seule échappatoire permise à son insondable chagrin. Mais il l'exerçait sans l'ardeur requise, distraitement, comme s'il n'était pas là. Qu'avait-il fait d'autre jusque-là que se laisser porter par les événements tels qu'ils se présentaient, sans se demander vers quel bonheur ou quel malheur cet improbable séjour le conduirait ? Le deuil impossible de la femme qu'il avait tant aimée l'accablait et freinait son entrain. Pourtant, la sagesse commandait d'apprendre à surmonter son chagrin. Sa survie en dépendait et la montagne le lui soufflait à l'oreille chaque fois qu'il s'y réfugiait, lors de ses déambulations incertaines et solitaires : il devait refuser d'être la proie des événements et reprendre sa vie en main. Cela ne dépendait que de sa propre volonté. Alors, le cœur en berne, il se promettait de laisser Céleste s'éloigner peu à peu de lui. Il n'y avait que cela à faire : accepter de voir son image s'estomper et pâlir, de voir sa silhouette fragile se perdre dans la brume du temps, ne plus entendre sa voix au creux de son oreille. Il ne devait garder d'elle que la douceur et l'amour qu'elle lui avait donnés. Afin de tempérer cet impitoyable oubli et pour que sa vie redevienne supportable, il lui fallait apprendre à chérir une ombre sans voix et sans regard dont il serait le seul à percevoir la présence évanescente à chaque moment de sa vie. Une ombre qu'il saurait porter sans en sentir le poids. Ce jour-là, seul au milieu de la montagne, il lui sembla qu'il pourrait y parvenir un jour. Un jour peut-être…

22

Il était trop tard maintenant pour espérer encore le retour des jours heureux où en rejoignant le groupe de Corsan, elle avait partagé la compagnie et l'amitié de la merveilleuse personne qu'était Elodie. C'était Corsan qui lui avait offert tout cela autrefois, alors qu'elle avait tout juste quinze ans, et au bout de quelques années il l'avait fait disparaître d'un revers de main, par un choix aussi arbitraire que cruel. Oui, il était bien trop tard et tout lui semblait perdu désormais. Chaque jour, observant le pays qui étendait devant elle sa nudité, elle appréhendait mieux sa solitude. Le feu dont elle avait vu le reflet briller dans les yeux de l'enfant serait un jour le plus fort. Ce n'était qu'une question de temps, et il ne lui restait qu'à attendre.

La neige perdurait et encombrait les sentiers où elle ne pouvait plus s'aventurer sans faire prendre quelque risque à son cheval. Elle passait donc ses jours devant l'âtre à observer les flammes, fascinée par les couleurs et les formes que celles-ci déployaient pour elle dans un mouvement qui ne cessait jamais. Parfois elle ouvrait la fenêtre et elle écoutait le silence de la neige qui apaisait le silence de son cœur.

Elle pensait à Charles Debrume qui était peut-être venu chercher dans ce pays désert de quoi nourrir le désert de son âme le temps de réajuster le puzzle d'un passé qu'elle devinait douloureux. Pour combler son ennui, il semblait s'être donné la tâche de l'épier. Peut-être lui aussi espérait-il vivre par personne interposée comme elle l'avait fait elle-même pendant les années heureuses de sa vie.

Cela avait commencé très tôt avec sa mère dans son enfance, comme une mauvaise habitude, une funeste manie. Elle se souvenait avoir été, auprès d'elle, une petite fille heureuse. Mais quand les drames en cascade dus aux déboires de son père avaient apporté le malheur dans le foyer, cette petite fille avait disparu, emportée par le chagrin. La persécution dont avait été victime Roberto Regardini pour avoir voulu défendre la cause de son pays avait eu raison peu à peu de la santé fragile de son épouse. Sous la menace de graves dangers, le couple, avait dû quitter Nice précipitamment pour se réfugier quelques mois à Couraurgues puis en Haute Provence où il s'était fixé et où Marthe avait grandi. Pour un temps, la famille avait retrouvé la sécurité et une vie plus paisible. Mais les vieux démons ont la vie dure et Regardini avait vite compris qu'à Manosque le terrain était favorable pour venir en aide aux adeptes de la cause. Il avait donc redoublé d'activité, accueillant les partisans de Mazzini contraints à se réfugier dans la clandestinité. Son épouse les recevait et s'occupait d'eux comme s'ils étaient ses propres enfants, souffrant pour eux de leur souffrance. Elle y avait laissé ses dernières forces.

Après la mort de sa mère, Marthe s'était sentie perdue. Alors que Regardini, anéanti par le malheur, avait du mal à trouver une raison de vivre dans la seule lutte clandestine, elle avait recueilli ses lamentations et l'avait aidé à porter sa peine. C'était à elle maintenant qu'il confiait les lourds tracas et les secrets liés à cette mission sacrée qu'il s'était donnée et qui avait eu raison de sa mère. Mais regarder son père se débattre dans ses tourments devenait parfois si insupportable qu'elle fuyait la maison pour chercher quelque réconfort dans la solitude de chevauchées sans fin au cœur de la campagne. Le lieu s'y prêtait.

La maison située hors les murs, non loin de la porte Saunerie, s'ouvrait sur les vergers d'oliviers qui étendaient en pente douce leurs ondes d'argent jusqu'à la plaine de la Durance où ses courses à cheval ne connaissaient aucune entrave. Pour oublier sa peine, elle galopait le plus loin possible comme si au bout de cette course se trouvait le bonheur perdu de son enfance.

Quand, après avoir vu apparaître les premières étoiles, elle rentrait le soir, à nuit noire, revigorée d'avoir respiré à pleins poumons l'humidité du crépuscule, elle trouvait souvent quelque invité de passage qu'on désignait comme un lointain parent à la domesticité qui n'était cependant pas dupe. Elle savait - son père ne lui cachait rien - le danger que cette présence faisait encourir à toute la maisonnée. Pour quelques jours, parfois des semaines, le clandestin s'installait, reçu comme un hôte de marque. C'était elle maintenant qui assumait le rôle de sa mère. Son père sortait alors de sa tristesse habituelle et, pendant un temps, elle se sentait délestée du poids de son chagrin : les autres tâches, bien que contraignantes, étaient bien moins lourdes à porter. Elle n'avait pas encore quinze ans, savait tenir une maison et avait été initiée depuis longtemps aux dangers de la lutte clandestine à laquelle Regardini avait tout sacrifié.

C'est un soir comme tant d'autres que Marthe découvrit Corsan, installé au coin du feu auprès de son hôte. Jambes croisées, portant loin son regard, il tenait à la main un verre de vin de porto avec cette désinvolture qu'elle constaterait plus tard n'appartenir qu'à lui. Ce soir-là, la présence de cet homme au regard incandescent effaçait tout à coup la profonde obscurité dans laquelle baignait le salon. Elle ne se rendit pas compte tout de suite de l'importance de cette rencontre qui allait infléchir le cours de sa vie.

Il arrivait de loin. Malgré sa prestance naturelle et l'autorité qui émanait de toute sa personne, il avait l'air accablé et profondément préoccupé. Le costume de fête de paysan qu'il portait ne cachait pas qu'il était un combattant. Il avait vu les horreurs de la révolution à Paris. Il avait vu mourir des miséreux qui ne demandaient que le droit de vivre. Il avait été détenu puis gracié. L'étrange grâce qu'on lui avait accordée consistait à s'expatrier loin de son pays pour le reste de ses jours, avec des misérables comme lui qui avaient tout perdu. Evadé lors de son transfert, blessé et recueilli par une famille de paysans, grâce à un heureux hasard il avait repris contact avec l'un des membres de l'organisation qui l'avait dirigé vers Regardini. Il avait hâte de rejoindre son épouse, répétait-il, interrompant l'un de ses récits. Sa barbe noire, trop épaisse, cachait un visage racé qui s'animait dès qu'il parlait d'un sujet qui lui tenait à cœur comme les soulèvements de Milan par exemple. Ses yeux d'un bleu vif lançaient alors les éclats d'une volonté inflexible. Il avait dû renoncer à son désir de rejoindre l'armée qui s'était levée contre l'Autriche pour libérer la Lombardie, mais il affirmait qu'il ne s'en tiendrait pas là. Regardini, conquis, buvait ses paroles. La soirée se termina autour de la situation à Rome où Mazzini avait instauré une république. Corsan espérait le rejoindre bientôt.

Marthe avait été subjuguée par cet homme dont la conversation avait fait revenir le sourire sur les lèvres de son père. Lorsque, le lendemain, Corsan proposa à Regardini d'enrôler sa fille dans son organisation, le père avait accepté aussitôt et Marthe, qui n'attendait qu'une occasion de quitter la maison, avait été enthousiasmée. Elle reçut donc la bénédiction de son père pour partir avec Corsan et son valet Yves Utto. Son rôle avait été précisé : elle aurait à seconder Elodie, l'épouse de Corsan ou bien Corsan lui-même, selon les besoins. La plupart du temps, il s'agirait de laisser les mains libres à Corsan dans ses activités qui le faisaient passer d'un pays à l'autre sous une fausse identité. C'était Elodie qui la formerait, la dirigerait, et lui apprendrait à changer de peau avec une facilité déconcertante - elle était devenue experte en la matière, disait Corsan. Alors, Regardini proposa la participation à leurs côtés de l'un de ses plus anciens alliés, Auguste, un vieux comédien dont les talents leur seraient utiles. Il veillerait sur Marthe qu'il l'aimait comme sa fille et l'aiderait à ses débuts.

Cette situation qu'on lui offrait, Marthe l'avait imaginée depuis longtemps comme une planche de salut. Porter le chagrin de son père était devenu une charge trop lourde pour ses frêles épaules. Car, d'abord anéanti par la perte de son épouse, ce veuf, qui avait perdu tout espoir d'un avenir meilleur, ne trouvait plus de consolation dans une lutte qui lui avait tout pris. Affaibli, privé de tout vouloir, c'était par désespoir qu'il s'était abandonné à la volonté d'une autre femme. Et Marthe se sentait de trop dans ce nouveau foyer qui se construisait avec peine et calcul sans pour autant effacer le chagrin. Elle s'était préparée depuis longtemps à quitter la maison et Corsan lui en fournissait l'occasion. Avec la bénédiction de son père, forte de la présence d'Auguste à ses côtés, elle n'avait pas hésité à s'engager dans le sillage du couple Corsan sans se rendre compte qu'elle allait se perdre en devenant l'ombre de l'un et de l'autre. Aujourd'hui elle considérait que cette décision avait été une erreur, l'erreur de toute une vie dont avaient découlé toutes les autres : elle était coupable de s'être mise sous une autorité qui la dominait de haut, régie par un idéal qui n'acceptait aucun retour en arrière, au sein d'une organisation dont il n'était plus possible de sortir quand on y était entré, sous peine de mort. Elle y avait joué sa vie au lieu de la vivre. Et pourtant, c'était à ce prix qu'elle avait pu oublier la petite fille triste dont elle avait trahi le chagrin en la faisant disparaître sans pitié, en l'assassinant à grands coups de fêtes, d'aventures, d'actions hardies, d'amours échevelées. Elle s'était acharnée sur elle, l'avait piétinée, cette fillette qui n'existait plus depuis longtemps.

Cet assassinat sans cadavre ne concernait pas la police et Avrillé comme Debrume qui lui avait succédé avaient d'autres chats à fouetter que de se pencher sur ses regrets. Ils avaient de quoi faire à disséquer le passé des gens dont elle avait vécu la vie par procuration ! Personne n'éluciderait jamais son drame à elle, celui d'une existence laissée en jachère dans l'espoir de l'accomplissement d'une chimère qui ne la concernait que de loin. Et, ironie du sort, tout cela, après tant d'agitation et de tourments, s'était interrompu net à Couraurgues, comme suspendu au bord d'un gouffre. Aujourd'hui, il lui fallait cacher sa duplicité passée, ce qui lui donnait encore une raison d'être malgré l'immobilité à laquelle elle était condamnée. Jamais elle ne révélerait à un inspecteur quel qu'il soit le rôle qu'elle avait joué ni ce qu'elle avait été. Personne ne saurait rien d'elle non plus que du feu qui lui brûlait l'âme. Elle refuserait de répondre aux questions de ce jeune inspecteur s'il s'avisait de venir lui en poser, de même qu'elle avait refusé de répondre à Avrillé, son prédécesseur. Sans autre aide que celle, précieuse, d'Yves Utto et d'Eimeline sa servante, elle continuerait d'attendre sans fléchir les ordres de ces gens qu'elle avait aimés plus qu'elle-même, en toute naïveté, au point de leur céder son temps de vie, son corps, son cœur. Ceux-là même qui aujourd'hui l'avaient abandonnée.

Un signe aurait pu lui faire espérer un autre destin que celui qu'on avait tracé pour elle, un signe, qu'elle attendait. D'où viendrait-il ? L'enfant de son rêve ne le lui avait pas révélé. Ainsi, de longues heures vides se profilaient-elles devant elle. Il fallait les remplir d'une manière ou d'une autre. Mais ici, à part l'excellent docteur Courbet, tout le monde la considérait comme une ennemie (Eimeline et Utto lui avaient rapporté ce qu'on disait d'elle et de sa maisonnée au village) et elle ne pouvait compter sur personne.

Il lui restait ses promenades à cheval. Mais, chaque fois qu'elle s'aventurait dans la montagne, où qu'elle fût, quand elle balayait du regard ce beau paysage qu'elle ne réussissait pas à aimer, elle apercevait ce jeune inspecteur marchant sur ses pas. Il semblait aussi désœuvré qu'elle. Elle ne savait pas pourquoi il s'intéressait tant à elle. Mais il le faisait avec une telle obstination qu'il était capable de la suivre partout, même dans des passages peu accessibles pour sa lourde monture et qu'il n'aurait pas dû emprunter sous peine de lui faire encourir quelques risques. Elle se surprenait à penser que, attiré par elle comme un aimant, elle pourrait le promener ainsi pendant des heures dans les endroits les plus improbables et même le perdre - elle se targuait de connaître les sentiers mieux que lui. Se jouer de lui et de la surveillance à laquelle il la soumettait n'était pas un bien grand crime. C'était pour elle une distraction sans conséquence et pour lui, l'occasion d'améliorer sa façon de monter à cheval ! Pour l'heure, elle ne voyait que cela pour la faire sourire.

23

Dès lors, tout était allé très vite. Regardini avait organisé leur passage pour Nice. Cela lui avait été facile : la ville laissait aux clandestins diverses possibilités d'accès et d'échappatoires et toutes s'avéraient parfaitement sûres. En entrant dans la ville, Marthe serait pour la première fois la Signora Bonacci da Corsan, épouse d'un gentilhomme piémontais, fidèle sujet du Roi de Piémont auquel appartenait le Comté de Nice. Elle tiendrait ce rôle jusqu'au retour d'Elodie. Ce n'était qu'un début. Elle allait vite constater qu'elle était vouée à changer de costume et de personnage au gré des besoins et que ces transformations allaient constituer l'essentiel de son activité. Il lui arriverait d'assumer les rôles de dame de compagnie de la Comtesse, de gouvernante, de page ou de laquais avec la même aisance et jusqu'à satiété.

En vérité, son premier rôle n'avait pas été le plus facile. Pour le voyage, il avait fallu trouver dans la succincte garde-robe de Marthe un manteau qu'une personne d'une trentaine d'années, une dame comme Elodie, aurait pu porter. On s'en remit au goût d'Adalberto qui connaissait sa femme. Mais c'est le chapeau qui fit toute l'affaire. Quand elle se vit affublée de l'un de ceux de sa mère, remis au gout du jour par les bons soins d'Auguste, Marthe sut qu'elle avait franchi un pas. Avec un pincement au cœur il lui fallait dire adieu à la sauvageonne et à ses escapades à cheval sans imaginer qu'un jour celles-ci lui seraient rendues par la force des événements.

On avait chargé les malles sur la calèche, elles étaient vides. Mais lorsque l'équipage escorté par ses gens, avait franchi le pont du Var et avait pris l'étroit chemin de terre qui longeait la baie en direction des nouveaux quartiers de la ville, le convoi semblait avoir traversé la France entière, de retour d'un long séjour dans un lieu de villégiature à la mode. A Nice, Marthe découvrit avec stupéfaction l'immense hôtel particulier de la rue Paradis que Corsan, délaissant la vieille demeure de ses ancêtres située dans l'ombre du château, venait d'acquérir. C'était une demeure richement décorée aux vastes salons d'apparat communiquant entre eux quand, les jours de réception, on ouvrait grandes leurs portes. Là, sous les lustres de cristal de Bohême et au son d'un orchestre à cordes, elle allait voir valser toute la société niçoise lors des bals masqués organisés par Elodie. Le couple ouvrait le bal, et ce jeune couple bien connu forçait l'admiration par sa beauté et sa jeunesse. Marthe se fondrait alors dans le nombre et l'anonymat des domestiques ou s'enfermerait dans sa chambre pour n'être vue de personne. Elle serait, dans l'ombre, l'autre part d'Elodie, sa part cachée, secrète, le complément de sa personne, son double derrière lequel elle aurait plus d'une fois à disparaître. Mais tout en disparaissant, elle resterait le maillon indispensable à la protection de ceux qui défendaient la cause dans la clandestinité. Sous les feux de la scène du monde ou dans l'obscurité, elle serait liée à Elodie qu'elle ne connaissait pas encore par le même but à atteindre, enchaînées l'une à l'autre par cet idéal qui finirait par se refermer sur elles comme les portes d'une prison.

Mais ce temps était encore loin quand Marthe, mettant le pied pour la première fois dans cette grande maison niçoise après avoir quitté la maison de son père, avait fait son entrée dans la lutte pour la liberté. Elle y arrivait avec une foi tout entière comme on entre en religion. Elle s'abandonnait avec une admiration infinie et en toute confiance à l'autorité de Corsan, à ses décisions qui déterminaient les actions du groupe. Et par conséquence, elle mettait en ses mains ses actes propres, la teneur de ses journées, son devenir, sa vie entière. Mais Elodie et Adalberto étaient prêts à tout, du moins le croyait-elle en toute innocence, et elle devait se montrer à la hauteur des exigences qu'ils avaient pour elle comme pour eux-mêmes. Et en effet, pendant quelques années, les rites mis en place par ce trio que rien ne semblait pouvoir détruire étaient la seule loi à laquelle tous trois allaient se soumettre sans restriction, de même que leurs plus proches collaborateurs.

Ce jour-là, à peine arrivé à Nice, Adalberto ne s'était pas occupé d'elle et avait aussitôt préparé son départ pour Rome sans attendre le retour d'Elodie. L'Italie était en effervescence. Le désastre de Custozza qui venait d'avoir lieu était l'un des nombreux espoirs déçus dont serait jalonnée la vie de combat des républicains. Mais l'espoir était ailleurs. Si la Lombardie, dont on avait cru la libération possible après les journées de Milan, avait été reprise par les Autrichiens, Rome vivait un épisode exaltant : Mazzini y avait instauré la république et il avait besoin d'aide pour la maintenir en place.

Elodie arriva deux jours après le départ discret de son époux pour Rome. Les deux femmes se trouvèrent face à face pour la première fois. Marthe eut l'impression de voir une image à peine différente d'elle-même. Elles se ressemblaient : les mêmes yeux, le même sourire, les mêmes cheveux. Voilà pourquoi elle avait été choisie. La transmutation, grâce aux maquillages et costumes, allait être d'une facilité déconcertante. C'était donc grâce à une image dont elles se trouvaient être deux facettes par le plus curieux des hasards qu'elles firent connaissance.

Elles se mirent aussitôt au travail. Elodie avait à sa disposition une immense garde-robe qu'elle connaissait sur le bout des doigts comme un instrumentiste son clavier et dont elle savait jouer avec habileté et adapter chaque pièce selon le besoin. Elles rirent beaucoup pendant que Marthe essayait les costumes d'homme. Les retouches étaient réalisées, comme toujours, par Annina la femme de chambre d'Elodie, elle aussi fidèle à la cause. Le bottier chez qui elles se rendirent pour commander des bottines qui permettraient à Marthe de gagner les centimètres manquants faisait également partie de l'organisation. De même, le barbier qui fabriquait à la demande postiches, perruques et autres fausses barbes.

Il était agréable de se couler dans l'habit d'un homme. Les bottines étaient confortables, les redingotes aux épaules rembourrées, avantageuses. Marthe regardait maintenant Elodie de haut. Celle-ci lui tendit son haut-de-forme en souriant, satisfaite. Quand Marthe se vit dans le miroir, elle eut un coup au cœur. La ressemblance était tellement surprenante qu'il lui sembla avoir changé de sexe. Elle se tourna vers Elodie et tout naturellement la serra dans ses bras. Sa nouvelle vie avait commencé. Pendant longtemps elle lui donnerait du bonheur, cela ne faisait aucun doute.

24

Il aimait particulièrement, non loin du village, un poste d'observation privilégié, ergot de rocher grossièrement découpé qui avait tout de ces tours de guet dont les vestiges à l'entrée des vallées de l'arrière-pays racontent de sanglants assauts. De là, il tenait sous son regard, d'un côté le village et les mouvements de sa population, de l'autre côté, la grande bâtisse qu'il appelait « le château », adoptant par dérision pour eux l'expression par laquelle les villageois désignaient Combeferres. Désœuvré, il observait les remparts, les entrées et sorties des gens par les portes médiévales en arc d'ogive, et, tournant à peine la tête, les diverses activités qui avaient lieu dans les champs de la plaine du Can où s'effectuaient les derniers travaux avant l'arrivée des grands froids.

Mais les jours de mistral, c'était la bastide de Combeferres qui lui offrait le plus beau des spectacles car il pouvait y distinguer chaque détail mis en relief par la dureté de la lumière. Le paysage avait été nettoyé du moindre lambeau de brume. L'air était d'une limpidité qui faisait mal aux yeux. Il crépitait d'électricité et rapprochait le moindre petit objet, le creusant de reliefs et l'animant de telle sorte que de si loin il pouvait le voir. La servante Eimeline lui apparaissait comme s'il pouvait la toucher. Elle donnait du grain aux poules, elle tirait l'eau du puits, elle étendait du linge. Il aurait pu distinguer le détail de la coiffe de dentelle qu'elle portait pour servir sa maîtresse. Yves Utto s'attelait à quelque travail de force ; il était partout à la fois, grimpant à une échelle pour réparer une tuile du toit, fendant du bois à grands mouvements de sa hache, montrant pour chaque tâche toute la force de son corps vigoureux. L'inspecteur avait même l'impression de l'entendre ahaner tant l'image était précise.

Quand le geste d'Utto s'arrêtait net, le bras suspendu en l'air, il savait qu'il allait voir paraître Mademoiselle Marthe. Malgré une interruption de quelques jours après la scène qu'il avait entrevue par la fenêtre de son salon, le manège recommençait, identique à lui-même. Il la voyait arriver, à la même heure, sur le parvis de la maison. Dans sa sombre tenue d'amazone, sa démarche semblait de jour en jour plus affermie. Elle se montrait et le mouvement s'accélérait devant la bastide. Utto sortait le cheval de l'écurie, déjà sellé et harnaché, qui attendait. Elle donnait des ordres. On voyait Utto rouler une houppelande sur le portemanteau de la selle, tandis que la servante tirait de l'eau du puits pour la reverser dans une gourde qu'elle accrochait à l'anneau d'une étrivière. Elle amenait ensuite un panier qu'Utto fixait au portemanteau. Le cheval était docile. Mademoiselle Marthe allait et venait devant lui, lui caressant le nez. Mais Debrume devinait sa nervosité aux petits coups de cravache qu'elle donnait contre ses bottes et à sa façon de scruter le ciel comme pour s'assurer de n'y voir aucun signe néfaste. Il se demandait pourquoi il était là à guetter chacun de ses gestes : pour les exigences de l'enquête où pour cette silhouette dont les mouvements lui rappelaient une autre silhouette que le temps s'acharnait à vouloir effacer ?

Puis tout allait très vite. Mademoiselle Marthe montait à cheval, Utto lui mettait le pied à l'étrier. Elle quittait le parc en sortant par le portail vétuste qu'on aurait eu du mal à refermer. Elle se dirigeait vers la campagne, menant son cheval d'une main sûre, avec allant, sans pour autant le pousser au trot. Elle empruntait des chemins de terre qui longeaient les champs où les paysans courbés et affairés ne levaient pas la tête sur son passage. Elle disparaissait peu à peu dans un nuage de poussière. Elle avait dû prendre le galop. Comme d'autres fois, il ne la voyait pas revenir. Elle devait rentrer à la nuit tombante, quand ses yeux n'avaient plus assez d'acuité pour distinguer les chemins qui se perdaient dans les champs. Mais un soir tard, il alla surveiller ses fenêtres : elles étaient illuminées comme toujours par de nombreuses chandelles. Il put alors s'assurer de son absence. Il décida de la suivre lors de sa prochaine escapade.

Jusque-là, il lui était arrivé de la suivre de loin, lorsque le hasard la lui avait mise sur sa route, mais à partir de ce moment-là, il avait changé de stratégie. Dès qu'il la voyait paraître dans sa tenue d'amazone sur le parvis de la bastide, il savait qu'Utto avait déjà harnaché son cheval, et que les mêmes rites se répétaient. Il quittait alors son poste. Bousculant contre son habitude sa paresseuse monture, il se dirigeait vers les chemins que la jeune femme allait emprunter. Il savait exactement la direction qu'elle allait prendre. Pour ne pas chevaucher à découvert derrière elle, il la suivait de loin, longeant la pente de la colline qui faisait face à celle où elle se trouvait. Cette fois-là, il arriva avant elle à la Passe du Diable. Tapi derrière un rocher à forme de Madone, il l'attendit. A cet endroit on pouvait choisir entre deux vallées et la montagne. Elle arriva après lui et mit pied à terre. Elle entreprit de faire les cent pas, comme si elle attendait quelqu'un ou quelque chose.

De son côté, il était à l'affût. Elle ne cessait de regarder sa montre qu'elle sortait de son gousset d'un geste masculin. Puis, comme l'heure était venue, elle laissa là son cheval et prit un sentier étroit qui grimpait à l'assaut de la montagne et qui s'engageait dans un défilé de rochers gris, à peine praticable à pied, dont les parois étaient assez hautes pour qu'on ne vît pas une personne debout. Il la perdit de vue. Il essaya de suivre le sentier qu'elle avait emprunté en restant à bonne distance. Tout à coup, il entendit un concert de voix ou de cris d'animaux qu'il ne reconnaissait pas. Leur répétition lui sembla étrange. Cela ressemblait à un signal.

Mais tout était calme à nouveau. L'air était transparent sous le ciel d'un bleu profond qui semblait ne jamais vouloir connaître la nuit, comme si le soleil brillait pour l'éternité. Il brûlait les pierres sur lesquelles, à nouveau, apparaissait de temps en temps l'ombre de la silhouette de Marthe. Agile, elle continuait de marcher à vive allure, sautant d'une pierre à l'autre, légère comme un chamois. Il entendit encore ces sortes de cris qu'il ne pouvait identifier. Ils étaient maintenant plus proches. Il la vit s'arrêter, comme figée sur place.

Au-dessus de sa tête passa un aigle dont les ailes immenses marquaient d'une ombre aiguë la blancheur des pierres. Alors, tout à coup Mademoiselle Marthe fit volte-face et rebroussa chemin, comme si elle n'était arrivée à cet endroit que pour y exécuter une volte. Étaient-ce les cris de l'oiseau qui l'avaient dissuadée de continuer ? Il avait beau scruter les pierres autour de lui, il ne voyait rien. Les rochers étalaient leur blancheur et leur solitude devant lui. Ils avaient retrouvé le silence qu'ils savaient domestiquer depuis toujours et dont ils connaissaient tous les secrets. Ils s'en repaissaient aujourd'hui encore, excluant l'inspecteur de leurs ripailles. Il se sentit désemparé. Il haletait au soleil caché derrière une énorme roche qui lui renvoyait sa chaleur malgré le froid piquant que le mistral dispensait en cette fin d'automne pour assurer la mainmise de la saison sur la montagne.

La jeune femme redescendait à toute allure par le même chemin. Elle passa non loin de lui, le visage rouge, cheveux ébouriffés, toujours sautant d'une pierre à l'autre. Elle lui échappait. Céleste aussi lui avait échappé. Il n'avait pas eu le courage de la suivre dans la mort. Il laissa partir la jeune femme comme s'il ne savait faire que cela, rester sur place, pétrifié dans une sorte d'indécision douloureuse.

Au bout d'un moment il finit par sortir de son irrésolution. Tout en se demandant toujours si elle avait décelé sa présence, il décida, au lieu de remonter à cheval et de repartir, de continuer à monter dans la direction qu'elle avait prise avant sa volte-face. Il marcha longtemps, sans se soucier de se cacher encore. Il suivait maintenant un chemin muletier sans doute abandonné depuis longtemps, le perdant et le retrouvant selon les caprices des rochers. C'étaient les sentiers qui, ici, maîtrisaient l'espace, ne laissant que peu de place à une végétation étique et parfumée. Le thym et la sarriette qu'il écrasait sous ses pieds lui mettaient du baume au cœur. Il prenait son temps pour inspirer. C'était peut-être la première fois que ce pays lui donnait du bonheur, mais il était intense.

Il s'était éloigné assez du lieu où il avait laissé son cheval pour ralentir sa marche. Il finirait bien par trouver quelque chose un peu plus haut qui le renseignerait sur cette femme et ses étranges promenades solitaires. Si elle avait quelque chose à cacher, - et cela ne faisait plus de doute - il allait devoir découvrir de quoi il s'agissait.

25

Le trio que Marthe allait former avec le couple Corsan était une société secrète à l'intérieur de la société secrète. Il fonctionnait avec ses propres messages codés selon des clés inconnues du reste de l'organisation. La fascination d'Adalberto pour Blaise de Vigenère l'avait conduit très tôt à de longues études qui lui avaient appris la maîtrise d'une technique rapide et infaillible. Les lettres qu'il envoyait à son épouse, personne d'autre qu'elle ne pouvait les lire. Une double ou triple clé les garantissait qu'on changeait selon les besoins.

Pour Marthe, entrer dans un tel groupe, signifiait y abandonner sa vie. Tout d'abord, cela lui sembla un avantage : dès l'instant où elle avait fait partie du trio Corsan, elle avait compris qu'elle ne serait plus elle-même, mais plusieurs personnes à la fois dont elle devrait vivre l'existence avec le même engagement. Cela lui avait semblé le comble du bonheur. La solitude était ainsi conjurée et sans doute aussi le malheur. Dans cette compagnie théâtrale qu'était leur petit groupe, les personnages avaient un impact direct sur la réalité. La scène ne se limitait pas aux tréteaux, il s'agissait de la scène de la vie. Et la vie devenait malléable, multiple et variable à l'infini.

Aux yeux de leurs contemporains, ils étaient liés par les liens que la société reconnaît, ceux du mariage, de la famille et de la domesticité. Descendants d'une vieille famille d'aristocrates attachée depuis toujours au Roi de Piémont, ils vivaient dans le Comté de Nice qui lui était inféodé. Mais le trio tenait par un ciment qui n'avait pas cours dans le système social d'où il était issu, celui de l'idéal, ridiculisé ou jugé dangereux. Il avait pour fondement l'amour de la patrie bafouée, cette patrie dont français et autrichiens continuaient de saccager les richesses. Il visait la libération du peuple dans son unité retrouvée : le combat contre la misère et l'injustice était son noyau central et faisait battre son cœur. La vie à double face du trio ne prenait sens que par ce combat.

Comme pour beaucoup de patriotes italiens dont l'action s'était jusque-là accomplie par le biais des sociétés secrètes qui fleurissaient en Italie, l'idéal républicain de Mazzini semblait concrétiser au mieux leurs aspirations. C'est pourquoi, dès le lendemain de son retour à Nice aux côtés de Marthe, sans attendre son épouse, Adalberto s'était mis en route pour rejoindre les troupes de Mazzini et de Garibaldi à Rome où il fallait maintenir en place la république qu'ils y avaient instaurée. Il allait y retrouver ses amis de toujours avec qui il avait tant œuvré dans l'ombre avec l'espoir de voir éclater un jour une révolte populaire comme celle des cinq journées de Milan en mille huit cent quarante huit. Adalberto Bonacci da Corsan, retenu dans les prisons parisiennes sous le nom d'Ange Bonnet n'avait pu y participer. Il entendait se racheter.

A Rome, il allait prêter main forte à ceux qui avaient fini par imposer, par la force de l'insurrection du peuple, la constitution la plus avancée des pays de l'Europe. Mais le souvenir des nombreux échecs de ce type de révolutions au cours des décennies passées, suivies de répressions toujours plus sanglantes, incitait à la prudence. Les stratagèmes mis en place depuis longtemps, renforcés par la présence des nouveaux venus dans le groupe, dont Marthe, Utto et Auguste, allaient permettre à Adalberto Bonacci da Corsan de défendre la république romaine en évitant que la police piémontaise ne le soupçonne de trahison. Son double continuerait de s'adonner à la vie légère de l'aristocratie sous le soleil de la Riviera. On l'apercevrait en effet avec sa jeune femme, à la fenêtre de leur hôtel particulier de la rue Paradis. On le verrait sortir en calèche et saluer les personnes qu'Elodie désignerait à Marthe d'un geste discret lors de promenades qui leur faisaient traverser la ville sans s'arrêter pour éviter quelque trop proche contact. Pour tenir ces mêmes personnes éloignées de son époux, Elodie irait corner des cartes chez ses amies, selon son habitude et continuerait de recevoir à son jour. Mais Marthe ne s'y montrerait pas : Monsieur de Corsan serait dans son bureau, fumant des cigarettes, arpentant la pièce dont la porte vitrée, doublée de mousseline, laisserait entrevoir sa silhouette élancée. On reconnaîtrait sa démarche si particulière dont Marthe avait appris à imiter le balancement qui rendait Corsan reconnaissable entre tous.

Quelques jours après son retour, Elodie annonçait à ses amies que le couple s'apprêtait pour un voyage en Italie, loin des tempêtes révolutionnaires qui, disait-on, seraient vite jugulées. Elle parlait d'excursions dans des zones sauvages des Apennins. Son mari s'intéressait à l'archéologie et ils iraient visiter les dernières fouilles entreprises dans les terres autrefois habitées par les étrusques. Elodie parlait avec envie des bijoux d'un or merveilleusement lumineux qu'il était encore possible d'acheter sous le manteau et que, en vérité, elle se refuserait de peur de se faire rouler par les pilleurs de tombes. Mais la vraie raison qu'elle ne disait pas, était qu'elle ne voulait pas enrichir les bandits qui dilapidaient le patrimoine d'une patrie sur laquelle les vautours s'acharnaient. Elle parlait avec exaltation des dernières fouilles accomplies autour de Chiusi par un archéologue anglais qu'ils avaient déjà eu l'occasion de rencontrer lors d'un précédent voyage. Il avait consacré sa vie à la recherche sur le passé de l'Etrurie, première conquête de la jeune Rome. Elodie était intarissable sur le sujet et effrayait ses délicates amies de tant d'aventures. Pendant ce temps, déambulant dans le cabinet de travail, Marthe fumait de petits cigares qui lui brûlaient la bouche. Elle passait régulièrement devant la fenêtre et de la rue on pouvait voir sa silhouette qui attestait de la présence de Corsan dans sa demeure niçoise.

Dans les premières années de leur collaboration, ce qui rattachait Marthe au couple Corsan n'était que cela : la force de l'idéal auquel elle avait décidé de se consacrer avec cet enthousiasme de l'adolescence pour les justes causes. Elle n'imaginait pas possible de se tromper sur un sujet si brûlant qui ne concernait que le cœur. Elle n'avait pas le sentiment de bâtir sa vie sur une imposture mais sur une vérité. Sa confiance envers la justesse de la cause et de ceux qui la lui avaient apprise était sans limite.

A cette époque, son désir de se rendre utile avait été si grand que des années plus tard, Marthe se souvenait encore de sa terrible déception quand Elodie avait décidé de rejoindre son époux à Rome sans elle, la jugeant beaucoup trop jeune pour l'exposer aux dangers de cette révolution qui s'avérait plus sanglante que ce qu'on aurait pu imaginer. Contrainte à un retour dans la maison de son père, Marthe avait regagné Manosque le cœur gros tandis qu'Elodie allait se battre aux côtés de Corsan et célébrer avec lui la victoire de la république.

A la Bastide du Canal, Marthe réintégrait le rôle étriqué qui avait été le sien avant l'entrée des Corsan dans sa vie. Il n'était passé que peu de temps mais elle ne reconnaissait plus rien de ce qu'elle avait laissé derrière elle lorsqu'elle avait suivi avec enthousiasme cet inconnu qu'était alors pour elle Corsan. Le rôle ancien, pour lequel il lui fallait se rapetisser afin de se réadapter à lui, serrait sa poitrine à la faire éclater. La tristesse persistante de son père lui renvoyait au visage le portrait éteint de la fillette disparue, lâchement abandonnée à son chagrin, alors qu'à Rome, la vie se faisait sans elle, la vraie vie, celle qui aurait dû être la sienne. Elle imaginait son exaltation et son bonheur extrême si elle avait été aux côtés d'Elodie et Adalberto. Personne autour d'elle, son père, sa marâtre, ne pouvait savoir qu'elle s'était débarrassée de son ancienne dépouille et qu'elle n'était plus celle qu'ils avaient connue et martyrisée à souhait. La seule chose qui lui faisait supporter la situation c'était la promesse qu'elle s'était faite de le leur prouver un jour.

Le seul événement de ces longs mois d'attente fut le passage d'un messager qui revenait de la sempiternelle collecte de fonds à travers la France. De son côté, Regardini avait fait le nécessaire. Comme autrefois, elle avait aidé son père à compter les pièces d'or et avait cousu de petits sacs de toile de lin pour les y serrer, cet argent devant parvenir en Italie au plus tôt. Mais les journées étaient longues loin de sa nouvelle famille. Le rire d'Elodie lui manquait. La voix chaleureuse et puissante d'Adalberto n'était plus là pour la rassurer. Elle avait, sous ses yeux, le triste spectacle de son père dont les regards absents l'attristaient. Il était retombé dans le désespoir maintenant que l'engouement pour sa nouvelle épouse l'avait quitté. Après avoir compris son erreur, il avait rendu les armes et ne résistait plus à l'absurdité des incessants caprices de cette évaporée qui ne lui rendait pas la vie facile. Or, il ne supportait cette situation dans laquelle il s'était imprudemment enferré, qu'enfermé dans un silence qui l'éloignait chaque jour un peu plus de la réalité et de la vie. Rien ne pouvait plus lui donner la moindre joie ni la moindre sérénité. Sa fille le voyait abordant les rives de la vieillesse incompris, désarmé et solitaire. Et la douleur qu'elle en éprouvait la ramenait une fois de plus à la douleur de l'enfant d'autrefois, une douleur qu'aujourd'hui elle ne voulait plus porter.

Comme avant son départ, elle errait à cheval dans la campagne. Et c'était comme si entretemps elle n'avait rien connu d'autre. Elle se mit à craindre que le voyage à Nice ne fût qu'une parenthèse qui ne se renouvellerait plus. Retenue prisonnière dans son ancienne peau trop étroite, les jours passant, elle eut peu à peu la certitude effrayante que rien dans sa vie ne pourrait jamais changer. Tout était dit une bonne fois pour toute : éternelle orpheline d'une mère trop aimée et aujourd'hui bafouée, ce retour à la vie immobile la glaçait. Elle ne pouvait imaginer alors qu'elle ressentirait cela à nouveau, quelques années plus tard, en d'autres circonstances, à Couraurgues où elle allait passer quelques années de sa vie dans la solitude.

Elle apprit la chute de la République Romaine par les journaux. La situation à Rome était désastreuse. Des milliers de prisonniers encombraient les prisons. Des milliers de procès et d'exécutions sommaires avaient lieu. Des fugitifs qui avaient pu échapper à la terrible répression, commençaient à arriver à la bastide du Canal, dirigés vers Regardini par l'organisation de Corsan ou ce qu'on avait pu sauver d'elle. Il y avait ceux qui devaient se rendre à Londres, ceux qui espéraient rejoindre la Suisse. Elle apprit par eux que le pouvoir avait restauré la puissance de la Compagnie de Jésus, que les sévices corporels avaient été réintroduits dans les prisons, que des centaines de morts étaient restés sans sépulture, que les blessés étaient innombrables et qu'on ne savait comment les soigner tant on manquait de tout. Les épouses des officiers de l'armée de la nouvelle république s'étaient dévouées sans beaucoup de résultats. On savait toutefois que Mazzini et quelques-uns de ses capitaines étaient à l'abri. Carlo Pisacane avait dû sa libération à l'intervention de son épouse. Mais personne ne pouvait donner des nouvelles du couple Corsan. Elle se mit à trembler pour eux.

Mais plus égoïstement, elle tremblait pour elle : elle ne pouvait admettre que sa vie finît là, auprès de son père et de sa marâtre, dans l'ombre de sa mère qui était partout dans la maison familiale, dans chaque mot qu'on y disait, dans chaque objet qui l'entourait, cette présence que, exacerbée, la nouvelle épouse ne réussissait pas à abolir malgré tous les efforts qu'elle mettait à le faire et qui rendaient à tous la vie douloureuse. Marthe avait erré parmi les ombres pendant les années de son adolescence. Adalberto l'en avait délivrée. Il avait été sa providence. Auprès des Corsan, elle libérerait cette part d'elle-même que le souvenir n'en finissait pas de tuer et elle se réconcilierait avec l'enfant malheureuse qu'elle avait été. Or, toute raison de vivre venait de disparaître avec les Corsan.

Mais elle se trompait. On ne l'avait pas oubliée. En effet, au moment où elle ne s'y attendait plus, elle vit arriver à la bastide du Canal, Yves Utto qui avait pour mission de la ramener à Nice. Elle retrouvait enfin une raison de vivre. Et elle se dit que cette enfant désespérée qu'elle avait voulu effacer de sa mémoire, elle ne l'avait pas trahie en vain.

26

Ils reprirent le cours de cette nouvelle vie qu'à peine amorcée les événements avaient failli interrompre définitivement. A Rome, Adalberto et Elodie avaient échappé à la répression grâce à des subterfuges au sujet desquels ils ne jugèrent pas utile de donner de détails. Dans leur demeure niçoise, ils reprenaient leur place d'aristocrates bien-pensants, ce qu'ils avaient toujours été à la face du monde. Le salon d'Elodie ne désemplissait pas. Elle y témoignait avec enthousiasme des merveilles de l'art étrusque que leur voyage en Italie leur avait fait découvrir. De son côté, Marthe retrouvait l'espoir de l'existence dont elle avait continué de rêver auprès de son unique amie. Elle était bien décidée à ne plus la quitter. Sa présence bienveillante la maintenait à l'abri de ce père qu'elle aimait tout en redoutant de vivre à ses côtés et dont elle désirait ardemment poursuivre l'œuvre. Elle pouvait enfin se féliciter d'avoir mis toute son énergie à abandonner au passé la dépouille de l'enfant qu'elle avait été et dont elle ne voulait plus porter le chagrin.

Les années suivantes se ressemblèrent. Adalberto partageait son temps entre Londres, Marseille, Gènes et Genève dans le but d'y rencontrer des militants de la cause républicaine et d'enrôler de nouveaux éléments dans son groupe mis à mal par les évènements de Rome. Afin de couvrir ses allées et venues et pour brouiller les pistes, Elodie et Marthe suivaient ses déplacements selon ses besoins. De longs voyages qui duraient des mois leur faisaient traverser l'Europe en tous sens. A son allure incomparable, on reconnaissait le couple Corsan dont les rubriques mondaines signalaient la présence dans la loge d'un opéra d'une capitale où il n'avait fait que passer ou bien dans une station thermale à la mode où il ne s'attardait guère. L'illusion était parfaite grâce aux talents d'Auguste. Ce dévoué serviteur, ancien mime et comédien, accompagnait les deux jeunes femmes partout, avec ses malles chargées des trésors indispensables à leurs transformations. Quant à elles, elles se prenaient au jeu et se laissaient emporter dans un tourbillon de plaisirs futiles tout en remplissant un rôle dont elles oubliaient le côté sombre si ce n'est l'importance. Ces journées qui coulaient comme une eau claire voyaient naître entre elles une profonde affection. Imprudemment, Marthe crut qu'il ne restait plus rien de l'enfant d'autrefois et que, aux côtés de sa douce amie, de près de dix ans son aînée, le malheur ne pouvait plus la rattraper : elle était arrivée au port.

Elles partageaient tous les moments de la journée dans une chaleureuse intimité. Elles pouvaient parler de tout, cœur à cœur, sans retenue. Pourtant Marthe devait vite constater qu'Elodie éludait les sujets qui concernaient son époux. Mis à part celui de leur passé commun qu'elle écartait toujours, elle évitait aussi celui des activités de Corsan au fur et à mesure que des messages codés continuaient de lui parvenir. Elle affirmait seulement, avec une certaine amertume dans la voix, que, malgré l'échec de Rome, il n'avait aucune intention de désarmer. Bien au contraire, plus engagé que jamais pour la cause, il reconstituait ses troupes en adjoignant de jeunes recrues à ce qui restait de ses vétérans. Elle le connaissait tellement, disait-elle, il irait jusqu'au bout de ce qu'il avait entrepris et n'épargnerait à personne de nouvelles fatigues, surtout pas à elle sur qui il comptait avant tout. Si elle était son épouse bien-aimée, elle était aussi un pion sur son échiquier, à l'instar de tous ceux dont il s'entourait, mais un pion essentiel.

Ses confidences s'arrêtaient-là. Ce qu'elle ne disait ni à Marthe ni à personne, c'était que dès les premières années de son mariage, elle avait pris la mesure de l'ambition de Corsan. Et elle savait ce que celle-ci lui avait coûté d'abnégation et de souffrance, une souffrance qu'elle gardait encore aujourd'hui en secret au fond de son cœur meurtri, indicible autant qu'inavouable. Mais, malgré la certitude que rien ne faisait jamais reculer Corsan et qu'il était capable d'une insensibilité totale envers elle si son engagement pour la cause était en jeu, elle s'employait chaque jour à pardonner à cet époux bienaimé son tempérament fougueux qui frisait le fanatisme et elle continuait d'admirer, en les redoutant, son courage et sa volonté de chevalier au grand cœur tout empli de son idéal.

Or, arriva le jour où elle sentit à certains signes qu'elle avait appris à déceler depuis longtemps que quelque chose d'importance se tramait. Se sachant impuissante à changer le cours de décisions dont elle ne connaissait ni les tenants ni les aboutissants, elle sombrait dans de brutales crises d'angoisse qui la jetaient à terre. Et Marthe, tout aussi impuissante qu'elle, se désespérait de la voir pleurer. Elle tentait de l'aider, d'épancher ses crises de larmes, mais en vain. La pression se faisait de jour en jour plus pesante ; les messages empressés auxquels Elodie devait répondre les mains tremblantes se succédaient à un rythme de plus en plus rapproché. Et Marthe, sans en connaître le contenu, y lisait de tristes présages avec une inquiétude croissante.

    C'est en ces circonstances que Marthe découvrait les failles du couple. Elle se mit à redouter l'aggravation de jour en jour d'une mésentente qui pouvait bouleverser leurs vies à jamais. Toutefois elle fut stupéfaite quand, à l'ordre de Corsan de rentrer à Nice en urgence, elle vit Elodie laisser de côté ses craintes, redevenir docile comme un agneau et obtempérer sans aucune objection. Après avoir rassemblé ses proches autour de lui, Corsan leur annonçait sa décision irréversible d'adhérer au nouveau projet de Pisacane par l'un de ces discours solennels dont il devait se montrer coutumier par la suite, quand il rechercherait à nouveau leur adhésion en vue d'une nouvelle entreprise. Il avait besoin de toutes ses troupes, concluait-il : Marthe et Elodie en faisaient partie, elles auraient un rôle à jouer auprès de lui et d'Utto, son ami et aide de camp. Ce rôle ne leur serait dévoilé qu'en temps utile, pour le moment c'était à lui de jouer.

    Le climat de mystère qui entourait le projet dont elles ne savaient rien hormis qu'il devait avoir lieu accentuait le sentiment d'incertitude et d'anxiété qui gagnait les deux amies. Néanmoins, malgré l'angoisse qui rongeait Elodie, Marthe s'étonnait de jour en jour de la voir rendre ainsi les armes sans un mot. Elle acceptait les ordres de son époux sans contester comme on supporte les coups d'un sort inéluctable. Ce n'était sans doute pas la première fois qu'Elodie se rendait ainsi à la volonté de Corsan qui la traitait comme, sous son commandement, il traitait tous les membres de son groupe. Mais cette docilité, alors qu'Elodie lui avait semblé si affranchie et volontaire, devait laisser Marthe perplexe pendant longtemps. Ne pouvant s'expliquer l'étrange fonctionnement de ce couple, elle pensait qu'elle le comprendrait plus tard, avec l'expérience due à l'âge. Pourtant bien longtemps après, quand déjà les deux femmes avaient pris des chemins différents, Marthe n'était toujours pas venue à bout de ce mystère, d'autant que le silence obstiné et la tristesse dans lesquels s'enferrait Elodie lui avait fait renoncer à lui poser la moindre question. Parce qu'elle l'aimait, elle avait choisi de respecter ce qu'Elodie voulait tenir caché et qui concernait sa relation avec Corsan. Elle n'aurait connaissance avant longtemps, de ce passé lointain, à jamais douloureux, qui avait empoisonné leur mariage.

Cependant, le projet de Pisacane avait allumé un nouvel espoir dans le cœur du patriote forcené qu'était Corsan. Son incoercible désir de passer à l'action se manifestait par une agitation continuelle : il jubilait comme un enfant qui la veille de Noël attend un nouveau cadeau. Pour tenter de dominer sa nervosité croissante due aux longs préparatifs que réclamait l'entreprise, il s'employait à dessiner des cartes qui devaient servir à signaler la position de chacun. Il faisait des aquarelles des paysages côtiers dont il avait un souvenir précis et où selon lui un débarquement de troupes pouvait avoir lieu. Il les envoyait à ses complices sous forme de dépliants sur lesquels on pouvait accrocher des silhouettes qu'on déplaçait à l'envi comme des petits soldats de plomb sur une carte militaire. Il avait passé des heures à découper ces silhouettes dans du carton pour tromper son impatience. On eût dit qu'il appréhendait tout cela comme un innocent jeu d'enfants, mettant de côté qu'un soulèvement populaire ne se faisait pas sans faire couler du sang.

Quand certaines décisions prises par les instigateurs de ce projet étaient jugées par Corsan inadéquates, il refusait de s'y soumettre et exprimait son refus par des colères jupitériennes dont son entourage faisait les frais. De son côté, dans les innombrables complications de ces échanges entre partenaires, Marthe voyait la marque de graves défaillances et des contradictions certaines. Elles ressemblaient trop à celles des *carbonari* dont elle connaissait bien l'histoire puisque son père avait subi les conséquences directes de leurs échecs. C'était le manque de cohésion dans la direction des insurgés qui avait causé la débâcle des soulèvements de mille huit cent vingt et la répression impitoyable qui avait suivi. Des milliers de victimes innocentes en avaient payé le prix. Mais, telle Cassandre, quand elle tentait une mise en garde en donnant courageusement son avis, elle ne pouvait être entendue. Toute objection était considérée comme une entrave à ce projet tant espéré, faisait bondir Corsan et le rendait comme fou.

L'engouement d'Adalberto pour le projet de Pisacane semblait n'avoir aucune limite. Il le portait à croire que cet homme était un fin stratège qui avait la capacité de canaliser des énergies nouvelles dûment évaluées et de donner ainsi une forte impulsion à la lutte. Ses indéniables qualités de chef de guerre rendaient ce projet sûr, affirmait-il, et il s'y engageait l'âme tranquille, prêt à y laisser la vie. Non seulement il avait une totale confiance en Pisacane mais il était son ami depuis trop longtemps pour lui retirer sa parole : il avait avant tout le sens de l'honneur. On devait seulement faire en sorte que ce projet ne soit pas une répétition des erreurs anciennes. Tout le groupe qui œuvrait depuis si longtemps à ses côtés devait s'y employer et faire front commun. Que se passerait-il si les personnes qui comptaient le plus pour lui, ses proches, ses intimes le lâchaient maintenant ?

La silencieuse anxiété d'Elodie avait gagné Marthe, mais il leur fallut surmonter leurs réticences et leurs doutes et se rendre aux raisons de Corsan. Elles savaient que cette action allait bouleverser leur vie. Pour autant, aucun d'entre eux n'imagina qu'elle allait les conduire là où ils en étaient aujourd'hui, après qu'en mille huit cent soixante, le comté de Nice avait été cédé à Napoléon III pour l'aide militaire apportée au Piémont contre les Autrichiens.

Cependant, après le retentissant échec de 1857, si, pour les Corsan, il s'agissait de revenir à la banale vie mondaine que leur imposait leur classe sociale, pour les survivants du débarquement de Sapri et de ses inutiles massacres il en allait tout autrement. Le temps était venu pour eux de se faire oublier des polices piémontaises et françaises. C'était la raison officielle pour laquelle Marthe et Yves Utto avaient été relégués à Couraurgues, avec pour consigne, si l'occasion se présentait, d'y recevoir les fugitifs dirigés vers le refuge de Combeferres. Ils devaient les y accueillir et les y tenir cachés en attendant l'opportunité d'assurer leur départ vers un point de chute plus sûr. Mais depuis tout le temps qu'ils vivaient à Couraurgues comme des proscrits, Marthe et Utto n'avaient jamais vu arriver personne. Et comme l'ordre leur était donné d'attendre un signe des Corsan sans chercher à prendre contact avec eux, Marthe n'avait plus eu contact avec Elodie depuis longtemps. De son côté, Yves Utto, jadis attaché aux pas de Corsan et qui avait participé à toutes les batailles en tant que fidèle second, n'en savait pas plus qu'elle. On eût dit que le groupe avait été dispersé, ses membres tous arrêtés, les Corsan volatilisés. Si les Corsan étaient encore vivants, Marthe et Utto ne comprenaient pas la raison de leur silence. Mais ils avaient les mains liées ; il leur fallait attendre en espérant que la vie redevienne un jour ce qu'elle avait été.

Après quelques années, le séjour sans fin à Combeferres à l'écart du monde et de ses tumultes avait précipité Marthe dans une immobilité dangereuse. Certes, si aujourd'hui le jeu du chat et de la souris avec Charles Debrume sur les sentiers du Couron était un divertissement inespéré, il ne pouvait lui éviter de sombrer dans les affres de cet état qu'elle connaissait bien, qui reprenait du terrain après avoir accompagné son enfance et son adolescence et qu'elle avait du mal à combattre depuis qu'Elodie n'était plus à ses côtés, Elodie qui l'avait peut-être abandonnée pour toujours. Il devenait évident que cette séparation signifiait la fin de leur amour. Le port d'attache que Marthe avait cru trouver s'avérait n'avoir été qu'une illusion. Ainsi, tous les jours se faisait sentir la nécessité d'une décision radicale qu'elle allait devoir prendre, afin d'interrompre cette sorte de paralysie qui s'emparait d'elle et qui sclérosait ses forces vives. Pour l'heure, elle en gardait l'idée comme une sorte de douloureux espoir, le seul qui lui restait. Mais si la situation devait se prolonger, le jour arriverait où elle ne pourrait plus reculer. Elle saurait alors que le moment était arrivé et qu'il n'y avait rien d'autre à faire.

27

L'aimant du souvenir l'attachait aux pas de cette femme dont à Couraurgues on parlait en baissant la voix. L'évocation était troublante. Il se croyait pris d'hallucination en voyant au bout de sa lorgnette sa silhouette ondoyer légère le long des chemins. Dès que son œil quittait l'instrument, elle disparaissait. Et Céleste disparaissait avec elle, dans le flou de sa mémoire, lui laissant au cœur une douleur qu'il eût voulue plus déchirante afin de ressentir ce qu'il avait perdu en la perdant. Mais le vide que sa disparition avait laissé dans sa vie était tout ce qui lui restait. Le chagrin était le seul vestige de la présence de Céleste et de leur amour qui avait eu trop peu de temps pour épandre sur eux son baume apaisant. Permettre au chagrin de disparaître signifiait perdre Céleste pour la deuxième fois.

Mais, tandis que ses déambulations dans les rues du village, parmi les habitants de Combeferres l'éloignaient de lui, c'était sur les pentes du Couron qu'il en était le plus proche. Parmi les présences silencieuses qu'étaient les rochers dressés autour de lui dans toute la puissance de leur immuabilité, prêts à affronter l'éternité grâce à la force des siècles écoulés qu'ils gardaient en eux, il retrouvait ce lien qu'il craignait de perdre avec son passé douloureux. A l'abri du reste du monde, les rochers l'attiraient à eux et le retenaient par des attaches ténues qui le ramenaient au plus près de lui-même. En leur compagnie, perdu au milieu de la montagne, il se sentait chez lui, bien plus que partout ailleurs. Il avait hâte de revenir auprès d'eux dès qu'il s'en éloignait.

Quand il n'avait pas réussi à emboîter le pas de la belle promeneuse au moment où elle quittait Combeferres, il espérait encore pouvoir la rencontrer plus loin, au détour d'un sentier. Dans tous les cas, il était capable de la suivre sans aucune pudeur comme si c'était chose naturelle. Elle ne semblait pas s'en offusquer mais il avait vite compris que c'était elle qui menait le jeu. Elle savait se soustraire habilement à ses regards selon son bon plaisir. Il se retrouvait alors seul, la plupart du temps ne sachant où il était, et il lui fallait des heures pour retrouver son chemin. Mais, même s'il n'avait fait que l'entrevoir, sa présence dans les parages avait réchauffé sa solitude : elle offrait une nouvelle vie à Céleste qui avait perdu la sienne et elle ne le saurait jamais.

Cependant, le plus souvent il ne la voyait pas quitter Combeferres. Il se dirigeait quand même au pied de la montagne et, laissant sa monture du côté de la Passe du Diable, il suivait au hasard des sentiers inconnus qui le menaient toujours plus haut. C'est un jour de grisaille, qu'après des heures de marche, il avait atteint le sommet du Couron pour la première fois. Il y avait découvert une cabane de berger, un reste de borie dont la construction devait remonter à des millénaires et qui, comme un animal têtu, arc-boutait encore sa carapace de rugueuse muraille aux quatre vents. Les restes d'un feu de bois récent que les pluies n'avaient pas encore lavé en occupait le centre. Sans doute quelqu'un venait-il y passer de temps à autre quelques heures ou une nuit. Un berger pendant la saison d'estive peut-être, mais aussi un voyageur qui voulait éviter la frontière ou un chasseur à l'affût d'un gibier. Et l'idée lui vint qu'il n'était pas impossible que Marthe, qui connaissait les sentiers mieux que lui, n'y vienne de temps à autre. Elle s'y rendait peut-être ce jour-là, lorsque, à un signal sonore qu'il avait perçu, - mais s'agissait-il vraiment d'un signal ? - elle avait rebroussé chemin sans crier gare et était passée devant lui sans le voir.

Or, il savait que si la montagne était le domaine des troupeaux et des bergers, ceux-ci s'aventuraient rarement sur les hautes falaises qui dominaient les pâtures telles des forteresses imprenables. Même si les bêtes, habituées à une maigre nourriture, y raclaient le sol sans se décourager, les bergers redoutaient les falaises qu'un brouillard souvent imprévisible rendait dangereuses. La cabane de pierre attestait pourtant de la fréquentation de l'arête rocheuse du sommet et les récents feux de bois étaient la preuve que quelqu'un, si ce n'étaient les bergers, y avait ses habitudes.

De ce point culminant, on avait une vue grandiose sur l'ensemble des vallées et leur ordonnance. Les lignes des crêtes s'enchevêtraient à l'infini dans un désordre tourmenté qui ne trouvait quelque résolution qu'au contact des hauts sommets enneigés des montagnes d'Italie. Le tracé des sentiers, tout aussi emmêlé, révélait un lacis inextricable de lignes dessinées au sol que la neige qui perdurait rendait incandescents. Les sentiers couraient ainsi entre les rochers, revenant sans cesse sur eux-mêmes en formant des boucles qui se répétaient, tellement identiques qu'on finissait par ne plus savoir où on était comme quand on a longtemps tourné sur soi-même à en perdre l'équilibre. Ce désordre impérieux embrouillait la vue et l'esprit. Debrume crut qu'il était arrivé au cœur de la montagne et que son immense labyrinthe se refermait sur lui.

Apparemment identiques, les endroits qu'il traversait, en changeant à peine d'aspect, lui donnaient le vertige. Il fallait connaître le pays par cœur pour y établir des repères.

Quand un éclair de lucidité traversait son esprit, il se disait qu'en suivant cette femme qui laissait les villageois se dresser contre elle sans se préoccuper de leur opinion, il se jetait dans un piège où, comme dans le labyrinthe des sentiers du Couron on pouvait se perdre. Alors, l'impression qu'il s'éloignerait de lui-même à force de courir après elle lui devenait insupportable parce qu'il le savait : Céleste s'effacerait en même temps qu'il s'approcherait de Marthe. Ce n'était pas cela qu'il voulait mais bien son contraire. Et pourtant, il fallait se rendre à l'évidence : ces marches forcées dans la montagne où il espérait sauver quelque chose de lui-même et de son passé, n'étaient qu'une illusion. Et s'il était dangereux de s'aventurer dans le labyrinthe, il était plus dangereux encore de s'aventurer dans les méandres mensongers de ses propres espoirs et de ses propres malheurs.

Ces réflexions lui permettaient de revenir à la raison et la raison commandait de s'occuper de cette enquête dont ses supérieurs attendaient un rapport détaillé. Pour le moment, il n'avait pas grand-chose à leur en dire. Il venait seulement de constater qu'au sommet du Couron quelqu'un, avant et après son passage, était venu et reviendrait allumer du feu et peut-être passer la nuit, recroquevillé dans la ruine enneigée de la borie. Mais qui était-il et avait-il quelque rapport avec le cadavre découvert récemment ? On se trouvait sur le chemin de Bourdaine qui ne devait pas être très loin d'ici. Quelqu'un qui serait venu de Bourdaine peut-être… Alors, de même qu'il avait eu le furtif soupçon qu'il avait été la cause d'un rendez-vous manqué, le jour où il avait suivi Marthe depuis la Passe du Diable, il eut la conviction qu'il venait de découvrir le lieu de ce rendez-vous. Certes, il ne s'agissait que d'intime conviction et il lui fallait une preuve concrète.

Il se mit à observer de plus près la topographie des lieux. La face nord du Couron présentait des pentes douces, striées de sentiers dont on pouvait lire clairement le tracé qui, aujourd'hui, était dessiné dans la neige à la mine de plomb. Par ces sentiers, on atteignait non seulement Bourdaine mais tous les pays de la terre. D'une vallée à l'autre, d'un village à l'autre, on arrivait de l'autre côté du Var après avoir passé un pont étroit ou quelque passerelle de bois construite dans un endroit discret au-dessus d'une gorge profonde. Le Comté rattaché depuis peu à la France longeait les montagnes d'Italie. Un voyageur qui voulait éviter le contrôle des douaniers pouvait trouver par ces chemins une issue à sa situation scabreuse ou une possibilité d'établir des connexions avec des complices de l'autre côté de la frontière. Debrume se trouvait donc sur une voie de passage, probablement celle dont son prédécesseur, l'inspecteur Avrillé, avait rapidement évoqué l'existence dans l'un de ses rapports. Certes, quelque solitaire pouvait y errer comme lui à la recherche du fil de sa vie et s'y perdre. Mais cette voie était sans doute davantage fréquentée par des contrebandiers, peut-être des réfugiés politiques, (l'opposition au roi de Piémont était violente et la récente unification de l'Italie encore fragile), et toute sorte de hors-la-loi se trouvant en délicatesse avec la justice. Qui pouvait affirmer que Mademoiselle Marthe, arrivée depuis seulement quelques années dans le pays et que le même Avrillé avait soumis à sa surveillance, n'avait pas de contact avec quelqu'un de cette espèce… ? La position géographique de Combeferres était propice : on pouvait descendre tout droit du sommet du Couron sans avoir à traverser des lieux habités. Les habitants du « château » se trouvaient à l'écart du village, à l'abri des regards, et pouvaient recevoir qui ils voulaient. Ils avaient peut-être attendu cet homme qu'on avait trouvé à l'état de cadavre et qui n'arriverait jamais plus à destination. Mais l'attendaient-ils encore ? Si c'était le cas, ils le connaissaient et étaient à même de l'identifier. Simple déduction et hypothèse à vérifier, conclut l'inspecteur, revigoré par la nouvelle tournure que l'enquête semblait prendre et la connexion qu'il venait d'établir avec les observations d'Avrillé.

    Ces réflexions lui avaient coûté du temps. Il tira sa montre de son gousset et constata qu'il était assis depuis des heures sur ce bout d'arête rocheuse d'où il pouvait voir le pays dans toute son ampleur et sa majesté. Il se mit debout avec difficulté, les jambes engourdies de froid. Il tremblait de tous ses membres. La lumière avait changé. L'odeur de la neige parvenait à ses narines comme une admonestation. Il aurait bonne mine s'il se trouvait bloqué là, seul sur la montagne, assailli par des monceaux de flocons menaçant de l'ensevelir. Il était temps de rentrer. Mais en se retournant, il se trouva face à un mur blanc dressé devant lui. Un mur de ouate épaisse qui engloutissait avec voracité les derniers restes du jour. Le brouillard, comme un ennemi sournois, avait profité de sa méditation pour envahir les pentes de la montagne et en recouvrir les chemins plus efficacement que la neige elle-même. S'il voulait regagner le monde des vivants, il allait devoir s'y enfoncer pour y chercher sa route. C'était la seule manière de sortir du dédale et elle comportait le risque d'être précipité du haut des falaises. Un accident était vite arrivé, on l'avait vu : le cadavre qui était la cause de son séjour à Couraurgues en donnait la preuve. Pour autant il n'avait pas le choix. Alors, pour en finir au plus vite, il se jeta dans le brouillard à corps perdu comme on se jette à l'eau.

28

Errer dans la montagne sans but éteignait l'enthousiasme qui avait embrasé son adolescence avec ses tourments et ses bonheurs. Le ou les doubles qui en était issus, elle ne savait plus s'ils existaient encore, ni même s'ils avaient existé un jour. Ce qui était sûr c'est qu'ils n'avaient plus cours ici. La montagne absorbait tout. Son silence, que la neige amplifiait, exacerbait la marque de l'absence là où autrefois s'épanouissait une passion devenue inutile. Et c'était comme si rien n'avait été vécu, comme si rien n'avait existé, comme si sa vie n'avait été qu'un songe. Ou seulement une fable : quelqu'un la lui avait chuchotée à l'oreille et seule la petite fille qu'elle avait voulu voir disparaître l'avait entendue.

Elle ne pouvait dire exactement comment les choses étaient allées, comment sa vie avait dérapé sur ce chemin qu'elle avait pourtant eu le sentiment d'avoir choisi. Pendant des années, Marthe et Elodie avaient été la même personne malgré leur différence d'âge, vivant et éprouvant ensemble les mêmes choses. Elles avaient cru pouvoir vivre encore et toujours de cette absolue complicité et, se berçant de cette idée, elles avaient manqué de prudence. Les différents rôles qu'elles avaient assumés ensemble s'étaient emparés d'elles et les avaient trahies. Elles avaient joué, emmêlé les cartes et n'avaient plus été capables de les trier, de reconstituer la donne initiale. Cette faiblesse avait constitué leur perte le jour où la vie s'était chargée de remédier à cette confusion. Elle l'avait fait comme toujours de manière détournée, et en l'occurrence, par l'intermédiaire de Corsan : il s'était découvert cette nouvelle mission sacrée, s'entichant du projet de son ami Carlo Pisacane. Malgré les réticences exprimées par son entourage immédiat, et sans attendre le consentement de son épouse, il s'était engagé, promettant son aide à cet acolyte de toujours, son temps, sa vie et celle des autres, tout en quelque sorte. Marthe et Elodie s'étaient senties abandonnées, voire sacrifiées, d'autant que, mieux que Corsan, elles avaient pris conscience de la vanité de l'entreprise et du danger d'une implication qu'elles refusaient de toutes leurs forces. Elles ne furent pas entendues. L'enthousiasme aveugle d'Adalberto dans cette lutte désespérée et la promesse d'une mort certaine autant qu'inutile avaient eu raison de la confiance que Marthe avait toujours mise en lui.

Pourtant, aujourd'hui, reléguée à Couraurgues loin d'Elodie, son amie, son double, Marthe ne pouvait renoncer à espérer, malgré le silence corrosif de la montagne qui dissolvait peu à peu les restes de son existence ancienne. Si parfois ce silence montrait ses limites et que le feu qui avait brûlé en elle semblait se raviver, il ne lançait plus que de minuscules étincelles qui s'évanouissaient aussitôt dans la nuit comme soupir d'étoile. La montagne recueillait dans l'indifférence douleurs, erreurs ou espoirs, les mêlait aux éléments, - le vent, le soleil, sans oublier les rochers dont la présence était plus réelle que celle des habitants de ce pays. Mais la montagne n'était pas hostile. Et sans doute c'était elle Marthe qui avait échoué à réinventer une raison de vivre en symbiose avec elle parce qu'elle avait cherché dans la mauvaise direction : comme ici, rien ne répondait à ce qu'elle connaissait de la vie, il lui semblait avoir tout perdu en perdant ce qui la reliait au monde, ce qui avait fait d'elle ce qu'elle était. Il eût fallu trouver le regard qui recrée la vie à partir de ses ruines, mais à quoi bon ? Dans sa solitude, elle s'obstinait à ne voir que le feu, son seul ami, et elle passait devant lui de longues heures infructueuses. C'était son intime fréquentation qui lui permettait de laisser le temps s'écouler, croyait-elle, et peut-être les années.

Mais alors qu'elle se résignait peu à peu à sa disparition, le passé la rappelait à lui avec ses promesses et ses pièges restés grands ouverts : un cadavre en lambeaux avait été découvert dans la montagne sans pouvoir être identifié. Au village, le bruit courait qu'il s'agissait de la dépouille de cet inspecteur Avrillé qu'elle avait quelquefois rencontré. Quelques mois auparavant, il avait longuement séjourné à Couraurgues pour y mener une enquête dont les villageois n'avaient jamais su si elle était dirigée ou non contre eux. Mais à tout hasard, ils avaient classé l'homme parmi leurs ennemis et ils avaient su lui opposer la redoutable malveillance dont ils étaient capables. Au bout de quelques mois, cet inspecteur avait disparu sans crier gare. On n'avait jamais su ce qu'il était devenu. On se persuadait maintenant que tout ce temps, il l'avait passé là, entre deux rochers au pied d'une falaise, rendu à l'état de cadavre par suite d'une chute malencontreuse. Or, la police en voulant s'assurer de la thèse de l'accident avait dû juger cette mort suspecte puisqu'une équipe avait été mandatée pour enlever les restes de ce malheureux et faire les premières constatations. Peu de temps après, on apprenait que l'inspecteur Charles Debrume avait reçu l'ordre de rester sur place pour continuer l'enquête.

Marthe et Utto qui avaient déjà subi les questions de l'inspecteur Avrillé lors de son passage, s'apprêtaient à être interrogés un jour ou l'autre par le nouvel inspecteur, ce jeune Debrume qui semblait les surveiller sans y mettre beaucoup de discrétion. Que lui répondre ? Ni l'un ni l'autre ne pouvait savoir qui était cette victime, ni même si elle avait quelque chose à voir avec leur activité clandestine qui, par prudence devait rester cachée à la police française. Quand Utto avait trouvé ce cadavre déjà très dégradé dans la montagne, il l'avait soigneusement examiné sans pouvoir dire à Marthe s'il était ou non l'un des leurs. Pourtant, il était tout à fait plausible qu'ils connaissent cet homme. Mais ce qu'ils redoutaient avant tout, c'était qu'il pût s'agir du vieil Auguste qui, vaincu par les ans et la fatigue, aurait terminé là son voyage. Arrivé tard dans la nuit sur le Couron, alors qu'il allait atteindre son but, il se serait fourvoyé en suivant les sentiers qui l'avaient dirigé droit sur la falaise d'où il serait tombé, malheureuse victime d'un accident. Marthe ne pouvait penser à ce vieil ami et compagnon sans verser des larmes. Si c'était lui le messager que Corsan leur avait promis autrefois, ils l'avaient attendu en vain depuis tout le temps où ils résidaient à Combeferres. Et ils ne sauraient jamais ce qu'il avait à leur apprendre ni si le groupe de Corsan et les Corsan eux-mêmes existaient encore.

En attendant, Marthe allait devoir faire face à la suspicion et aux questions du jeune inspecteur. Elle appréhendait ce genre d'épreuve qui lui avait déjà été imposée et qui l'avait mise en fâcheuse posture face à l'enquêteur. Une mauvaise réponse à une question qui semblait innocente, un mot de trop pouvaient devenir un piège funeste pour l'organisation. Ainsi, le passé revenait-il à elle avec toute sa force inexorable. Il n'y aurait pas de délivrance de sitôt. Le feu, son refuge et son espoir, s'éloignait d'elle, alors qu'elle avait été au plus près de la caresse de ses flammes. Pour autant, malgré les évènements qui s'annonçaient, elle ne pouvait se tromper : c'était à lui, le feu, qu'elle devrait se rendre un jour. Et pour ce faire, lorsque le moment viendrait, elle devait trouver la force de ne rien changer à sa décision.

29

Elle ne savait dire combien d'années étaient passées, mais c'était il y avait bien longtemps - bien avant les défaites et les désillusions - lors de l'un de ses premiers voyages aux côtés d'Elodie, un soir de première. Elles s'apprêtaient pour l'opéra. On donnait une œuvre de Verdi au théâtre de la Scala. Elles devaient passer deux mois d'hiver à Milan, première longue étape d'une de ces missions d'endoctrinement que Corsan leur confiait régulièrement : Elodie maîtrisait l'art du prosélytisme et, s'épaulant l'une l'autre, elles étaient des ambassadrices discrètes et efficaces.

Elles s'apprêtaient comme les autres soirs, aidées de leur fidèle Auguste qui les suivait partout pour leur permettre d'accomplir leurs différentes tâches. Ancien comédien entré au service de Roberto Regardini, il était un ami longue date et lui était tout dévoué depuis le début de leur engagement, raison pour laquelle ce dernier l'avait chargé d'accompagner sa fille auprès des Corsan et de se mettre à son service. Militant convaincu de la cause, c'était lui qui réussissait le tour de force de rendre les personnes interchangeables. Il avait initié les deux jeunes femmes à l'art du déguisement et du grimage, à celui de l'imitation et du mime dont il connaissait toutes les ficelles. Arborant la livrée de la maison, il était attaché à leurs pas et se tenait prêt à chaque instant pour toute intervention auprès d'elles. Durant le spectacle, il faisait le pied de grue devant leur loge, droit comme la statue du commandeur, ne se laissant distraire dans sa tâche par aucune plaisanterie de laquais, comme auparavant, dans le fiacre, il n'avait pas souri aux farces du cocher. Il était leur gardien le plus sûr.

A peine de retour à leur hôtel il leur avait raconté le fait : pendant le second acte, un jeune homme était venu par la coursive qui menait aux loges. On y avait baissé la lumière et seules de faibles veilleuses à gaz permettaient de s'y diriger. Dans la pénombre, Auguste n'avait pu voir son visage. Il avait eu à peine le temps d'entrevoir sa robuste silhouette et la brillance de son regard noir. Tout s'était passé très vite. L'homme lui avait tendu un paquet et fait signe de le prendre avec une certaine brusquerie. Puis il avait tourné les talons et avait disparu sans dire un mot. Subjugué par ce faire péremptoire qui lui imposait son vouloir, Auguste l'avait interpelé, mais l'homme avait continué son chemin et avait disparu par la coursive aussi soudainement qu'il en était venu. Sous l'effet de la surprise, retournant ce paquet dans sa main, Auguste avait hésité un instant avant d'entrer dans la loge.

Elles avaient pensé aussitôt à un nouveau message d'Adalberto dont l'étrangeté les amusait parfois quand il leur communiquait des informations qu'elles étaient seules à pouvoir comprendre. Elodie avait posé l'objet sur ses genoux. Elle avait défait le cordon de soie qui le tenait enveloppé dans un petit sac de suédine. Apparut alors un coffret capitonné de velours de Gênes dont les bordures de satin vert olive défraîchies par le temps avaient perdu de leur éclat. Marthe l'avait reconnu aussitôt. Au bord des larmes, elle avait dit qu'il ne s'agissait pas d'un message d'Adalberto mais de bien autre chose.

Elle n'avait pas oublié le fonctionnement de la petite serrure dont la clé dorée était toujours ornée du même pompon de soie. Ses brins glissaient entre les doigts avec la fluidité et la fraîcheur d'une eau de source. D'une main tremblante, elle avait fait jouer le pêne. Elle connaissait bien tous les bijoux que le coffret contenait : ceux de sa mère, son héritage familial. Sa grand-mère et ses aïeules avant elle les avaient portés. Ils étaient le souvenir de la lignée dont elle était issue et lui revenaient de droit. Mais du coffret ouvert avait aussi ressurgi le regard de la petite fille qu'elle avait voulu faire disparaître de sa vie et sa joie étonnée lors des fêtes de son enfance que son père donnait une fois l'an à la Bastide du Canal. Les bijoux, portés par sa mère dont ils rehaussaient la délicate beauté de madone toscane, avaient fait l'admiration de la petite fille. C'était cette enfant fascinée par la présence aimante de sa mère qui réapparaissait tout à coup ; et avec elle, son chagrin, identique à celui d'autrefois, qui étendait ses tentacules pour la torturer à nouveau. Comment ces bijoux pouvaient-ils avoir tant de pouvoir ? Mais l'image dura le temps d'un éclair et s'effaça aussitôt. Marthe se leva d'un bond en s'écriant : « C'est mon père. Il faut se mettre en contact avec Manosque de toute urgence. Quelque chose de grave vient d'avoir lieu ! » L'enfant était à nouveau rejetée très loin d'elle.

La nuit qui avait suivi, Auguste était sur les routes : « Je ferai halte à Couraurgues après avoir traversé le milanais et une partie du royaume de Piémont. En cette saison, seul le passage par la montagne est encore possible. La côte est trop dangereuse, ce n'est pas la meilleure saison pour les contrebandiers... » Il avait reçu l'ordre de télégraphier dès son arrivée, et ils avaient convenu d'un rendez-vous à Nice où il avait été prévu qu'Adalberto les rejoigne après son voyage en Angleterre. Après quoi, ils aviseraient.

Quelques jours plus tard, Auguste leur apprenait que le pire était arrivé et les exposait à un grave danger. Il avait réussi à parler à Roberto Regardini juste avant sa mort qui avait eu lieu deux jours après leur brève entrevue, dans la prison où il était détenu. Le réseau créé par le vieux révolutionnaire avait été démantelé par les officiers de police qui surveillaient son activité clandestine depuis longtemps. La question était de savoir jusqu'où ils avaient pu remonter la filière et s'ils n'y avaient pas trouvé de failles, malgré les précautions toujours en cours. Un informateur pouvait les avoir trahis pour une poignée d'or comme il avait été trahi lui-même. L'idéal, comme tout le reste, avait son prix, et Regardini qui ne se faisait plus d'illusions sur la nature humaine conseillait à tous la plus grande prudence... Quand il avait été arrêté et envoyé dans les prisons d'Aix-en-Provence, il avait voulu informer ses partenaires de sa chute par l'intermédiaire de sa fille, en lui envoyant ce coffret, cette sorte de signal pour annoncer une menace ayant été convenu entre elle et lui de longue date. La gouvernante de la Bastide du Canal, que la police n'avait pas inquiétée, avait chargé l'un de ses neveux de la mission en recommandant à l'intrépide jeune homme la plus grande discrétion : il y allait de sa vie. Par ailleurs, comme Regardini avait toujours tenu sa nouvelle épouse en qui il n'avait aucune confiance à l'écart de ses activités clandestines, dès qu'il avait senti la menace se préciser, il lui avait suggéré d'aller prendre les eaux dans une station de Savoie en compagnie de l'une de ses amies. Après quoi il avait suffi de quelques jours pour que la vie rude de la prison ait raison de la santé de ce combattant volontairement privé du minimum de soins dûs à un prisonnier. Lorsque Marthe et Elodie retrouvèrent Auguste à Nice, ce fut donc pour apprendre que Roberto Regardini n'avait pas survécu à l'épreuve.

Tout cela appartenait au passé. Aujourd'hui, Marthe était confinée dans cette sorte de prison à ciel ouvert qu'était Couraurgues, bien loin d'Elodie. Seule et sans envie, elle passait des heures à sa fenêtre, alors que dehors le froid de l'hiver sévissait. La neige qui tombait à lents flocons avait tendu un épais rideau blanc entre elle et la montagne, entre elle et le ciel. Il n'y avait pour la distraire que la danse des flammes. Et elle se souvenait du coffret de bijoux et de ce qu'il présageait de terrible, mais étonnamment, si elle se penchait vers le feu, c'était le visage d'Elodie qu'elle voyait danser dans les flammes, telle qu'elle était ce soir-là à Milan. Son beau visage rehaussé de la parure savante dont elle avait orné sa coiffure, le coffret posé sur ses genoux, elle se penchait sur les joyaux. Les gemmes se reflétaient dans ses yeux et l'éclat de son regard les faisait briller davantage. Ses cheveux sombres, retenus par une parure de diamants prolongée d'une tresse de plume qui caressait sa joue, illuminait de sa blancheur la peau diaphane de ses joues. Elle était pensive et ne disait rien. Ce jour-là, malgré l'anxiété qui l'assaillait, le temps s'était arrêté un instant infime pour graver à jamais dans la mémoire de Marthe, la beauté d'Elodie.

Et pourtant, à ce moment précis, Marthe, en même temps qu'elle était éblouie par tant de grâce, était figée de douleur à la pensée de son père dont le coffret annonçait le malheur. Elle avait toujours cru qu'il était si fort que rien ne pouvait lui arriver, que jamais la mort ne pourrait l'atteindre, qu'il aurait toujours raison d'elle. En voyant le jour, il avait inspiré une grande bouffée de vie et en avait empli ses poumons avides. Solide comme un roc, il se nourrissait de toutes les forces vitales qu'il trouvait en ceux qu'il aimait, sa famille, ses amis. Ainsi ancré dans la vie parmi les siens, il voulait faire résonner le chant de ceux qui se battent pour la liberté, convaincu que la lutte continuerait avec ou sans lui. C'est pourquoi il avait décidé de vivre longtemps, de vivre toujours pour assister à la victoire, car il n'était pas pensable qu'il n'y eût pas de victoire. Pour prolonger son œuvre, il l'avait envoyée, elle, sa fille Marthe, la prunelle de ses yeux disait-il, auprès des Corsan. Il lui avait imposé ce chemin ardu, se doutant peut-être qu'elle y perdrait la raison, mais, peu lui importait : la valeur de la cause qu'il défendait se situait au-delà de toutes les raisons.

Dans un souffle de voix Marthe avait dit : « Je ne veux pas de ces bijoux. Je ne les porterai jamais. » Elodie l'avait regardée avec un long sourire, celui que Marthe aimait, plein de bienveillance et de calme reposant :
- Ces bijoux… je le comprends, sont lourds de souvenirs pour toi, les symboles d'un temps disparu, de rires et de pleurs qui ne reviendront plus, de sourires que la mort a avalés…
- Je revois ma mère lorsqu'elle les portait. Cet anneau qu'elle avait toujours à son doigt… Je revois mon père qui la regardait choisir un collier et qui l'aidait à l'attacher à son cou… C'était mon enfance, avec ses yeux éblouis, sa candeur perdue et que la mort a emportée quand elle a emporté ma mère tant aimée. La douleur de son absence, toujours aussi vive malgré les années… ces bijoux, c'est tout cela… voilà pourquoi…
- Tu as raison, il faut tenter d'effacer ce dont la mémoire se sert pour nous torturer. Notre amitié s'y emploie mais elle n'y suffira sans doute jamais.
- Ces bijoux sont des moments de vie qui ne sont plus ma vie…
- Alors, donnons-leur une fonction utile… Somme toute ce ne sont que des objets. Leur nouvelle fonction nous servira dans l'avenir. Parce que nous n'avons pas d'autre choix que de regarder vers l'avenir.
- Mais ce n'est pas possible : ils sont le symbole d'un passé et de ses deuils, de ses chagrins !
- Une fonction utile les transformera, te dis-je. Nous en ferons des messagers muets, de simples messagers. On les réduira à l'état d'objets aussi nécessaires que du papier une plume et un sceau pour communiquer. Nous déciderons ensemble de la signification que nous leur donnerons pour établir leur code. Ils ne seront plus portés mais, si un jour nous sommes séparées, il suffira que l'une de nous deux reçoive l'un de ces bijoux pour savoir à quel endroit elle doit se rendre pour la retrouver. Nous avons plusieurs repaires et tu les connais déjà. Nous les habitons régulièrement ensemble lors de nos pérégrinations d'un point à l'autre de l'Europe où se trouvent les gens que nous devons contacter. Par exemple, regarde ! Cet anneau : son rubis serti de diamants a la couleur de sang que donne le couchant aux canaux d'Amsterdam où danse le graphisme des maisons qui s'y reflètent, celui de leurs fenêtres aux encadrements blancs, tandis que les vitres sur les façades s'animent du mouvement des nuages… Tu as déjà séjourné avec moi dans cette maison à l'escalier si exigu que nos jupons doivent être tenus serrés contre nos jambes quand on monte à l'étage… cette maison où les hautes fenêtres laissent entrer une lumière rare, capiteuse, qui exalte la moindre brillance et fait chanter les objets. Ce rubis fait de même ici dans l'obscurité de la loge où nous nous trouvons : il capte la moindre clarté

qui vient de la scène. Il exalte les rouges profonds des clairs-obscurs chatoyants des peintres hollandais. Vois la brillance de ce rubis et ne pense plus à celles qui l'ont porté jadis. Pense à nous deux, pense à l'espoir que cette bague peut nous apporter un jour : l'espoir d'un abri, en pays libre, loin des prisons des tyrans, dans ce petit refuge qui se mire dans les eaux sombres d'un canal, si loin d'ici…

Puis Elodie avait pris les mains de Marthe.

- Je les garderai en lieu sûr pour toi. Si tu me le permets, je les porterai comme je porterai ton passé douloureux. Marthe ou Elodie qu'importe ? Ta vie est la mienne et vice-versa…, tu le sais bien…

- Nos vies se perdront dans le flou de cet échange, avait répondu Marthe. Un jour nous ne nous y retrouverons pas… Nous en mourrons. Je ne veux pas votre mort… ni la mienne…

- Bien au contraire, mon amie. Nous vivrons enrichies l'une de l'autre. Nos vies en seront multipliées comme le son par l'écho. Parce que chacune saura donner à l'autre ce qu'elle a de meilleur et ce don n'aura plus de fin...

- Nous finirons pourtant par devoir nous recomposer et n'appartenir qu'à nous-mêmes…

- Hélas, on dit que c'est en quelque sorte inéluctable. Tant d'autres avant nous ne sont parvenus qu'à cela. Tant d'autres avant nous et après nous, comme nous… Mais nous, tu sais bien que ce n'est pas pareil. Nous, nous sommes capables de résister à cette tentation ! Et ce serait nous faire souffrir par avance que de ne pas tenter l'aventure…

30

Cerné par le brouillard, le labyrinthe dans lequel l'inspecteur Charles Debrume prenait plaisir à errer si souvent par beau temps se refermait sur lui avec traîtrise. Ce fut le ridicule de la situation qui lui apparut d'abord. Se perdre dans le dédale d'une montagne que la population locale connaissait par cœur le rendait fou de rage. De quoi aurait-il l'air en rentrant au village à pied s'il ne retrouvait pas son cheval qu'il avait laissé plus bas, du côté de la Passe du Diable ? Il ne s'était rendu compte de rien. Pendant qu'il réfléchissait, assis sur ce bout de rocher gelé qui dominait le pays, le brouillard avait sournoisement envahi l'espace derrière lui. Le ciel avait rejoint la terre dans la blancheur d'une ouate épaisse qui réduisait le monde à son inconsistance laiteuse et fantomatique où la réalité venait se perdre. Rien ne bougeait, pas un oiseau, pas une bête. L'inspecteur eut alors le sentiment qu'il ne pourrait jamais reprendre pied dans cette vapeur laiteuse qui collait à sa peau à seule fin de paralyser ses membres et de le retenir ici, enfermé dans sa solitude. Pourtant, juché au sommet du Couron, il avait scruté vallées et plaines avec la certitude qu'il aurait pu les atteindre d'un saut, comme si la distance n'existait pas et que le monde lui appartenait. Et il était maintenant cloué sur place par le brouillard qui l'avait rattrapé en ajoutant son incandescence à celle de la neige, tandis que les différents sentiers s'emmêlaient de plus belle autour de lui à la façon d'un écheveau de laine auquel un chat se serait intéressé de près. De plus, aucune pierre, aucun rocher ne pouvait lui donner d'indication tant toute chose était lissée par cette lumière incolore. Il était sans boussole, sans guide, sans repère. Perdu. Mais il fallait faire vite, la nuit tombait tôt en cette saison.

Après réflexion, il se dit qu'il n'avait qu'à suivre la pente du terrain à l'aveuglette, en espérant qu'il éviterait de se casser le cou au bord d'une falaise. On le lui avait dit et répété : ici le brouillard ne prévient pas. Plus d'une personne inexpérimentée s'était tuée en tombant, la nuit venue, des hautes falaises qui appuyaient leur assise au sommet de la montagne. D'autres, plus chanceuses, avaient passé la nuit à errer à quelques pas de l'un des chemins qui mènent au village, sans le retrouver. C'était pourquoi il valait mieux laisser la montagne aux gens du pays et aux bergers qui savaient éviter cette sorte d'accident, parce que la montagne, ils y étaient nés, c'était leur domaine. Bien sûr, elle était attirante et elle semblait acquise aux étrangers mais elle n'était pas pour eux. On ne pouvait s'en emparer de même qu'on ne pouvait s'emparer du savoir ancestral des bergers. « Ce n'est pas étonnant que l'inspecteur Avrillé ait fini de cette manière ! Il aurait dû nous écouter ! lui répétait l'aubergiste depuis le début de son séjour. Et vous qui vous croyez plus malin que lui, si vous ne voulez pas finir comme lui… » Mais Debrume ne l'avait pas cru : l'hostilité qu'il percevait dans ses propos le dissuadait de tenir compte de ses insistantes admonestations. Bien au contraire, elle lui avait donné la conviction que sa présence dans la montagne dérangeait quelqu'un. Qui et pourquoi, il était encore en train de chercher. C'était ce qui l'avait amené là, à errer face à un péril tapi dans le brouillard.

Or, les villageois n'en démordaient pas : ils assuraient que le cadavre méconnaissable était celui d'Avrillé. Et tout inspecteur de police qu'il était, Debrume ne pouvait encore rien opposer à cette affirmation gratuite. Jusque-là, les résultats des analyses et des investigations de la police étaient largement incomplets. Les rapports de son prédécesseur aussi. Il ne pouvait se fier qu'à des déductions non étayées par la présence de quelque preuve. Ni faire confiance à d'éventuels témoins : au lieu de preuves, les villageois avaient de l'imagination, des convictions et cela leur suffisait. Pour peu qu'elles eussent quelque utilité immédiate, ils croyaient dur comme fer aux légendes, aux histoires du temps passé transmises de génération en génération, agrémentées de quelques détails de leur cru, voire à ce qui leur venait à l'esprit quand celui-ci n'était occupé de rien. Mais Debrume laissait dire : tout cela ne pouvait troubler son esprit cartésien.

Pour l'heure, il suivait à tâtons les rochers, espérant sans trop y croire se trouver bientôt sur l'un des multiples sentiers qui pourraient le faire sortir du labyrinthe. Il n'oubliait pas les falaises. Il savait qu'il n'en apercevrait le bord qu'au dernier moment. Il s'agissait donc d'avancer en regardant où il posait les pieds - pendant qu'il voyait encore ses pieds s'enfoncer dans la neige, ce qui ne durerait pas, la nuit allait tomber. Des frissons parcouraient son dos couvert de sueur glacée à la pensée du vide qui pouvait s'ouvrir tout à coup devant lui. Son corps serait peut-être retrouvé un jour dans le même état que celui de ce pauvre hère découvert quelques mois auparavant : les bêtes et la putréfaction de la mort l'auraient vite fait ressembler à lui comme à un frère jumeau. S'il n'était pas tué sur le coup, mourir était peu de chose en regard des souffrances qu'il devrait endurer avant de rendre son dernier soupir. D'autant que, comme d'habitude, il n'avait pas d'arme sur lui : c'était d'une légèreté impardonnable de sa part.

Il s'accrochait aux rochers comme un aveugle à un mur. Il lui sembla plusieurs fois être revenu à son point de départ. Alors que sous ses pieds, le tapis de neige encore vierge continuait de crisser doucement, il s'étonna tout à coup de se trouver dans un espace cerné de rochers qui formaient une conque dominant le vide. Elle se refermait autour de lui et, telle la loggia d'un palais vénitien face au Canal Grande, il imagina qu'elle regardait la plaine qui aujourd'hui restait invisible. Ici ce n'était pas l'odeur prégnante de la lagune qui parvenait à ses narines, ni même celle qu'il aurait dû sentir, l'amertume de la sauge sauvage écrasée par ses pieds et rabougrie par le froid sous la prison de neige poudreuse qu'il faisait voler autour de lui. C'était une autre odeur agressive et obsédante, reconnaissable entre toutes. Sous sa paume, il sentait les parois lisses du rocher et il se dirigeait en se fiant seulement aux indications que lui donnait sa main. C'est ainsi qu'elle tomba sur un endroit humide et poisseux. Il trouva d'abord étrange de rencontrer un point d'eau en ces terres glacées. Mais tout aussitôt il se rendit compte qu'il ne s'agissait pas d'eau. En ramenant ses mains sous ses yeux, il put deviner le rouge du sang. Une sorte d'oppression lui serra la poitrine. Il était en présence d'un autre cadavre. Il pensa aussitôt à Mademoiselle Marthe, comme il eût pensé d'abord à Céleste, si elle avait été encore en vie. Puis, il se reprit et se dit qu'il pouvait s'agir de n'importe qui d'autre qui s'était perdu comme lui dans le labyrinthe.

Le sang avait coulé sur le rocher. A quelques centimètres de lui une forme grise gisait, posée à hauteur de regard : il se trouva face à des yeux d'une tendresse infinie. Ouverts sur le néant, ils ne le voyaient pas. C'étaient ceux d'une biche sauvagement éventrée. Ses mains qu'il promenait à tâtons sur le pelage de la bête lui donnèrent ces renseignements. L'odeur des entrailles ouvertes éloignait les parfums des plantes sauvages. Près de la première dépouille, un autre animal gisait, dans le même état. Il crut aussitôt à une mise en scène qui lui était destinée : les chasseurs ne mettent pas ainsi à mal leur proie. Sans doute s'agissait-il d'une autre sorte de prédateur dont l'intention était de lui adresser un message.

Les notes de l'inspecteur Claude Avrillé lui revinrent à l'esprit au sujet des diverses peurs des habitants et des calamités qu'ils attribuaient à la présence de Marthe Regardini en ces lieux. Entre autres, il y avait celle des hordes de loups qu'elle avait, disait-on, le pouvoir d'appeler à elle et de rapprocher du village en hiver, quand la faim les poussait. Mais les biches qu'il avait devant lui n'avaient pas été dévorées, et les loups ont faim : ils n'abandonnent pas leur proie sans l'avoir dépecée.

Des sous-entendus que plusieurs personnes avaient faits, dont son hôte, au sujet de messes noires, de pratiques de sorcellerie attribuées à une femme dont on ne pouvait prononcer le nom sans qu'il apporte le malheur sur vous, lui revenaient à l'esprit. Laissant traîner une oreille à l'auberge, il avait entendu des commentaires au sujet d'explosions qui avaient plusieurs fois détruit la maison de celle qu'on se gardait de nommer. Le feu avait pris à plusieurs reprises dans l'une des pièces ou dans le parc. On pouvait en voir les traces sur les façades ou dans l'enceinte qui jouxtait les terres cultivées. Les paysans craignaient la propagation du feu, les jours de grand vent, dans ces terres où l'on ne voyait pas une goutte de pluie pendant des mois et qui étaient prêtes à s'enflammer comme un bûcher. Tout cela, Avrillé l'avait noté, mais il n'avait jamais mis en cause Mademoiselle Marthe que, dans le village, on rendait responsable de tous les maux, y compris de mystérieux événements auxquels personne n'avait assisté et dont on parlait à voix basse. La question était de savoir pourquoi et qui avait lancé ces calomnies contre elle. Visiblement il s'agissait de quelqu'un qui jugeait inopportune la présence de la demoiselle de Combeferres à Couraurgues.

Cependant Debrume continuait sa descente à tâtons en laissant les biches éventrées derrière lui. Il ne croyait pas au retour des loups. Quelqu'un avait mis les biches sur son chemin pour qu'il les vît. Probablement, depuis son arrivée, le moindre de ses gestes était-il épié. Dans cette montagne, il était sans doute moins seul qu'il ne croyait. Et il dérangeait peut-être la même personne que dérangeait Mademoiselle Marthe.

Revigoré par ces réflexions il avait oublié qu'un mauvais pas pouvait l'amener à faire un saut dans le vide. Il avait retrouvé son aplomb et pris une allure décidée. D'une sente à l'autre, il approchait de la plaine. Le brouillard se faisait plus léger. Il se prit à penser qu'il ne rencontrerait pas d'autre surprise, lorsque son regard fut attiré par de légères traces sombres sur un rocher blanc. Battant son briquet, il constata qu'il s'agissait de traces de sang qui striaient cette roche en bordure du sentier. Plus loin, il en vit d'autres. Aucun doute n'était possible. C'était bien du sang et il était frais. Cependant, le sentier qu'il avait suivi n'aboutissait pas à l'endroit où Debrume avait laissé son cheval. Il n'était jamais venu dans ces parages où des rochers escarpés constituaient la racine affleurante par laquelle la montagne était ancrée au profond de la terre. Ils étaient entrecoupés de ravines bordées de touffes de genêt dont il reconnaissait les branches ébouriffées sous leur capuchon de neige. Quittant le sentier, il s'arrêta sur l'un de ces rochers plus haut que les autres, pour tenter de se repérer : le brouillard avait dû se déchirer du côté de la plaine et une lueur laiteuse s'y attardait. Dans l'obscurité qui n'était pas encore complète, il put entrevoir à ses pieds les premiers champs de Combeferres. Il les reconnaissait parce qu'ils étaient les seuls laissés en friche. C'est là qu'il vit la silhouette un peu bancale, identifiable entre mille. L'homme se dépêchait. Debrume le perdit de vue quand le terrain s'enfonça dans une ravine. Lorsqu'il retrouva le sentier, la silhouette avait disparu. Mais Debrume savait où il pouvait rencontrer ce promeneur pressé.

Il avait marché des heures et devrait marcher encore. La nuit était tombée depuis longtemps. Il laissa, sur sa gauche, loin derrière lui et signalé par quelques lumières, le village, tassé sur son rocher comme un petit animal rabougri de froid. Et il se retrouva enfin en bordure des dernières restanques qui longeaient la bastide de Combeferres. L'air était devenu limpide, ici plus aucune trace de ce brouillard qui l'avait enveloppé tout au long de son périple. On ne voyait pas encore la maison mais on sentait déjà la fumée des cheminées qui se mêlait à l'humidité de l'atmosphère et la chargeait de son âcre odeur si rassurante. Enfin, marchant toujours dans la direction du sud, la masse de la bâtisse lui apparut. Les fenêtres illuminées projetaient dans l'air du soir un halo de lumière dorée et il se dit qu'il devait faire bon vivre dans cette maison dont les cheminées, qu'on savait nombreuses, témoignaient du confort domestique qui y régnait. Autour d'elle, en guise de protection, les arbres du parc faisaient un énorme coussin végétal contre lequel, douillettement lovée, elle s'appuyait, même si maintenant, au cœur de l'hiver, le disque d'or du tilleul avait disparu et que ses feuilles avaient laissé nues ses branches tendues vers le ciel.

Il savait qu'il lui faudrait faire plus d'une heure de marche pour retrouver son cheval qu'il avait laissé à l'autre bout de l'enfilade des rochers à travers lesquels il avait marché. Mais, il venait de faire une découverte d'importance qui devait l'aider par la suite, la topographie des lieux s'étant révélée tout autre que ce qu'il en connaissait. En suivant cette direction au hasard, il constatait avec étonnement un accès direct mais caché entre la grande maison et la limite de la montagne marquée par les falaises basses sur lesquelles il se trouvait. Si les habitants de Combeferres voulaient accéder au sommet du Couron, ils n'avaient aucun besoin d'accomplir ce grand détour que Mademoiselle Marthe lui faisait faire régulièrement jusqu'à la Passe du Diable. Sans doute avait-elle compris qu'elle était surveillée et elle l'avait promené aussi loin que possible pour détourner son attention de quelque chose dont il ne savait rien encore. Que s'était-il passé en son absence durant toutes ces journées passées à la suivre comme s'il était son ombre ? Il ne le saurait jamais, mais il se morigéna vertement pour la regrettable erreur d'avoir perdu son temps à marcher sur les pas d'une inconnue dans le but de poursuivre ses propres chimères. Il eût mieux valu explorer le pays en profondeur et apprendre à le connaître aussi bien que ceux qui le narguaient et se moquaient de ses égarements de poète jugés peu conformes à l'exercice du métier de policier. Et en effet, il avait pris un considérable retard dans son enquête. Il était temps de changer son fusil d'épaule.

La bastide était maintenant tout près de lui. Les traces de sang avaient conduit l'inspecteur jusqu'à elle comme guidé par le fil d'Ariane. Il eût manqué à tous ses devoirs s'il n'avait pas fait, à ce moment précis, une visite surprise aux étranges habitants de Combeferres.

31

Le feu avait fini par s'éteindre. Marthe se leva et alla à la fenêtre. Le petit salon tendu de soie rose vieillie par les ans disposait de deux grandes croisées dont l'une regardait la masse blanche de la montagne qui venait de disparaître dans la brume épaisse de cet hiver sans fin. Elle apercevait encore les arbres enneigés du parc qui s'éloignaient d'elle peu à peu pour se fondre dans la lueur glacée du crépuscule. Plus près d'elle les buissons caparaçonnés de blanc se pressaient contre le bord du parvis couvert d'une neige immaculée qui projetait une lumière opalescente dans la pièce. Eimeline entra pour apporter les lampes et Utto ne tarderait pas à venir réanimer le feu. Aurait-il des nouvelles ? Il n'y avait aucune raison qu'il y en eût aujourd'hui plutôt que n'importe quel autre jour de ces années qui venaient de passer, ces années perdues où rien n'avait plus de sens. Elle scrutait cette pâle clarté sur le point de s'éteindre, espérant y voir apparaître l'ombre d'une promesse ou d'un signe. Mais rien ne traversait le parc, ni le vol d'un oiseau, ni le pas d'un homme. Rien ne venait troubler cette pure blancheur qui ne faisait que souligner l'omniprésence de l'immobilité, le contraire de la vie. La nuit tombait. Comme les autres soirs, l'horloge, facétieuse, allait tourner encore une fois une page, là, juste sous son nez. La nuit tombait et très vite ce serait un autre jour. Elle leva les épaules et soupira : elle savait ce qu'était attendre, elle avait attendu si longtemps. Elle devrait attendre encore, pas de quoi en faire un drame !

Chaque jour, depuis qu'elle habitait Combeferres, elle avait espéré apercevoir la silhouette familière marchant dans la neige, courbée sous le poids des ans, qui lui eût apporté le signal de la délivrance. Mais Auguste viendrait-il encore ? Depuis la découverte faite par Utto, ce jour de novembre où le mistral soufflait comme un diable et le soleil brûlait les yeux sous un ciel implacable, elle avait de quoi en douter. Jusqu'ici, personne n'avait pu identifier ce cadavre fiché entre deux rochers, ce corps déjà dépecé par les bêtes et que la mort avait rongé jusqu'à lui ôter toute apparence humaine, disait-on. S'agissait-il du vieux comédien, comme Utto le soupçonnait ? Il aurait donc terminé son parcours de cette cruelle manière, si près du but, sans lui avoir apporté, comme il l'avait fait tant de fois durant sa carrière d'ami et de complice dévoué, une lettre d'Elodie, l'un de ces petits mots qu'elle lui faisait tenir dès qu'elle s'éloignait d'elle pour une journée ! Elle espérait encore le voir traverser le parc de sa démarche de chat efflanqué, un peu hésitant, perdu dans les méandres de la vie, cette vie qu'il avait toujours regardée avec une sorte d'incrédulité, et dont il avait du mal à suivre le cours de son pas de vieil homme. Non, elle ne pouvait croire qu'Auguste ait pu ainsi faillir à sa mission. A tout prendre, elle préférait se persuader que ce cadavre appartenait à l'un des espions de la police du Roi du Piémont qui aurait retrouvé leur trace et qu'un accident aurait empêché de mener son travail à terme. Mais rien ne permettait de l'affirmer non plus. Elle avait espéré que l'enquête policière apporterait quelque éclairage sur ce mystère, mais elle avait compté sans le nouvel inspecteur qu'on leur avait envoyé. Son enquête semblait au point mort et cela ne l'étonnait guère, vu le manque d'allant qu'il mettait à la tâche.

Dans cette attente qui n'en finissait pas, elle ressassait son amertume. On avait lamentablement échoué. Corsan n'avait pas écouté les admonestations de ses proches ni celles de Regardini que le projet de Pisacane avait fortement alarmé. Les incessantes discussions entre les deux hommes avaient été inutiles. Elle avait encore aux oreilles la voix indignée du vieux révolutionnaire qui hurlait : « Vous êtes devenu fou Corsan ! C'est une opération suicidaire… ! Débarquer, avec une poignée d'hommes tout juste libérés de prison, sur une côte inhospitalière où vous espérez que des complices aient déclenché, au même moment, des insurrections populaires ! Mais, mon ami, vous comptez sur une conscience politique qui est loin d'exister ! Soyez réaliste ! Eduquez d'abord le peuple et après vous agirez… Rappelez-vous les inutiles soulèvements de mille huit cent vingt, et la répression qui les a suivis… Vous savez bien que les choses n'ont pas beaucoup changé depuis ! Comment et grâce à qui auraient-elles pu le faire ? » Corsan ne se départait pas de son calme, comme ces êtres qui sont si sûrs de leur rêve qu'il devient la seule réalité à quoi ils accrochent leur vie avec une conviction inébranlable. Il répondait : « Vous savez bien qu'aujourd'hui l'éducation est impossible. Comment éduquer, sans structures en place, sans qu'une volonté politique ne le veuille, ne le permette ? Vous savez comme moi que notre clandestinité a ses limites. Mais tout est allé trop loin. Tout nous pousse à aller plus loin encore… ! Nous n'avons pas le choix : il nous faut continuer ! » Et devant Regardini, affligé par tant d'inconscience, Corsan ajoutait, d'un air quelque peu narquois, entre satisfaction et résignation : « Que voulez-vous mon ami, il faut bien que quelqu'un se dévoue ! »

Ce funeste jour de mille-huit-cent-cinquante-sept, Marthe ne l'oublierait jamais. Avec le débarquement sur le rivage de Sapri de ces hommes qu'on venait de libérer avec audace, ces repris de justice épuisés par une longue détention, et simultanément, l'arrivée des troupes du Roi au lieu de celles du peuple insurgé sur lesquelles on comptait, cette journée n'avait été qu'une suite de désastres. Mais elle devait reconnaître à Corsan le mérite d'avoir prévu l'échec et d'avoir organisé par avance la fuite des siens, assignant à chacun un lieu de repli après les avoir habilement soustraits au massacre et à la prison. Mais, elle n'était pas encore arrivée à Combeferres qu'elle se posait déjà la question : combien de temps avant de revoir Elodie, de redevenir elle-même, c'est à dire une autre, et en réalité ce qu'elle n'était pas ? Car c'était dans ce jeu de masques, sous les lustres de cristal des grands salons d'apparat de l'hôtel Corsan, qu'elle avait vraiment vécu sa vie en y assumant les divers rôles qui l'avaient fait échapper à celui, étriqué, dont la vie l'avait accablée : le rôle de l'enfant morte à la mort de sa mère devant l'insoutenable chagrin du père. Dans ce monde scintillant où dansaient les lumières, elle était revenue à la vie. Les rires pétillaient, les regards lançaient des étincelles à travers les masques. Marthe jouait, cueillait un bonheur qu'elle savait éphémère mais qui la comblait. Elle valsait avec Elodie et ce n'était qu'un jeu. Dans la clôture de leur chambre, le jeu continuait, les entraînant dans d'autres plaisirs qui lui semblaient plus innocents encore que celui qu'elles avaient pris à duper toute une société qui les admirait avec envie. Alors, le bonheur distillait ses promesses, s'épanouissait comme une fleur qu'elles cueillaient avec avidité, et elles en respiraient les effluves dont elles suivaient le sillage devenu leur seul guide, la seule raison devant lesquelles toutes les autres pâlissaient. Quelques années plus tard, si le stratagème s'était avéré être un piège, Marthe le jugeait de loin préférable à la triste vie promise aux jeunes filles de son rang, confinées dans le château délabré d'un hobereau de province ruiné auquel on les avait mariées souvent contre leur gré. Et aujourd'hui, la vie exaltante qu'elle avait menée auprès d'Elodie lui manquait. Comme lui manquait ce regard qu'Elodie avait sur les choses et qui voyait plus loin et bien mieux que le sien. Il ne décelait aucune forme d'apaisement, sa lucidité ne faisait aucune concession à la dureté de la destinée inéluctable que lui avait offert son mariage et son engagement dans la lutte aux côtés de son époux. Cette lucidité, si implacable qu'elle faisait peur à Marthe, semblait être garante de son calme. Elodie semblait prête à tout affronter sans inquiétude et sans hésitation, comme si rien ne pouvait l'atteindre. Un sourire, sur son visage, avait la puissance de balayer l'annonce du malheur. Marthe croyait en ce sourire, convaincue que rien jamais ne pourrait l'effacer. Mais elle se trompait. Quand le projet de Pisacane avait fait irruption dans leur vie, Marthe avait découvert l'autre regard d'Elodie, celui de la peur et du désespoir. Cette révélation avait mis fin au temps des certitudes.

  Mais Adalberto voyait les choses autrement. Il clamait haut et fort que tout était prêt dans le moindre détail et que tout se passerait comme prévu. Le débarquement, qui aurait lieu sur les côtes du royaume de Naples, entraînerait dans la révolte les populations locales qui vivaient dans une misère extrême. Leur soulèvement ferait écho aux soulèvements de Toscane et des Etats du Pape, préparés de longue date et orchestrés de main de maître par des gens qui étaient prêts à donner leur vie pour la cause. Car la cause était grande : elle réclamait le sang des héros, ou elle n'avait pas lieu d'être, affirmait-il. Tout restait à faire dans ce pays et il valait mieux mourir plutôt que de se résigner à vivre sous le joug, complices des injustices dont les forces de la Restauration accablaient la péninsule.

Mais pourquoi mourir ? suppliait Elodie. Tout en sachant qu'elle se heurtait à un mur, elle avait fait entendre sa voix forte et claire pour invoquer l'inutilité d'une énième révolte qui ferait encore plus de morts que les précédentes. Elle rappelait comment avait pris fin la mutinerie du Generale Pepe, dans le royaume de Naples, et comment quelques années plus tard, à Modène, une répression d'une violence extrême menée par le cardinal Rivarola s'était abattue sur la population insurgée à laquelle aucune humiliation n'avait été épargnée, ni même la vue de ces pendus qu'on exposait sur la place pour exemple… Pourquoi tenter à nouveau ce qui ne pouvait pas avoir d'issue sans une aide politique extérieure et des alliances fortes entre les peuples ? Le désaccord se faisait jour dans ce couple que le même élan avait soudé autrefois. Mais Adalberto était prêt à mourir plutôt que de manquer à sa parole. Sans élever la voix, il répétait que l'épreuve du bûcher semblait plus légère à Giordano Bruno que celle qui consistait à renier ses idées.

Comme tous les autres soirs de cet hiver sans fin, la nuit était tombée sur la neige. Eimeline avait apporté les lampes et allumé les chandelles. Le feu s'était éteint et serait bientôt rallumé par Utto dont elle entendait le pas autour de la maison et qui rentrerait après avoir apporté leur nourriture aux chevaux. Et comme tous les autres soirs, elle se demandait si le signe espéré viendrait du feu ou de la montagne. La plus belle farce que pourrait lui faire la vie, serait qu'il vînt de l'inspecteur Debrume lui-même qui, de son côté, semblait patauger dans les circonvolutions de sa propre vie presque autant qu'elle-même… Elle ne savait plus, aujourd'hui, pourquoi toutes ces choses qu'elle n'avait pas voulues, tout ce sang qui avait coulé pour rien, toute cette souffrance inutile, pourquoi tout cela avait eu lieu… Et elle se prenait à penser avec une certaine ironie que, pour ce qui concernait les évènements de sa propre vie, l'inspecteur s'était sans doute posé les mêmes questions et comme elle, il n'avait pas trouvé de réponse…

32
Dixième lettre d'Ange Bonnet à son épouse.

11 janvier 1856,

Nous avons recruté plus d'hommes que je ne pensais. Nous sommes sur un coup très habile. Vous souvenez-vous du dépliant ? Quel beau jeu en vérité ! Les hommes que je côtoie ont perdu la candeur de l'enfance et quand ils manient les armes, ce n'est pas pour faire semblant. Car ici, il ne s'agit plus de jouer. Il s'agit enfin de vivre avec intensité, comme je l'ai toujours souhaité. Vivre et mourir, n'est-ce pas la même chose ? Mais mourir pour une juste cause, voilà qui donne un autre goût à la vie. Le dépliant, qui vous semblait si ridicule s'avère très utile pour le choix du lieu du débarquement. Je ne vous dis rien de plus, mon amie. Vous verrez que votre A.B. a encore de belles réserves d'ingéniosité qui lui permettent de ne pas renoncer devant l'impossible.

En attendant le jour, qui n'est pas encore proche, où notre projet se réalisera, je je me trouve parmi les charbonniers dans les denses forêts des montagnes qui dominent Savone. Il y fait très froid malgré les pyramides de bois qui brûlent sous le couvert. La neige nous a retenus dans nos cahutes pendant des jours entiers. Je vis comme ces hommes frustres, de chasse et de feu. J'ai appris à empiler les bûchers pour préparer le charbon de bois, c'est tout un art. Mais, malgré la noirceur à laquelle notre apparence est réduite, je bénis chaque jour les avantages de ce métier dans ce pays de froidure. J'aurai à revenir souvent ici avant que la date ne soit fixée.

Mais en attendant, je vous rejoindrai bientôt. Observez la plus grande prudence comme je le fais moi-même... pour que puisse durer longtemps notre folie commune qui seule vaut la peine que la vie soit vécue...

33

Mais ce soir encore, devant le feu qu'Utto venait de rallumer, Marthe, fascinée par les flammes, retrouvait dans leur contemplation le réconfort qu'elle attendait d'elles. La neige qui bloquait le pays dans une paix factice d'une douceur toute imaginaire l'avait dissuadée, aujourd'hui encore, d'entreprendre l'une de ces chevauchées qui lui rendaient un semblant d'existence. Elle se sentait aussi fragile, lisse et inutile que la blancheur de la neige qui transfigurait le paysage sous son manteau de soie sans pour autant rendre plus pur le cœur des humains. Comme elle, elle était sur le point de disparaître sans laisser de trace ni de souvenir. Que restait-il de sa force, de sa volonté, de son courage de naguère ? Elle n'était pas sûre, si un ordre des Corsan arrivait, d'être capable de sortir de l'immobilité qui collait maintenant à elle comme la glu des pièges que les braconniers dressent pour les oiseaux afin de leur interdire le vol. S'il fallait reprendre la route, saurait-elle quitter Combeferres du jour au lendemain ? Elle s'était crue de passage dans cette maison, et elle s'y était installée pour l'éternité. Aux yeux des villageois, elle était l'étrangère hautaine qu'ils n'aimaient pas voir hanter leur campagne ni les rues du village où par bonheur elle n'aimait pas s'aventurer. Elle était ce leurre, cette cible de leur haine, à laquelle la situation l'avait réduite. Pour l'heure, personne ne semblait savoir qu'elle restait la complice d'opposants politiques jugés dangereux, recherchés par la police italienne, et que soupçonnait la police française en la personne de l'inspecteur Debrume qui la surveillait du bout de sa lorgnette et la suivait sur les chemins. Et pourtant, alors que c'était lui qui représentait le seul danger qui aurait dû l'inquiéter, il était devenu la seule distraction qui la faisait encore sourire.

Elle était sans nouvelle des Corsan depuis ce jour de mille-huit-cent-cinquante-sept où la débâcle avait séparé les membres du groupe, sa nouvelle famille. Mais si tout à coup le passé devait faire irruption dans sa retraite actuelle qui avait fini par avoir raison de ses forces, il lui faudrait partir. Tout volerait en éclat : elle devrait, en un clin d'œil, effacer ces années d'attente immobile comme on change de vêtement. C'était de la même manière qu'elle s'était s'efforçait d'effacer les années passées auprès d'Elodie, celles de sa renaissance, sans y parvenir. Tandis que son incrédulité devant la façon dont cette période de sa vie avait pris fin restait entière, les questionnements qui en découlaient ne trouvaient pas de réponses. Ce qui ne l'empêchait pas de continuer de les chercher, chaque soir, seule devant les flammes.

Elodie était aux abois. Corsan évoluait sous une fausse identité entre Nice, Gênes, Naples et Londres, séjournant longuement dans les Apennins afin de recruter des hommes parmi de vigoureux montagnards exilés dans les forêts où autrefois avait pris naissance le mouvement des *carbonari*. Corsan, s'était également bien établi dans le Royaume de Naples pour apporter son soutien au comité républicain, constitué en mille-huit-cent-cinquante-trois, dont les membres, tenus secrets, lui avaient accordé leur confiance. Là aussi il devait contribuer, avec l'aide de ses hommes, à organiser le soulèvement que ce comité avait pour mission de déclencher dans la ville. Les mêmes soulèvements auraient lieu à Livourne et à Gênes, et ce, au moment où se ferait le débarquement à Sapri. Les troupes révolutionnaires assemblées dans chaque ville feraient leur jonction les jours suivants, devançant les troupes de la réaction et prêtes à leur faire face. Quant à Utto, il resterait sur le lieu du débarquement avec quelques complices pour assurer la coordination de l'information entre les différents groupes. Tout était organisé avec précision, et c'était le moins que l'on pouvait faire pour une entreprise aussi audacieuse.

Les deux amies avaient aussi un rôle à tenir. Depuis quelques années déjà, elles habitaient la Villa Ambrogiana située aux abords de la ville de Naples, sur un promontoire de rocher qui dominait la mer. C'était là que Corsan avait installé son quartier général. Elodie et Marthe n'avaient eu qu'à y faire transporter leurs malles pour y reprendre leurs habitudes. Pendant qu'Adalberto, secondé par Utto, allait de Gênes à Naples, s'arrêtant souvent à

Livourne où il avait créé une antenne du comité révolutionnaire, on apercevait parfois un couple inconnu dans une loge du théâtre San Carlo. Ce couple d'étrangers, s'il n'était pas encore reçu dans la haute société très fermée de Naples, attisait la curiosité. Jamais présenté à la cour, il vivait à l'écart, dans sa villa du bord de mer et semblait fuir le monde. Mais comme on le savait de haute naissance, la curiosité finissant par être la plus forte, on commença à rechercher sa compagnie.

Si l'époux ne se montrait que rarement et seulement à la promenade, l'épouse, très vite entraînée dans les tourbillons de la vie mondaine, avait fini par être adulé. Dans les salons où elle était conviée, Elodie animait les conversations, faisant naître autour d'elle l'atmosphère irremplaçable que certains des gentilhommes de la cour avaient connue à Paris, dans les salons où les dames parlaient avec aisance de lettres et de philosophie. Marthe évitait ces réunions et savait habilement disparaître à l'approche des admirateurs d'Elodie, mais on la voyait parfois à ses côtés, dans leur loge les soirs de première, ou parcourant la ville en calèche. Certains racontaient avoir vu, au bal que venait de donner la Comtesse della Marmora, ce couple valser avec une élégance incomparable, toute française. Sa beauté rare qu'exaltaient les lumières douces des grands lustres vénitiens était digne des fastes de l'antique palais seigneurial où la Comtesse évoluait. La vie semblait si facile dans cette ville, que Marthe aurait pu croire à sa légèreté. Mais la réalité était tout autre : elles avaient pour mission de réunir toutes les informations possibles sur tout un chacun, sans oublier rumeurs, ragots et potins, pour prendre la température de cette bonne société où le moindre de faux pas pouvait être fatal.

Mais le jour du drame était arrivé. Auguste, revenu précipitamment à la Villa Ambrogiana, leur avait annoncé que tout ne se passait pas comme prévu à Naples. Corsan avait été jeté en prison, la révolte populaire qui devait y éclater avait été étouffée dans l'œuf, les meneurs trahis, dénoncés sous la torture. Corsan avait pu faire passer un message à Auguste, le suppliant d'intervenir auprès de Pisacane pour qu'il annule le débarquement s'il en était encore temps. Mais c'était déjà trop tard : la nouvelle du débarquement leur était arrivée le jour même. Utto, qui attendait Corsan sur la côte de Sapri avec ses quelques hommes, avait réussi à venir jusqu'à elles pour leur annoncer le terrible échec de l'opération.

Yves Utto tenait d'un certain Calabero, l'un des compagnons de Pisacane, le récit des difficultés imprévues qui avaient mis à mal l'expédition. Cet étudiant en droit, après avoir délaissé les amphithéâtres de la faculté napolitaine pour vouer sa vie à la révolution, faisait partie du groupe embarqué à Gênes le vingt-cinq juin sur le bateau de la compagnie Rubattino. Ce bateau assurait la liaison régulière avec Tunis, chaque quinzaine. Une goélette chargée d'armes devait le rejoindre en pleine mer où aurait lieu de réception du chargement. Mais une tempête avait fait perdre la route à la goélette et la jonction n'avait pu se faire. La livraison d'armes ayant échoué, démunis et malgré tout voulant mener à bien leur mission, Calabero et ses compagnons avaient improvisé. Ils s'étaient emparés des quelques armes qui se trouvaient à bord et avaient dérouté le bateau pour accoster à l'île de Ponza. La prise de la citadelle s'était faite sans difficulté. Trois cent vingt-trois hommes avaient été libérés, parmi lesquels seulement onze prisonniers politiques. Les autres, prisonniers de droit commun, s'étaient aussitôt découvert une vocation de révolutionnaires, brûlant d'ardeur républicaine et enthousiastes à l'idée de suivre leur nouveau général dans son entreprise. Tout ce beau monde avait débarqué à Sapri, comme prévu. Mais là non plus, rien ne s'était passé comme prévu. Il n'y avait personne sur la rive pour leur prêter main forte. Ils s'attendaient à être reçus comme des héros par la population, ils furent pris pour ce qu'ils étaient, des bandits de grands chemins libérés par une aubaine. Pendant plusieurs jours, la population, bientôt rejointe par la troupe, allait donner la chasse à ces hommes qui mouraient de faim et de soif mais qui affirmaient vouloir se battre jusqu'à la mort pour libérer le peuple du joug de la tyrannie. Ce peuple qui se méfiait d'eux comme de la peste : sur cette côte hostile, les discours de Pisacane sur l'abolition de la misère et l'espoir de liberté n'avaient convaincu personne, ni les paysans, ni les pêcheurs qui préféraient la proie à l'ombre. Le lendemain, la nouvelle de l'échec des soulèvements espérés à Naples et dans les différentes villes où ils avaient été prévus apportait la certitude que le désastre était consommé. La répression n'épargnerait personne et elle serait terrible.

Dès qu'elle avait été informée, Elodie avait pris les rênes en main avec cette énergie que Marthe admirait tant et qui lui était revenue comme par miracle. Il n'était plus temps de pleurer, disait-elle. Et elle savait ce qu'eût fait Corsan s'il n'avait pas été retenu dans les geôles napolitaines : s'il ne restait qu'un homme sur cette côte qui avait résisté jusque-là à la répression, il fallait se rendre sur place et le sauver. Accompagnés d'une escorte réduite, Elodie, Marthe et Utto s'étaient mis en route. A la rapidité avec laquelle cette petite expédition avait été mise sur pied, Marthe avait soupçonné Elodie de l'avoir prévue depuis longtemps, comme si elle avait été persuadée par avance de l'échec de cette entreprise dans laquelle son imprudent époux s'était fourvoyé.

34

La nuit tombait, il faisait froid. Il n'était plus qu'à quelques pas de l'élégante bâtisse. Que n'eût-il donné pour être accueilli en ami à Combeferres, dans le petit salon où Marthe passait les journées de ce sombre hiver, lorsque, comme aujourd'hui, le mauvais temps la dissuadait d'aventurer son cheval sur les sentiers enneigés. Il eût déposé sa houppelande détrempée dans l'antichambre et séché ses bottes devant l'âtre. Parler du temps et des saisons autour d'une tasse de thé comme un couple d'amis qui a plaisir à échanger ses impressions lui eût donné le sentiment que sa vie n'allait pas à vau-l'eau, que la glissade vers l'inconnu pouvait comporter un arrêt réparateur. Mais il n'était pas l'invité désiré. Il n'était pas même attendu. Il était l'intrus prêt à porter le trouble dans une maison qu'on voulait agréable à vivre et sans mystère.

Il avait suivi de loin la silhouette aperçue plus haut sur le sentier et était entré sur les terres du domaine par la lisière nord où l'absence d'un mur de clôture rendait la montagne encore plus proche. Après un temps d'arrêt qui lui avait permis de prendre sa décision, il avait marché d'un pas ferme, en conquérant : il devait en avoir le cœur net une bonne fois pour toutes. Il y avait trop de temps qu'on le promenait. Il fallait bien qu'un jour quelqu'un se mît à table.

Ne voyant Utto nulle part, il entreprit de contourner la maison. Il s'apprêtait à traverser le parvis devant la façade principale dont la succession des grandes fenêtres à impostes évoquant les châteaux du siècle passé suscitait l'envie et l'hostilité des villageois. Il allait longer la façade quand tout à coup il aperçut Utto qui se retirait en toute hâte derrière le mur des écuries. Il l'appela. Lorsqu'il fut près de lui, l'inspecteur put constater que ses vêtements étaient couverts de sang. Il fut étonné de ne pas l'avoir vu prendre ses jambes à son cou à son appel. N'avait-il pas conscience qu'une grave accusation pouvait être dirigée contre lui et de ses conséquences ? L'homme, impassible, attendait patiemment.

- Il faudra bien que vous m'expliquiez un jour ou l'autre ce qui se passe dans cette maison !
- C'est une maison respectable, il ne s'y passe rien qui ne puisse être mis au grand jour. Ce n'est pas ici qu'il se passe quelque chose d'anormal, c'est ailleurs qu'il vous faut regarder. Vous savez que les gens, ici, sont fous… ! des sauvages… !
- Etes-vous bien sûr que ce soient eux les sauvages… ? Pourquoi vous en être pris à ces animaux d'une manière si cruelle ?

- Vous êtes comme les autres... Vous ne pensez qu'à m'accuser sans rien savoir, et seulement sur les apparences. Je sais, sauf votre respect, que vous ne savez pas grand-chose, en ce qui concerne cette affaire tout au moins !

Certes tout semblait le désigner comme coupable, mais il s'élevait énergiquement contre une accusation gratuite : il n'avait pas tué les bêtes. Il avait de l'attachement pour les bêtes comme pour les hommes bien que les bêtes vaillent mieux qu'eux. Il avait trouvé ces animaux dans ce triste état devant la porte des cuisines. Cela était déjà arrivé maintes fois, depuis plusieurs mois, avec régularité. Comme les autres fois, il avait voulu éviter à sa maîtresse et à sa servante le désagrément d'un spectacle aussi désolant. Avant qu'elles ne les voient, il avait transporté les dépouilles dans la montagne, le plus loin possible de la maison pour que, si quelque animal venait à les déterrer, l'odeur des cadavres n'arrivât pas jusque là. Il s'apprêtait à creuser la terre lorsqu'il avait vu une silhouette approcher dans le brouillard. Il n'avait eu que le temps de se cacher. S'il avait reconnu l'inspecteur, il se fût montré, mais le brouillard était trop épais, et il pouvait s'agir de quelqu'un qui lui voulait du mal. Il savait qui d'ailleurs. Il laissa sa phrase en suspens, comme s'il en avait trop dit.

« Vous dites que cela s'est déjà produit ? » questionna à nouveau l'inspecteur. Utto tendit le cou vers les fenêtres, pour s'assurer que de là on ne pouvait les voir ni les entendre. Puis, abandonnant la rudesse qui lui était habituelle, il ajouta, à voix basse, que oui, la chose s'était produite plusieurs fois. La première fois, il n'y avait pas porté plus d'attention que cela. Mais comme Mademoiselle Marthe en avait été retournée et qu'elle en était tombée dans l'une de ces crises que le docteur Courbet lui-même avait du mal à conjurer, il avait décidé de son propre chef de ne plus en parler à quiconque si la chose se renouvelait. Il emmenait donc les dépouilles dans la montagne, par le même sentier qu'avait pris l'inspecteur pour venir jusqu'ici, - moins qu'un sentier, un passage que personne ne connaissait et que Mademoiselle n'empruntait jamais. Il enterrait les bêtes et prenait soin de les recouvrir d'un tertre de pierres pour éviter que les renards ne mettent les cadavres à jour. La montagne était déjà pleine de ces tombes petites ou grandes que Mademoiselle ne devait ni soupçonner ni voir. Sa tranquillité devait être préservée à tout prix. Elle était indispensable à sa santé. Il avait des ordres, il les exécutait : il devait la protéger et il le ferait toujours, quoi qu'il lui en coûte. Il n'était pour rien dans ces massacres indécents. C'était l'œuvre d'un mauvais plaisantin qui les harcelait de cette manière tout en dépeuplant la faune des alentours.

Puis il fit un signe de la main et entraîna l'inspecteur derrière lui. Ils entrèrent par les cuisines qu'ils traversèrent pour aller dans la resserre où déjà

Utto l'avait conduit le jour où il lui avait montré l'arme avec laquelle il avait éteint le feu de cheminée, cette même arme si abondamment décrite par Avrillé dans ses rapports auxquels l'inspecteur avait accès. « Ici c'est mon domaine, avait repris Utto, et personne ne peut nous entendre. Le sujet est délicat. » Et l'inspecteur s'était étonné d'entendre ce rustre parler de délicatesse comme s'il pouvait savoir de quoi il s'agissait. Mais qui savait si cet homme n'était pas autre chose que ce qu'il voulait faire paraître ? Debrume, tout en le laissant parler et en espérant trouver quelque faille dans ses discours, tenait à l'esprit qu'il était là dans une maison où chacun portait un masque qui ne semblait pas lui correspondre. Quelque chose d'étrange émanait des murs de la demeure, quelque chose qui avait contaminé ses habitants, ou bien peut-être le contraire. Tout était encore à démêler, comme au premier jour de son arrivée, et sans doute les mensonges d'Utto ne lui apprendraient-ils rien de plus. Il ne voulait pas être dupe, mais tout en se méfiant de cet homme étrange il continua de l'écouter.

Utto lui conta comment il avait surpris à plusieurs reprises un homme qui surveillait Debrume et le suivait à bonne distance. Il ajouta que c'était d'ailleurs amusant de voir, de loin, l'inspecteur suivant Mademoiselle Marthe, et un homme, à son tour, observant Debrume qui ne se savait pas observé alors que pendant ce temps, lui-même, Utto, pouvait voir tout le monde, en étant sûr que personne ne le voyait. Aucun d'entre eux ne se doutait de sa présence, un peu comme dans la vie, avait-il ajouté d'un air désabusé et quelque peu mystérieux.

Il se souvenait aussi d'une autre fois où il avait mis ses pas dans les pas de l'inspecteur. « C'était un jour de brume. Vous vous dirigiez vers le sommet de la montagne derrière Mademoiselle. Ce jour-là, j'avais l'intention de vous parler, de tout vous raconter. Mais vous avez dû sentir tout à coup une présence : je vous ai vu cesser de suivre Mademoiselle et partir en courant dans une autre direction. J'ai compris que vous vous étiez mis à la poursuite de l'homme qui encore une fois avait rôdé autour de vous sans que vous le voyiez. Quand il s'était senti découvert, l'individu avait filé en sautant comme un cabri au-dessus des pierres. Car, voyez-vous, Monsieur, il s'agit d'un natif du pays et il en connaît chaque pierre comme s'il l'avait déposée lui-même sur la montagne. Il était étonnamment agile. Quant à vous, vous étiez mal équipé : vos bottes de cavalier ne sont pas faites pour arpenter toute cette pierraille hérissée et coupante, et vous aviez du mal à avancer à travers les pierriers nombreux à cet endroit. Vous vous souvenez peut-être de ce jour-là : vous avez abandonné la poursuite et vous avez repris les sentiers pour redescendre.

Quand vous êtes arrivé à l'endroit où vous aviez laissé votre cheval vous ne l'avez plus retrouvé… Vous étiez arrivé bien après le fuyard et il s'était emparé de votre monture pour vous jouer un mauvais tour. Il eût fait n'importe quoi pour vous nuire en commençant par vous ridiculiser, et je crois qu'il y a réussi et qu'il est prêt à continuer. Ce jour-là vous étiez rentré à pied. L'histoire avait fait le tour du village. Vous aviez longé Combeferres et nous nous étions rencontrés. Vous étiez de très mauvaise humeur et vous m'avez regardé de travers. J'ai compris à votre regard hostile que ce n'était pas le moment de vous adresser la parole, ni de me hasarder à vous parler de nos misères. Je ne voulais pas envenimer la situation : je devais préserver Eimeline. A ce moment, rien n'était encore perdu pour elle, du moins c'était ce que je pensais… mais je me trompais…
- Qu'a à voir Eimeline dans cette histoire ?
- Tout, répondit-il.

Il se tut et alla chercher un verre qu'il emplit au tonneau. Il referma le robinet de bois et tendit le verre à Debrume, sans façon, comme s'ils étaient désormais bons amis, puis en remplit un autre pour lui.
- Tout cela a à voir avec Eimeline et avec elle avant tout. Elle pourra vous parler de l'homme que j'ai vu courir derrière vous et derrière lequel vous avez vous-même couru. Pour son malheur elle le connait bien. Quant à Mademoiselle Marthe… on dit d'elle au village qu'elle s'adonne à des messes noires où sont sacrifiés des animaux. L'inspecteur Avrillé lors des diverses enquêtes qu'il a faites ici, avait renoncé à questionner les villageois. Il avait compris qu'il ne pourrait jamais rien tirer d'eux. Et d'ailleurs, il avait fini par les mépriser et ne plus leur adresser la parole. Mais sans doute n'était-il pas là pour cela, je veux dire, pour les villageois, ni pour rendre compte de leurs histoires troubles qui n'intéressent personne tant qu'il n'y a pas mort d'homme. Je sais que vous n'êtes pas hostile à Mademoiselle… vous ne croyez pas à ce que l'on dit d'elle. Vous l'avez assez observée pour savoir qu'elle n'a rien à cacher. Il ne se passe rien dans cette maison qui soit répréhensible. Et le massacre des biches est dû à ce fou, ivre de vengeance. Si Eimeline n'avait pas trouvé refuge ici… enfin…, pour le reste, vous l'interrogerez… Tout cela ne concerne qu'elle et il serait indélicat de ma part de parler en son nom.
- Ces agissements autour des biches n'expliquent pas le cadavre qui a été retrouvé et que nous ne sommes pas encore en mesure d'identifier. Nous n'avons sur lui aucun renseignement ni indice. Les derniers rapports d'Avrillé ne sont jamais parvenus à la préfecture… la situation reste confuse. Sachez que tant que des rumeurs courront au sujet de votre maîtresse elle sera en danger.

Mais bien sûr, il me faudra parler avec Eimeline, ajouta-t-il comme pour lui-même.

Il demanda à Utto de faire savoir à sa maîtresse qu'il viendrait lui faire une visite le lendemain. Puis il prit congé et s'en retourna chez son hôte. En le voyant franchir le seuil de son auberge, celui-ci se précipita en lui adressant son éternel regard sarcastique masqué par les gestes obséquieux du serviteur attentionné. Un peu trop poli pour être honnête, pensa Debrume ! Ici aussi on ne vivait que de faux-semblants et chacun portait un masque qui lui seyait plus ou moins bien.

Toute la nuit il pensa au rendez-vous du lendemain. On l'introduirait dans le salon capitonné de soie rose. Le feu ronronnerait. Elle le ferait asseoir devant la cheminée dans un confortable fauteuil contre le dossier duquel il n'oserait s'appuyer. Un gros chat, assis en rond sur une bergère aux pieds dorés, se ferait rôtir le poil au plus près des flammes avec délectation. Une pile de livres serait écroulée à terre. Mademoiselle Marthe poserait, sur le guéridon près d'elle, celui qu'elle avait en main et l'accueillerait avec un sourire à peine esquissé. Puis elle sonnerait pour le thé. Cette image de parfaite maîtresse de maison dans laquelle il l'imaginait faisait un contraste saisissant avec celle de l'amazone courant la poste sur les routes d'Europe pour apporter son aide aux patriotes et son tribut à la cause de son pays, comme cela était longuement décrit dans les anciens rapports de police qu'on lui avait remis. Il la voyait participant aux actions que les lettres d'Ange Bonnet évoquaient, ces lettres qui étaient tombées dans les mains de la police on ne savait comment, dont le décodage avait été assuré par Avrillé et qui étaient également dans le dossier que ses supérieurs lui avaient remis. Depuis qu'il était arrivé à Combeferres, il en nourrissait son imagination à défaut de nourrir son enquête de faits objectifs, ce qui était tout à fait contraire à ce qu'on lui avait appris à l'école de police. Mais cela lui semblait le seul moyen de survivre dans ce pays où l'ennui gagnait chaque jour du terrain et le laissait exsangue devant le vide de sa propre existence.

Cependant, il abandonnait vite ce qui aurait pu devenir un cas de conscience s'il avait laissé ses doutes multiples envahir son esprit. Il revenait à Mademoiselle Marthe et à la façon peu ordinaire dont elle menait sa vie. Si elle n'avait pas connu la tranquillité domestique sans histoire à laquelle sont d'ordinaire destinées les femmes par un mariage plus ou moins consenti, c'était peut-être pour l'avoir refusée délibérément. Il restait à savoir si ce refus avait été un acte de rébellion ou l'héroïque sacrifice à un idéal qu'elle mettait au-dessus de tout. Et par quel coup du hasard elle avait été amenée à choisir cette vie aventureuse.

Quant à elle, Céleste n'avait eu aucune tentation de sacrifier sa vie à un idéal. C'était la maladie qui avait eu raison de ce bonheur domestique tant désiré auquel elle avait aspiré et qu'ils avaient vécu ensemble. Il avait assisté sa jeune épouse jusqu'à son départ pour le sanatorium où il l'avait laissée un jour, le cœur gros et plein de larmes. Son médecin lui assurait qu'elle en reviendrait guérie. Mais elle était revenue pour mourir dans ses bras. C'était lui, Debrume, qui avait recueilli son dernier soupir après sa douloureuse agonie. La nuit qu'il avait passée, transi de froid et d'émotion, devant les croisées fermées de Combeferres, lui avait fait revivre cette nuit-là. Il y avait vu se dérouler le même combat désespéré contre la mort. A nouveau, l'impuissance l'avait fait trembler d'effroi, de colère, de douleur. Marthe lui avait fait vivre d'étranges moments et de redoutables émotions depuis qu'il l'avait aperçue un jour, du bout de sa lorgnette, s'apprêtant à monter son cheval. Il n'était pas dit qu'elle s'en rendrait compte un jour.

35

A Combeferres le temps coulait si lentement, si lourdement que, hormis le feu et sa danse obsédante, il immobilisait toute chose autour de Marthe dans le petit salon où elle trouvait refuge. Son attirance-répulsion pour les flammes lui permettait de défier les visions cauchemardesques qui se déroulaient devant elle enchainant les atrocités du drame comme s'il était encore en acte. Mais la neige immaculée devant ses fenêtres était encore souillée des flaques de ce sang qu'elle avait vu couler et qui coulait encore et ne s'arrêterait jamais, qui avait taché ses vêtements, qui collait à sa peau et dont l'odeur ne quittait plus ses narines. L'idée qu'elle avait eu une part dans ce massacre qui n'aurait jamais dû avoir lieu la rendait folle de rage et de douleur. Certes, ceux qui en avaient été les instigateurs n'avaient pas pris la mesure de leurs responsabilités. Mais elle avait été parmi eux, impuissante, complice malgré elle et salie à jamais. Rien ne pouvait tempérer le sentiment de culpabilité et de honte qu'elle en éprouvait, pas même l'idée qu'après le désastre, sous les ordres d'Elodie, ils avaient risqué leur vie pour venir en aide aux survivants. Toutes les tentatives de réparation lui semblaient aujourd'hui plus que dérisoires en regard des crimes commis et elle eût ri de leur ridicule si elle avait eu le cœur à rire. Bien sûr, malgré leur prompte décision, ils étaient arrivés trop tard, bien après la bataille, quand déjà tout était perdu depuis longtemps. Ils avaient eu beau s'agiter, avoir tous les courages, toutes les audaces, rien ne pourrait jamais effacer le drame, de même que rien ne pouvait effacer le désespoir, la peur, le malheur et la cruauté que chaque humain sait trouver au fond de lui-même pour donner la mort.

La journée avait été très chaude et le voyage pénible. On avait relevé la capote de la voiture mais, autant que les absurdes ombrelles, elle était inefficace contre la brûlure du soleil qui accablait de son énergie les escarpements et les découpes de la côte où cheminait la calèche et sa petite escorte à cheval. C'était le troisième jour après le débarquement. Ils arrivèrent à la fin de la journée. Le ciel était en feu. En contrebas de la petite bourgade, ils avaient pris un chemin qui menait à la mer. Alertés par une étrange odeur, ils s'étaient arrêtés. Non loin de là, partant du rivage, s'élevait une colonne de fumée. Elle était noire comme un mauvais présage. Dans la lumière pourprée du crépuscule, ils la voyaient monter dans le ciel et s'attarder dans son ascension. Plus haut, ses tristes volutes emportées par la brise de mer n'étaient plus qu'un ruban de soie noire qui, étiré et tordu en un filament sans consistance, était absorbé par ce qui restait de bleu à l'horizon. Malgré tout ce que cela augurait de terrible, leurs yeux se perdaient dans l'indicible beauté de la mer et du ciel liés par la force de la lumière incandescente.

Ils avaient décidé que le convoi se séparerait là : les hommes à cheval exploreraient le bourg tandis que la calèche continuerait vers la mer pour rejoindre l'endroit du débarquement qui était aussi l'endroit d'où partait la fumée. Utto qui connaissait les lieux, dirigeait les chevaux le long d'un étroit chemin où faire une volte était impossible. Mais plus loin, le chemin s'élargissait en un espace qui leur permettrait de dételer pour revenir en arrière si besoin. On traversait un dédale de rochers de plus en plus serré, où s'accrochaient quelques touffes de genêts et de figuiers d'Inde. Par intermittence, on rencontrait des gens qui remontaient de la crique. C'était de là que partait la colonne de fumée et elle était si présente à cet endroit qu'elle semblait émaner de chaque pierre et de chaque arbuste de la colline. Si son odeur insoutenable couvrait celle de la mer, on ne pouvait voir le feu. Remontant de la crique des gens, de pauvres bougres en haillons, des paysans, des pêcheurs, marchaient tête basse en silence. Quand ils apercevaient cette voiture inconnue, peut-être porteuse d'un nouveau péril, ils mettaient une hâte manifeste à quitter le chemin. On ne le comprit que plus tard : ils étaient venus s'assurer de l'anéantissement par les forces de l'ordre du danger qu'avait représenté pour eux le débarquement et qu'ils étaient maintenant en sécurité.

Non loin de là, des soldats faisaient un barrage sur une petite esplanade couverte d'une poussière fine qui volait autour d'eux et blanchissait bottes et uniformes. Le soldat en faction les fit rebrousser chemin. Ils obtempérèrent. Utto proposa de renoncer à descendre dans la crique et de rejoindre leurs compagnons au village pour tenter d'avoir quelques informations auprès des habitants s'ils ne s'étaient pas enfermés à double tour chez eux. Mais après réflexion et d'un commun accord, ils jugèrent plus utile d'outrepasser l'interdiction. Pour donner le change, ils avaient dételé, volté, et étaient revenus en arrière comme il leur avait été ordonné. Mais dès qu'ils avaient été hors de vue des soldats, ils avaient laissé la voiture à l'ombre du seul arbre qui se trouvait là et avaient entrepris de descendre à pied à travers la rocaille. Auguste et Utto aidaient leurs compagnes à sauter d'un rocher à l'autre. Après avoir contourné des amalgames de roches qui n'en finissaient pas de cascader dans un désordre de fin du monde pour enfoncer leurs volumes déchiquetés dans la mer, ils étaient arrivés sur un promontoire, seul espace plat où l'on pouvait se tenir debout à plusieurs. A l'aide d'une longue-vue, ils virent enfin ce qui se passait dans la crique située en contrebas.

Surveillée par les soldats, cette crique dont l'accès leur était interdit leur apparaissait dans son ensemble. Ce que l'on voyait à travers la lorgnette, c'était l'enfer sur la terre. Ces images, après tant d'années, Marthe les avait encore sous les yeux. Où qu'elle soit, chaque chose autour d'elle en était souillée, chaque pierre de ce pays qu'elle était contrainte d'habiter et qu'elle ne pouvait apprécier. Elle tremblait au souvenir de ces corps sanguinolents alignés par terre que deux hommes prenaient par la tête et les pieds et jetaient l'un après l'autre dans un bûcher. Des flammes démesurées s'élevaient sous l'implacable beauté du soleil couchant et dévoraient les corps peu à peu : il ne restait rien d'eux que cette fumée nauséabonde qui se diluait dans le ciel. Des diables à moitié nus continuaient d'alimenter le feu qui à aucun moment ne cédait. Ils n'avaient cure de ces corps amoncelés, malmenés, jetés au feu comme des objets qui ne servent plus, ces corps que quelqu'un avait aimés, soignés, caressés. Ces morts n'étaient certes pas la fleur de la société mais ils avaient tenu à leur misérable existence ; ils s'étaient battus pour elle après avoir retrouvé inopinément une liberté qu'ils n'espéraient plus. Ils avaient donné leur vie pour cette liberté nouvelle, recouverte du vernis de l'idéal qui s'était dressé devant eux comme un signe du destin. Ils avaient eu le désir de vivre et on brûlait leur carcasse comme on brûle du papier. Ils n'avaient été qu'un souffle qui passe. On ne saurait bientôt même plus qu'ils avaient existé. En voyant cet atroce spectacle, Marthe sut qu'il resterait toujours imprimé sur sa rétine : le feu destructeur qui lui donnait à voir la mort dans toute son intolérable atrocité ne s'éteindrait jamais.

C'était la première vision concrète que Marthe avait de la cruelle absurdité de la guerre. A Sapri, sur cette côte dentelée qui vibrait des mille étincelles que la lumière faisait palpiter sur la mer, sous la caresse d'un soleil couchant prometteur d'une certaine tendresse de vivre, elle avait vu la mort à l'œuvre dans toute son horreur et sa férocité. Elle l'avait vu ouvrir devant elle le vertige vers lequel elle poussait les humains sous l'accumulation d'un temps trop vieux pour eux. Elle avait entendu les morts du bûcher demander raison. Observant le bûcher du bout de la lorgnette, elle s'était demandé à qui devait revenir le devoir de rendre compte de leur sacrifice inutile autant qu'inévitable dès lors qu'ils s'étaient soumis aux exigences de la cause. Est-ce que cette cause vorace qui exigeait tant de vies, méritait de tels sacrifices ? Qu'était-elle, cette cause, en regard de la vie si unique, si précieuse que le bûcher rendait pour toujours au néant ?

Elodie réagit la première. Il ne fallait pas rester là. On ne pouvait plus rien pour ces malheureuses victimes. Mais s'il y avait des survivants quelque part, on pouvait peut-être encore quelque chose pour eux. On devait avant tout se rendre au village et y recueillir des nouvelles de Pisacane et de ses proches. Parmi les vaincus se trouvaient sans doute des gens qu'ils avaient connus, des adeptes de Corsan, à l'aide de qui ils avaient mis en acte leurs idées, qu'ils avaient rencontrés à Manosque, à Couraurgues ou à Nice et même récemment à la Villa Ambrogiana, où ils avaient été accueillis comme des hôtes précieux. Si ces rescapés se terraient quelque part, c'était maintenant qu'ils avaient besoin d'aide.

36

Ce fut Elodie qui eut l'idée de se faire passer pour l'épouse de Calabero quand elle le sut parmi les prisonniers. Des trois cents et quelques hommes débarqués à Sapri, il restait vingt-neuf survivants. Le bourg ne comportant pas de prison, on en avait improvisé une dans l'attente du transfert des prisonniers à Naples où ils seraient jugés. Une grange gardée par quelques soldats en armes suffisait à contenir ces hommes épuisés par la faim et la soif plus que par une bataille qu'ils n'avaient eu ni le temps ni la possibilité de mener. Elodie en pleurs avait si bien supplié les gardes, se tordant les mains, se jetant à leurs pieds, qu'ils n'avaient pu résister à l'émouvante requête de cette belle jeune femme dont le désespoir ne faisait qu'augmenter le charme. Elle avait fini par obtenir une entrevue avec le compagnon de Pisacane, un étudiant en droit qui avait préféré les armes aux livres, à la fréquentation des amphithéâtres et à la vie du gratte-papier claquemuré entre les dossiers poussiéreux d'une étude mal éclairée. Il avait choisi de se battre, confiant dans la force et l'avenir des idées, convaincu de la victoire de l'entreprise, refusant d'imaginer qu'il pouvait finir sur la potence comme insignifiante victime de la cause.

Il était incapable de parole tant il était bouleversé par le drame qu'impuissant, il avait vu se dérouler sous ses yeux. Epuisé par le jeûne, la fatigue et des blessures sommairement pansées et déjà purulentes, sa voix à peine audible était entrecoupée de sanglots qu'il ne pouvait retenir. Mais pour Elodie qui avait pris la peine de venir jusqu'à lui, il était prêt à mettre ses dernières forces dans le récit du drame.

Tout cela avait mal commencé : la traversée avait été perturbée par une tempête imprévue qui s'en était mêlé. La livraison d'armes qui aurait dû se faire en pleine mer n'avait donc pu avoir lieu. Dès lors, sans armes, le débarquement s'annonçait mal, mais ils l'avaient tenté pour ne pas manquer à leur engagement auprès de ceux qui devaient les attendre sur la côte. Il y avait quelques armes à bord, ils s'en étaient emparé ainsi que de la direction du bateau. Ils n'avaient eu aucun mal à libérer les prisonniers de Ponza. Mais quand ils mirent enfin pied à terre à Padula, ce n'étaient pas leurs compagnons d'armes mais la troupe qui les attendait. Qui les avait trahis ? Avant d'avoir pu se rendre, ses camarades, dont la plupart était sans arme, étaient abattus comme des bêtes. En quelques minutes l'endroit était jonché de leurs corps tombés sous le feu roulant des assaillants. Quelques-uns, dont il faisait partie, avaient tenté un repli en faisant tous leurs efforts pour rester groupés. A la nuit tombée, après être passés entre les balles, ils avaient trouvé refuge à l'intérieur des terres et avaient vaillamment défendu leur position jusqu'à épuisement de leurs munitions. La nuit était bien avancée quand le feu avait cessé. Cernés, ils s'étaient rendus. Des soldats étaient restés en faction autour du bivouac toute la nuit, attendant des renforts pour convoyer ces quelques prisonniers désormais inoffensifs jusqu'à Naples. Mais au petit jour, au lieu de renforts, c'était une cinquantaine de paysans déchaînés qui leur étaient tombés dessus après avoir neutralisé leurs gardes. Comme possédés, ils avaient dépassé en violence l'attaque des soldats. On apprit plus tard qu'exhortés par un prêtre, ils avaient acquis la conviction d'accomplir ainsi leur devoir de chrétiens qui consistait à libérer le pays des rebelles, ces envoyés de Satan qui mettaient en danger la religion et l'ordre établi. Il s'agissait d'une sainte cause, leur avait-on dit, d'une sainte croisade qui les mènerait tout droit au Paradis sans besoin de viatique. La peur de l'envahisseur aidant, mais forts du soutien de l'Eglise qui les absolvait par avance de leurs crimes, ils s'étaient senti des ailes et avaient vite eu raison des malheureux insurgés qui n'avaient plus mangé depuis trois jours et qui avaient depuis longtemps épuisé leurs dernières cartouches. C'est en cherchant à défendre ses hommes que Pisacane avait trouvé la mort héroïque qu'il avait toujours appelée de ses vœux. « La troupe est arrivée juste après sa mort et m'a, en quelque sorte, sauvé la vie. Tous mes compagnons sont morts en héros, en combattant. Moi, ajouta Calabero, je ne méritais sans doute pas de devenir un héros ! Je mourrai donc comme un coupable… avec quelques autres qui, comme moi, ont eu le malheur de survivre… »

Impuissants et démunis, les quatre partenaires avaient laissé le lieu du massacre, abandonnant à leur sort ces prisonniers à qui Elodie n'avait pas osé refuser des promesses qu'elle comme eux savaient vaines. Car il était certain que rien ne pourrait adoucir la répression contre des idéalistes qui se mêlaient de sauver le monde contre son gré et qui avaient la prétention de délivrer le peuple pour lui rendre une dignité dont ce dernier ne se savait pas détenteur. Ces hommes avaient signé leur propre arrêt de mort en voulant renverser le pouvoir des rois. Et en effet, les quelques survivants de cette entreprise furent exécutés sans tarder à Naples par la justice implacable de Ferdinand II de Bourbon.

Après la triste entrevue avec Calabero, on avait aussitôt décidé de regagner la Villa Ambrogiana. Si on ne pouvait plus rien contre les prisonniers de Sapri, on devait au moins tenter d'intervenir pour que Corsan, connu auprès des insurgés sous le nom d'Ange Bonnet, ne fût pas confondu avec eux, ce qui aurait mis un terme à sa vie. A ce moment-là, rien n'était encore perdu pour Adalberto mais il allait falloir jouer très serré pour l'arracher aux griffes des juges auxquels le Roi avait donné l'ordre de ne pas faire de quartiers. Ce n'était plus le moment de pleurer sur le sort des compagnons de Pisacane, ni de s'attarder sur les atroces images du bûcher où on jetait les corps comme on jetait ceux des pestiférés lors des grandes épidémies. On devait improviser un scénario, ce que l'on fit avec application : Elodie y tiendrait encore une fois le rôle principal.

Appréciée dans les salons de Naples, pour l'air frais de France qu'elle y avait fait entrer, Elodie y avait noué quelques amitiés qu'elle se proposait d'exploiter. La duchesse della Marmora lui avait toujours manifesté son estime et elle la savait bien placée à la cour. On disait d'elle qu'elle évoluait dans le premier cercle du Roi et qu'elle avait son oreille. La vicomtesse de Corsan sollicita donc un entretien privé que la duchesse lui accorda aussitôt. Comme il fallait continuer de faire illusion, Elodie quitta sa demeure en grand équipage. Pendant une après-midi entière tout ce qui comptait dans la ville put voir, postée devant le prestigieux palais, la calèche aux armes des Corsan ainsi que leurs domestiques en grande livrée s'employant à calmer les chevaux énervés par le harcèlement des mouches. Elodie toucha aussitôt le cœur de la comtesse en lui racontant, des sanglots dans la voix, la terrible mésaventure dont était victime un vieil ami d'enfance de Corsan que ce dernier aimait comme un frère. On avait l'honneur de le recevoir à la Villa Ambrogiana où il séjournait depuis quelques mois. Cet homme venait d'être jeté en prison, victime d'une grossière méprise : le passeport d'Ange Bonnet qu'on avait trouvé sur lui n'était évidemment pas le sien. Elle ne s'expliquait pas comment un passeport qui appartenait à un bandit des grands chemins, un révolutionnaire, proche de Garibaldi, disait-on, pouvait se trouver là. Sans doute l'y avait-on mis. Une rapide vérification par des experts prouverait qu'il s'agissait d'un faux. Quelque mari jaloux aura-t-il voulu se venger en lui jouant ce vilain tour ? Cet ami de longue date était le Comte de la Murray. De même que son époux, elle pouvait témoigner, et toute sa maison avec elle, que cet homme n'avait pas quitté leur demeure la nuit de l'émeute et qu'il n'avait aucun lien avec le comité révolutionnaire. C'était un être doux et raffiné qui haïssait les armes et ne s'intéressait à rien d'autre qu'aux arts et aux choses de l'esprit. Pendant son séjour, les trois amis ne s'étaient pas quittés et avaient parcouru le pays en calèche pour voir les fabuleuses richesses du pays jusqu'au départ de Corsan qui était appelé sur ses terres pour ses affaires. La comtesse della Marmora, qui connaissait la vie et qui avait de son côté quelques bontés pour le Chancelier, comprenait la faiblesse des jeunes femmes pour un bel amant de passage, fût-il l'ami intime de son bienaimé époux. Prenant avec bienveillance les mains d'Elodie, elle lui avait promis de faire tout ce qui était en son pouvoir pour éviter à Monsieur et Madame de Corsan qu'elle admirait, l'ignominie d'un procès et le risque d'une injuste condamnation. Elle porterait l'affaire en haut lieu, mais il lui fallait attendre le moment opportun et trouver le plus sûr moyen d'arriver à ses fins : « Il faudra patienter quelques jours, se désola-t-elle, et le résultat de mon intervention n'est pas acquis par avance : la justice est sur les dents et le Roi sait parfois se montrer inflexible. Mais dans un premier temps, je vais m'assurer que le Comte échappera à la torture et qu'il bénéficiera du régime dû à son rang. Le Chancelier ne me le refusera pas. »

  Le soir même, de retour à la villa Ambrogiana, personne n'avait le courage de parler. Des larmes coulaient sur le visage d'Elodie. Le moment qu'elle avait redouté toute sa vie était arrivé et elle s'attendait au pire. Les chances de Corsan paraissaient aussi faibles que celle des prisonniers de Sapri. Utto, assis jambes pendantes sur les balustres de la terrasse, regardait la mer comme s'il attendait de voir inscrite une solution sur la surface noire où luisait la lame de lumière que traçait la lune, témoin altier de leur détresse. Auguste, pragmatique jusqu'au bout, s'était retiré dans le cabinet de travail de Corsan pour y brûler des papiers compromettants.

Quant à Marthe, elle sentait son cœur au bord de l'explosion. L'étrange odeur du feu et de la mort était si obsédante qu'elle ne lui laissait plus de repos depuis qu'ils avaient quitté le lieu du désastre. Mais ce soir-là, elle ne savait pas encore que cette odeur ne la quitterait plus. Aujourd'hui encore, à Couraurgues, elle revenait à elle et parfois si violemment qu'elle la croyait dotée du pouvoir de la faire sombrer dans la folie. Malgré le temps qui passait, elle n'avait toujours pas trouvé le moyen de se défaire de son emprise. S'il était seulement possible de la rendre aux flammes qui l'avaient fait naître… ou s'il ne restait que la solution d'entrer dans le jeu au point de s'abandonner à elles ? Le feu la réclamait parfois avec une telle insistance que la tentation était irrésistible. Et pourtant, elle le savait : le feu était son ennemi le plus redoutable et le plus trompeur. Elle devait continuer à se battre contre lui et ne pas céder à son appel.

37

Le lendemain Elodie déclarait que le moment était venu de se séparer. C'était une de ces soirées d'été où la nuit pose lentement ses marques sur les choses et où l'on ne peut échapper à l'emprise de l'étrange langueur qu'elle provoque. Depuis la terrasse, on entendait le bruit des vagues qui léchaient les rochers sur lesquels était bâtie la maison. Les parfums des cistes et des genêts se mêlaient à l'odeur de la mer qui, en cette saison, s'était faite moins acerbe comme si elle voulait se mettre à l'unisson de la quiétude nocturne. L'air, la lueur tombant du ciel sous une lune épanouie, le chant des grillons, le lent mouvement du flux et du reflux, tout respirait la force de la vie et le désir de vivre, et les dérisoires querelles des hommes n'avaient plus aucune importance. Les vagues répétaient leur murmure que la lune recevait et elle y répondait par le scintillement de sa lumière sur la surface de l'eau. Son existence, comme celle du vent, de la mer et des étoiles avait plus de puissance que celle des hommes indifférents à l'omniprésence du mystère qui décide de la vie et de la mort. Mais si l'éblouissement du monde secret de la nuit durait depuis les débuts de l'humanité, les guerres destructrices aussi. A Sapri, une fois encore, c'était l'indicible horreur des champs de bataille qui avait gagné, la même que celle de toutes les guerres toujours recommencées. Le cœur serré, Marthe se demandait si l'on pouvait continuer à vivre après avoir été l'un des rouages d'une machination qui s'était terminée dans un bain de sang.

Et pourtant, malgré tout, il y avait un après. Ainsi, les mots d'Elodie sonnaient-ils dans l'obscurité comme une sentence inéluctable. Aucun retour en arrière, aucune possibilité de réparation n'était possible. Et si on ne pouvait rendre les morts à la vie on avait un devoir envers les survivants. Il fallait maintenant mettre en acte les mesures prévues par Corsan en cas d'échec de l'opération. Les représailles ne se feraient pas attendre. Les insurgés qui avaient échappé au massacre et tous les opposants au régime qui après un tel coup allaient être accusés de complicité, devaient quitter la péninsule immédiatement en laissant derrière eux tout ce qui comptait dans leur existence, parce qu'ils allaient être pourchassés comme des animaux aux abois. Pour autant, la lutte se poursuivrait ailleurs. Personne ne renoncerait à son engagement. Et en effet, on ne voyait pas comment Corsan lui-même, une fois libéré, pourrait passer à autre chose. C'étaient ses paroles qu'ils entendaient au fond de leur conscience : « les insurgés de Sapri, victimes de trahison seraient doublement trahis si on renonçait maintenant à la lutte. Leur sacrifice ne devait pas être inutile. Qu'eût été Garibaldi s'il avait rendu les armes au premier échec ? Les cruelles pertes de Sapri devaient servir de leçon et la foi dans la cause ne devait pas en être entachée. Renoncer à la lutte serait la pire des déloyautés à l'encontre de ceux qui avaient donné leur vie pour elle. » Ils connaissaient les discours de Corsan par cœur. Elodie n'avait pas besoin d'insister.

C'était elle qui avait exigé de son époux de mettre en place une stratégie pour protéger ses proches en cas d'échec de l'opération. Elle en était maintenant le maître-d'œuvre et ils allaient devoir s'exécuter. Encore une fois, répétait-elle, l'exil était la seule solution. On possédait quelques points de chute en France mais aussi à Londres, en Suisse et en Hollande et ils étaient inconnus des services de police. « Tout est déjà prévu pour la sécurité de tous. Les faux sauf-conduits sont prêts. Les fonds nécessaires ont déjà été débloqués et transférés depuis longtemps. Au moins sur le plan matériel, chacun sera à l'abri. Il faudra nous éloigner les uns des autres et pendant un temps, ne plus communiquer, ajouta-t-elle sans donner de détails. »

Ce fut donc ce soir d'été où tout respirait une paix trompeuse qu'Elodie avait assigné Marthe et Utto à résidence à Combeferres. Sans un regard vers Marthe et d'une voix tranchante, maniant le couperet de leur injuste séparation avec une certaine froideur, elle avait énoncé les dates et les modalités du voyage. A Couraurgues, elle serait entourée d'Yves Utto et de domestiques qu'elle trouverait sur place. En effet cette disposition semblait la plus logique. Bien qu'elle n'y eût jamais mis les pieds, Marthe tenait cette maison de son père qui l'avait fait construire bien avant sa naissance. Ses murs imposants avaient caché des *carbonari* de passage, des chefs de l'opposition, des proscrits. Comme la maison était nichée au pied de la montagne, le passage de ces clandestins se faisait discrètement. Les habitants ne s'étonnaient plus des voyageurs qui traversaient les Alpes, (colporteurs, saisonniers et autres clandestins), leur achetaient au passage quelques fromages et disparaissaient sans qu'ils ne les revoient jamais. Autrefois, plusieurs fois par an, - Marthe s'en souvenait - Roberto Regardini venait y séjourner durant quelques jours pour faire un réapprovisionnement de nourriture, vin, bois, vêtements, armes et munitions. Il en profitait pour se montrer au village comme le seigneur du lieu. Sa rencontre avec les quelques notables du pays donnait du poids à sa présence aux yeux des villageois. Le reste du temps il laissait la maison aux soins de ses hommes de confiance, tous adeptes de la cause. Mais comme après quelques années il lui avait été impossible d'en maintenir le fonctionnement par trop coûteux, désertée, elle avait été laissée à l'abandon. Par cette sentence, Elodie rendait à Marthe le rôle tenu autrefois par son père et ses gens. Et comme la maison réclamait d'être restaurée, la tâche en revenait à Utto, d'où la nécessité de sa présence auprès d'elle, avait conclu Elodie. Il aurait également à surveiller les zones de passage des fugitifs pour leur éviter les embûches de ces lieux si escarpés qu'on pouvait s'y perdre. Marthe les accueillerait dans sa demeure en toute discrétion. Cette disposition, exigée par la situation, semblait de la plus grande logique.

    Quant au couple Corsan, il s'appliquerait à donner le change à une police mise en émoi par le soupçon d'un lien existant entre Bonnet, bien connu de ses services, et la vicomtesse de Corsan, épouse respectable du descendant de l'une des plus anciennes familles de l'aristocratie piémontaise. Tandis que la police se renseignait sur l'identité dudit Comte de la Murrray, le couple porterait ses intrigues dans les villes d'Europe avec pour but d'assurer la sécurité des membres d'une organisation dispersée qui devait avant tout regrouper ses forces. Pour quelque temps encore l'hôtel particulier de la rue Paradis servirait d'état-major. Auguste qui à l'occasion serait leur messager y collecterait les informations venant des différents membres du groupe restés en contact afin de les leur transmettre. Quant aux Corsan, après avoir quitté Nice pour se rendre à Londres où ils avaient des appuis sûrs, ils ne se quitteraient plus dans leur périple à travers l'Europe. Mais la liaison avec Marthe et Utto continuerait à être assuré par Auguste et ne serait jamais rompue. On maintiendrait ces mesures tant que cela semblerait nécessaire. C'était tout au moins le projet initial. On ne se doutait pas alors qu'il allait subir de sévères variations sous la pression des évènements.

En voyant Elodie dans son nouveau rôle de représentante de son époux, Marthe croyait avoir Corsan sous les yeux : c'était lui de toute évidence qui parlait par sa bouche. Elle énonçait ses décisions sans qu'aucune émotion ne semble l'animer. L'amitié si forte et si particulière qui avait lié le groupe était reléguée aux oubliettes. Ce que Marthe avait redouté du jour où Corsan leur avait annoncé leur collaboration à l'improbable projet de Sapri venait de se réaliser. Elle avait su aussitôt qu'était venu le moment de payer ces années de vie facile que Corsan leur avait octroyées. Aujourd'hui, les mesures prises sonnaient comme un juste châtiment. Les rêves et les illusions qui avaient lié les deux femmes, leur enthousiasme, leur foi dans un avenir plus humain, tout cela avait brûlé sur le bûcher avec les corps des victimes. Leur jeunesse et leur amitié brouillonne, leurs folies, leur mode de vie rebelle avaient été anéantis à Sapri dans le sang et les flammes. C'était pour cette raison qu'Elodie avait cessé de pleurer. Elle s'était enveloppée d'une armure qui ne lui ressemblait guère, enfermée dans un carcan d'indifférence comme si tout cela ne la concernait plus, ni l'impact de ce désastreux échec sur la cause et sa portée, ni leur joyeuse et affectueuse amitié. Elodie avait décidé de rentrer dans le rang, de reprendre le rôle qu'elle avait toujours tenu auprès de Corsan. Elle choisissait la résignation et l'obéissance aux convenances. Mais Marthe savait que, si elles avaient brûlé leur jeunesse pour une cause qui ne s'était pas enrichie de leur don, aussi précieux fût-il, si elles avaient vécu sans rien apprendre, ni de la vie, ni d'elles-mêmes, la froide maîtrise qu'Elodie arborait n'était qu'un masque ultime, une tromperie : Marthe la connaissait trop pour ne pas voir que cet ultime travestissement recouvrait quelque chose qu'Elodie voulait tenir cachée. De quoi s'agissait-il ? A ce moment-là elle n'en avait aucune idée. Et en effet, elle ne connaîtra le secret d'Elodie qu'après des années d'errance et de tourments, quand il sera trop tard et que cette révélation lui sera devenue indifférente, alors que, arrivée plus tôt, elle eût changé le cours de sa vie.

Lorsqu'enfin Elodie avait cessé de parler, le silence était retombé sur eux, alourdi du poids de ce que tous allaient devoir porter, chacun de son côté et sans consolation. Dans la fraîcheur du soir et sous la lumière de la lune, Marthe percevait l'effroi qu'autour d'elle contenaient leurs regards, l'agitation qui faisait trembler leurs mains, la fébrilité de leurs gestes, cet effroi qui disait comment ils appréhendaient leur avenir inscrit en lettres capitales et à l'encre rouge devant leurs yeux à tous. Et tandis que l'air était devenu épais et poisseux et qu'on avait du mal à respirer, la lune imperturbable continuait d'accomplir sa route dans le ciel. Des larmes coulaient sur les joues de Marthe. Mais les larmes d'aujourd'hui n'étaient rien. Avec l'absence d'Elodie, elle allait vite toucher du doigt que, pour affronter la douleur et les désillusions, il lui restait seulement le vide hostile et froid creusé par la lenteur des jours et la lourdeur de l'attente, ce même vide qu'elle venait de voir s'ouvrir subitement devant elle et qui ne ferait que prendre de l'ampleur avec le temps.

38

Après avoir légèrement incliné son buste pour marquer son salut, l'inspecteur attendit poliment qu'elle le fît asseoir. Il avait le sentiment gratifiant du devoir accompli. Tout en se félicitant de ne pas être reçu comme un ennemi dans cette maison, il était convaincu de l'utilité de sa stratégie : tant que l'assassin la croirait sous la surveillance de la police, Mademoiselle Marthe serait à l'abri de la vindicte populaire. L'opinion était réversible à souhait, la rumeur, une pâte malléable, la collectivité une bête sauvage qu'on pouvait dompter, séduire, déchaîner ou dominer, et tout était dans l'habileté et le besoin de celui qui tirait les ficelles. Or, aujourd'hui, le coupable avait intérêt à se faire oublier. Apaiser les médisances était donc sa priorité, ce qui servait également la tranquillité de Debrume et lui laissait un peu de temps pour boucler son enquête. Voilà pourquoi, plein d'assurance, il lui tenait à cœur de présenter ses hommages avec une certaine ostentation.

Quelques instants plus tard, l'inspecteur était confortablement assis dans la bergère, devant le feu, à la place de prédilection du chat. Il en avait rêvé depuis longtemps. Malgré ses souhaits les plus ardents, il n'avait pas imaginé qu'un tel rêve, qui lui paraissait si irréalisable, pût supplanter la réalité avec autant d'étonnante facilité, alors que c'est le propre du rêve de rester toujours hors d'atteinte. Ainsi, au moment même où il la vivait, cette réalité lui apparaissait-elle plus irréelle encore. Il voyait un autre lui-même assis dans la bergère face à Mademoiselle Marthe tant il se sentait scindé en deux. Mais c'était pourtant bien lui tout entier qui était là, dans l'un des salons surchauffés de Combeferres, sous le regard de la belle cavalière qui lui avait échappé tant de fois en le narguant de ses galops intempestifs derrière lesquels il faisait piètre figure, juché sur la haridelle que son hôte lui avait procurée en guise de monture. Aujourd'hui, il était devant la demoiselle de Combeferres, prêt à boire chacune de ses paroles. Incrédule, quelque peu mal à l'aise, il attendait, sans voix.

Jusque-là tout s'était passé comme il n'eût jamais pu l'espérer. Dans la cour, il avait trouvé Utto qui pansait un cheval. Le fidèle serviteur avait recouvré ses rudes manières pour le saluer poliment. Puis la servante Eimeline était venue à sa rencontre et, après l'avoir gratifié d'une maladroite révérence, elle l'avait introduit auprès de sa maîtresse. Et tout à coup, comme par miracle, il s'était trouvé face à elle. Malgré sa confusion et sa gaucherie quand du bout de sa botte il avait malencontreusement renversé une pile de livres, il avait senti, à la façon dont elle le regardait, qu'elle savait pourquoi il était là. Mais il avait pensé qu'elle avait fini de le promener dans la montagne et il n'avait pu éviter un petit sourire. Il avait eu aussi la certitude qu'elle avait compris la signification de son sourire. Mais peut-être s'était-il trompé. Avec une telle femme pouvait-on être sûr de quelque chose ?

En tant qu'enquêteur, il aurait dû noter la moindre inflexion de sa voix, l'expression de chacun de ses regards et être capable de décrire le moindre de ses gestes, chaque trait de son visage, le moindre détail des volants de sa robe. Tout pouvait être significatif. Mais il n'était pas là pour noter, relever, dresser un inventaire. Il était là seulement pour être auprès d'elle. Il avait besoin de ressentir très fort sa présence par tous ses sens aiguisés, aussi fort qu'il le pouvait et aussi fort qu'il ressentait l'absence de Céleste. Il voulait se loger pour un moment dans l'atmosphère que Marthe faisait naître autour d'elle, cette atmosphère particulière dont il espérait qu'elle lui rendrait la vie par une sorte de transfert au mécanisme incompréhensible. Certes, tout cela était aussi loin que possible des nouvelles techniques d'investigation que développait la police, inspirées par les dernières avancées de la science et qui lui avaient été enseignées dans la pratique de son métier. Il ne savait au juste ce qu'il en attendait. Seulement que le dédoublement de sa personne lui soit confirmé ? Et en effet c'était peut-être cela qui était à craindre. Toutefois, si cela se produisait, il ne pourrait que s'en féliciter : il verrait dans ce phénomène une échappatoire au marasme dans lequel la vie l'avait plongé et où il était embourbé jusqu'au cou. Et s'il devait abandonner momentanément les scrupules que sa profession exigeait pour les perspectives qu'une telle échappatoire pouvait lui offrir, cela ne lui semblait pas une faute professionnelle bien grave.

Mais non, il n'avait pas autant d'exigence. Il voulait seulement entendre la voix de Mademoiselle Marthe et boire chacune de ses paroles. Il voulait l'écouter parler encore et toujours. Il la remerciait par avance des précieuses paroles qu'elle allait prononcer. Il ne doutait pas que leur raffinement et leur bienveillance le libéreraient de la rudesse de la vie dans ce village où il n'avait pas sa place et que, de jour en jour, rendaient invivables le climat d'hypocrisie, d'hostilité, l'odeur de crime qui traînaient dans les rues ainsi que l'omniprésence du désert de pierre dans lequel le village s'insérait - et où pourtant il ne pouvait éviter de traîner lamentablement ses guêtres.

Quand tout à coup, dans un éclair de lucidité, il comprit qu'il n'y avait aucun sens à vouloir se persuader que le halo de douceur dont Mademoiselle Marthe s'entourait était à même de faire disparaître le labyrinthe immatériel où elle l'avait perdu plus d'une fois et dont il était prisonnier malgré lui. Rien ne laissait supposer que ses paroles, même si elles étaient empreintes de grâce, de tristesse et d'intelligence, allaient l'amener à la révélation d'une vérité et à l'apaisement tant désiré. Il savait qu'il divaguait et que ce n'était pas grâce à ses divagations qu'il allait enfin y voir plus clair en lui-même. Il devait se reprendre et simplement faire son métier. Il était là pour ça et pour poser des questions : ce qu'il attendait de ses réponses c'était qu'elles complètent ce qui était inscrit en filigrane dans les lettres d'Angelo Bonacci traduites par l'inspecteur Avrillé où il n'était jamais question d'elle et où il avait cherché en vain un indice caché concernant son rôle dans les affaires évoquées. Au lieu d'imaginer qu'il pourrait se nourrir du mystère qui émanait d'elle, il devait plutôt penser qu'il ne savait rien de précis à son sujet et que c'était son métier de décortiquer les mystères. Qui était-elle si elle avait pris part aux actions de Bonacci et de son épouse qui se cachaient au civil sous le prestigieux nom de Corsan ? En vérité, il venait en ami, prêt à la protéger et à lui éviter maints ennuis mais elle ne le savait pas encore. Pour autant, il se demandait par où commencer, mal à l'aise dans cette peau de détective qui continuait de coller à lui alors que dans son esprit il l'avait déjà jetée aux orties. Aussi, cessant de tergiverser, il n'eut que le recours d'une question abrupte : « Avez-vous connu Ange Bonnet ? »

Elle le regarda d'abord d'un air pitoyable. Puis, il vit ses mains trembler. Il crut qu'elle allait sonner et le faire reconduire tant son visage était changé et son expression durcie. Il se sentit terriblement grossier. A ce train-là, il allait encore sortir de chez elle, comme les fois précédentes, sans avoir rien appris, sans avoir rien apaisé. Il allait quitter sa maison, furieux contre lui-même. Et il se retrouverait nez à nez avec son cheval sans pouvoir échapper à la lueur sardonique qui apparaissait dans le regard fixe et scrutateur de cet animal démoniaque chaque fois qu'il subissait un nouvel échec.

Mais contre toute attente, elle ne sonna pas. Elle prit son visage dans ses mains, se mit debout, avança vers le feu. Sa large robe touchait presque les flammes. Appuyant ses coudes contre le marbre de la cheminée, elle ne bougeait plus. Du reflet de son visage dans le miroir qui lui faisait face, il ne voyait que le haut du front et ses paupières baissées. Le silence autour d'eux avait quelque chose de profond et d'énigmatique, celui que la neige diffuse sur les paysages emmitouflés dans son insaisissable candeur. C'était un abîme infini que Debrume avait ouvert par sa question maladroite.

« Je dois vous faire un aveu », lui dit-elle. Et sa voix était mal assurée de devoir franchir la barrière qu'elle avait construite autour d'elle depuis des années avec tant d'habileté. Il redouta que le pas qu'elle avait à faire ne la lui rendît pour toujours étrangère alors qu'il voulait seulement l'aider : « N'ayez aucune crainte. Je ne vous parlerai pas de l'arme. Je sais autant que vous d'où elle provient. Voici comment… »

Il lui tendit le paquet de lettres qu'Avrillé avait décodées et que la préfecture lui avait confiées. Elle les regardait avec autant d'étonnement que d'avidité. Des larmes lui vinrent aux yeux qu'elle ravala aussitôt. Elle défit la ficelle de chanvre et étala les lettres sur ses genoux d'un geste délicat qui ressemblait à une caresse. Elle les regardait avec une sorte d'incrédulité douloureuse. Elle en déplia quelques-unes et les parcourut rapidement. Dès lors, il n'eut plus besoin de la questionner. Elle se mit à parler d'une voix claire, lui donnant explications et commentaires, et pour chaque lettre, les éléments manquants, ceux qui la concernaient, elle-même et sa première jeunesse perdue. Ainsi ravaudait-elle pour lui le tissu malmené de sa mémoire où étaient inscrites toutes ses erreurs, ses illusions, ses fautes, sa honte. Il comprenait enfin sa blessure, son désarroi et combien son aveu lui coûtait. Mais elle lui révélait quelque chose d'elle-même et il en fut touché.

- Je sais de source sûre qu'une amnistie va être prononcée pour les patriotes italiens qui ont participé à l'élaboration de l'unité de leur pays aux côtés du Piémont, surtout depuis que Garibaldi a fait allégeance au Roi. Le contenu de ces lettres appartient donc au passé. Et la police française n'a rien à voir avec des actes qui se sont produits hors du territoire et il y a plusieurs années. L'Empire pourrait se montrer bienveillant envers le Piémont même s'il n'a jamais épargné les opposants au régime…, et malgré ce qu'on pourrait croire, il y en a encore dans notre pays, tous n'ont pas été frappés d'exil. L'amnistie sera respectée. Cependant, je vous conseille de rester discrète. Et pas seulement à cause de vos opinions politiques : vos ennemis sont partout parmi les villageois. Votre présence est vue comme une intrusion dangereuse pour leur vie.

Elle s'était tue. Elle ne comprenait pas le sens de sa visite.

- Je vais bientôt rentrer chez moi, dit-il…
- Comment avez-vous eu ces lettres ? demanda-t-elle.
- Elles étaient dans le dossier de mon prédécesseur, l'inspecteur Avrillé. Ainsi puis-je connaître un peu de votre histoire. Par d'autres sources, j'ai appris que vous êtes la fille de Roberto Regardini qui était connu de nos services, surveillé, et qui a été arrêté, il y a quelques années. Quant à moi, j'étais ici pour tout autre chose. Un cadavre a été découvert sous les falaises du Couron. Nous ne savons toujours pas l'identifier, le corps étant très dégradé. Il s'agirait d'un homme jeune… Les restes de tissu analysés sont des vêtements d'une population locale. Aucun indice ne permet de soupçonner qu'il pourrait avoir un lien avec vous, qu'il pourrait être l'un des vôtres… On est en droit de penser à l'un de ces pauvres hères qui parcourent les montagnes à pied pour aller, d'un village à l'autre, à la recherche d'un travail saisonnier. Il a dû tomber de la falaise par une nuit de brouillard et quelque bête affamée aura fait le reste. Si je ne découvre pas quelque élément nouveau, mon enquête restera dans l'impasse. Mais dans tous les cas, mon séjour ici prend fin à moins que ma hiérarchie en décide autrement. Quant à votre présence à Couraurgues, elle ne regarde personne. Mon prédécesseur n'a pas donné de suite à ses recherches qui ont eu lieu il y a plus de cinq ans. Soyez rassurée, je ne vous suivrai plus dans la montagne. Je vais disparaître comme je suis venu, sans avoir appris ce que je voulais savoir, ni ce que vous êtes en réalité, ni ce que vous faites ici depuis quelques années. Si cela semble me concerner, sachez que mon intérêt n'a rien à voir avec la mission qui m'a été confiée. Il est d'ordre tout à fait privé. Il est en quelque sorte clandestin comme vous avez voulu l'être vous-même. Par contre, ajouta-t-il avec quelque gène dans la voix, en tant que policier, je dois régler une autre question. Pour pouvoir mettre fin à toutes les infamantes rumeurs qui courent sur votre demeure et qui affolent inutilement la population… Et pour cela je vais vous demander la permission d'interroger votre servante Eimeline. Son témoignage m'est indispensable.

Elle signifia qu'elle ne voyait pas comment elle pourrait s'y opposer. « Eimeline est une enfant perdue qui a trouvé refuge ici. Ne la tourmentez pas », dit-elle simplement. Il n'ajouta rien, se leva. Et il salua en faisant claquer ses talons.

Un peu plus tard, elle entendit les pas de son cheval effleurer le sol glacé. La neige renvoyait des bruits feutrés qui entamaient à peine la couverture de silence sous laquelle veillait la montagne en ce début de crépuscule où s'attardait une lumière laiteuse. Tandis que les pas s'éloignaient, cette paix troublante la renvoyait à nouveau à elle-même et à son passé que l'étrange inspecteur, dont la pudique bienveillance la laissait perplexe, venait de faire revivre sous ses yeux effarés... Le bruit des sabots disparut avec la silhouette du cavalier, au tournant de l'allée. Soudain, un corbeau s'envola, striant d'un fine marque noire le ciel qui blanchissait et son cri rauque peupla tout à coup l'étendue glacée de son austère présence. Tout, autour d'elle, devenait couleur de perle. L'air sentait le froid et la solitude. Il restait des empreintes de sabots dans la neige de l'allée et très vite elles seraient complètement effacées.

39

Debrume se souviendrait toute sa vie du jour où il était rentré à l'auberge encore frissonnant d'écœurement après avoir découvert les dépouilles des biches baignant dans leur sang. Le village était en ébullition. Tout le monde semblait déjà au courant de sa nouvelle mésaventure. Les regards, les sourires narquois à son endroit fusaient sans discrétion. On haussait la voix à son approche pour être bien sûr de ne lui laisser échapper aucun commentaire, aucune raillerie. Les chuchotements avaient laissé place au cabotinage collectif. On jubilait. On parlait de biches éventrées comme si on les avait vues. Des dizaines de bêtes, les rochers rouges de sang... La montagne... ? Une boucherie... ! On se remémorait les massacres qui avaient précédé celui-ci quelques années auparavant, au moment où cette étrangère s'était s'installée à la bastide de Combeferres. Comment croire à une coïncidence ? Il n'y avait aucun doute : c'était elle l'instigatrice de ces carnages. Tout disait qu'ils étaient le minutieux travail d'un maniaque. Et ce drôle d'oiseau qu'était Utto, son domestique, en était un tout désigné, il le portait sur la figure.

Certains ne voulaient pas y croire mais on le savait, elle n'avait jamais cessé de pratiquer des messes noires, c'était d'une évidence à crever les yeux ! Et la présence dans le village d'un éminent policier, l'inspecteur Avrillé, (non, pas le nouveau, l'autre !) qui avait enquêté il y avait combien... déjà deux ans, un peu moins, un peu plus ? -, n'avait rien changé à l'affaire. Il avait payé de sa vie son séjour à Couraurgues, le pauvre homme ! C'était bien son cadavre que le nouvel inspecteur avait été chargé de ramener au village, mais il ne disait rien à son sujet, il laissait planer le doute pour se moquer d'eux ! ... Parce qu'avec une telle femme qui vivait en étroite intimité avec le diable, on pouvait s'attendre à tout ... ! On l'avait vu chevaucher seule les nuits de pleine lune avec son grand manteau qui flottait derrière elle et brillait dans la nuit. Oui, elle allait à la rencontre du diable ! Les yeux de son cheval lançaient des flammes.

Ses sabots soulevaient une poussière d'or qui rendait aveugles si elle vous touchait. Et le sol se changeait en boue gluante sur son passage. Et gare si vous y mettiez le pied dedans ! Vous étiez transformés illico en statue de pierre. C'était arrivé à qui, déjà ? Il fallait la tenir à l'écart, elle était diabolique. Elle avait jeté une malédiction sur le village ! Le temps n'était plus ce qu'il était et les calamités d'autrefois s'abattaient à nouveau sur eux depuis son arrivée ! Comme les hordes de loup par exemple qu'on avait eu tant de mal à repousser. Ils attaquaient à nouveau les troupeaux, massacraient les bêtes en masse, ruinaient des familles entières, anéantissaient la maigre ressource de la chasse qu'ici on pratiquait depuis la nuit des temps, bref, ils mettaient en danger la population. Et, tant elle avait soif de sang, la voilà qui s'en prenait aux familles de biches et de cerfs ! Un jour, elle s'attaquerait aux troupeaux, c'était sûr ! Alors, il serait trop tard, et il ne leur resterait que les yeux pour pleurer et le regret de ne l'avoir pas chassée quand il était encore temps comme l'intruse qu'elle était, une étrangère qui apporte le malheur.

Depuis le début du séjour de Debrume, l'aubergiste, toujours à l'affût des conversations de ses clients, en rapportait le contenu à l'inspecteur avec une certaine délectation, adjoignant quelques commentaires de son cru. Mais quelques jours après l'épisode des biches, l'hôte s'était fait discret du jour au lendemain. Devenu muet, il se repliait dans l'attitude obséquieuse de l'honnête commerçant qu'il avait d'abord montrée à l'arrivée de l'inspecteur. Ce fut alors que ce dernier se rendit compte que quelque chose au village avait également changé : il remarqua que se formaient de petits groupes pour des conciliabules chuchotés au coin d'une rue. Maintenant on ne riait plus, on ne clamait plus son opinion au sujet de Combeferres. On avait peur. L'inquiétude montait dans les rues en même temps que se renforçait la suspicion à l'égard de Debrume : on baissait la voix sur son passage, comme si tout à coup on avait peur de lui, on détournait les yeux quand on le croisait et on ne le saluait que quand on ne pouvait pas faire autrement.

L'inspecteur n'avait que l'auberge pour habitation et sans pouvoir la considérer comme un refuge, il y avait ses habitudes. Rentré à la tombée du jour, il faisait dresser son couvert auprès du feu et dînait seul chaque soir. Parfois, le docteur Courbet, s'il n'était pas retenu au chevet de quelque malade, venait passer un moment avec lui. Peut-être voyait-il en cet officier de police solitaire un interlocuteur apte à alléger sa propre solitude. Mais au fil du temps, ses visites s'étaient faites, elles aussi, plus rares. Les observations de Debrume après le massacre des biches ainsi que le changement d'attitude du médecin, mises bout à bout, avaient décidé l'inspecteur à alerter Mademoiselle Marthe.

Pour les biches, il ne pouvait accuser personne sans preuve et il en fallait pour porter une quelconque accusation contre qui que ce soit. Hélas, depuis le début de son enquête, les preuves, c'était ce qui lui manquait le plus. Sa perplexité était à son paroxysme. Il en était là de ses réflexions quand le docteur Courbet vint lui faire une nouvelle visite vespérale :
- Je sais ce qu'on raconte dans le village et aux alentours, répétait le médecin... J'entends la même litanie tous les jours... des sornettes, bien sûr... ils ne peuvent pas s'en empêcher !
Il parlait à voix basse, se méfiant toujours de l'hôte.
- Ils sont capables de tout, mon pauvre ami ! reprenait-il après un temps de silence méditatif. Ah je les connais bien ! Ils ont vite fait de s'inquiéter et d'adopter des mesures extrêmes ! Et depuis qu'on a retrouvé ce corps ils ont perdu toute raison. C'est lamentable !... Je vous en prie, ne vous laissez pas faire. Et ne recommencez pas la même erreur que votre prédécesseur. Si quelque chose vous autorisait à la croire responsable de quoi que ce soit vous feriez mieux de la mettre dans les mains de la justice avant que la population ne se charge de faire justice elle-même. Quant à moi, je suis convaincu de son innocence. Sachez que je la soigne depuis le début de son séjour ici et désormais je la connais bien. C'est une femme d'une grande noblesse d'âme. Vous devriez l'approcher de plus près et parler avec elle au lieu de la suivre comme une voleuse. Votre attitude accrédite la thèse de sa culpabilité. Les hommes sont ce qu'ils sont. Vous devez être comme moi, sans illusion sur eux. Vous savez aussi qu'ils ont tous leurs raisons, que chacun a ses bonnes raisons qui ne sont jamais celles des autres. Et elles leur servent d'excuse pour accomplir le pire. Il faut les protéger d'eux-mêmes, voyez-vous. Ce devrait être votre rôle comme c'est le mien, dans un autre domaine.
- Justement, ils devraient être rassurés s'ils la croient surveillée par les forces de l'ordre que ma modeste personne représente !
- C'est mal les connaître ! C'est un jeu dangereux que vous jouez et elle pourrait en faire les frais...
- Ces villageois m'épatent : c'est étonnant, tant d'imagination ! Ce petit village si tranquille... qui semble vivre depuis des générations des mêmes travaux et des mêmes richesses de la terre sans que rien ne bouge, sans qu'aucun changement politique ou social ne l'atteigne... ces gens qui ne manquent pas une messe... ! Un crime y paraît impossible. Et pourtant ils en sont capables, comme ils sont capables d'inventer des mensonges pleins de folie sanguinaire, de peurs irraisonnées, de contes magiques..., tout cela est une aberration. Je me demande si je réussirai un jour à les comprendre !

- Détrompez-vous, ce village est comme tous les autres. Les choses qui s'y passent sont comme celles qui se passent ailleurs, et parfois en plus grand. La passion, mon ami, est universelle. Les troupeaux décimés, les biches sauvagement assassinées… Je vous assure qu'il n'y a rien de magique dans tout ça et surtout qu'Elle n'a rien à voir avec ces mises en scène. Mais vous savez comme moi que le peuple a besoin de sang et de coupables. Quand il se sent en danger ou qu'il est en colère, il sait les trouver tout seul, pas besoin de lui faire un dessin, il laisse aller sa colère ! C'est si facile la colère !
- Certes, vous avez raison ! Il y a pourtant autre chose qui me taraude au sujet du cadavre qui nous occupe : s'il s'agissait d'Avrillé, comme il me semble que vous persistez à le croire, cher docteur…, ou que cela vous tient à cœur de le croire…, - et vous savez aussi que c'est la rumeur qui court - pourquoi serait-il revenu après avoir été démissionné de son enquête ? Cela reste un mystère. Et s'il était revenu, qui aurait-il pu gêner ici ?
- Oui je sais. On a voulu faire croire que la cause de sa mort était liée à la malédiction de Mademoiselle Marthe. Cette malédiction est entérinée par sa maladie dont les symptômes spectaculaires ont fait le tour du village. Une indiscrétion d'Eimeline peut-être, mais je ne crois pas, elle n'a plus de contact avec personne depuis sa disgrâce… Je penche plutôt pour quelqu'un qui aurait eu la curiosité d'observer par la fenêtre les terribles scènes qui ont lieu lors de ces crises. Les esprits tordus ne manquent pas ! La curiosité malsaine est un vice. C'est un bruit qui a couru, bien sûr, et qui court encore comme tous les autres. Mais je peux vous assurer, en tant que médecin, que sa maladie n'a rien à voir avec la folie ou avec la sorcellerie. Mademoiselle Marthe n'est pas ensorcelée par quelque démon. Elle n'a pas besoin d'un exorciste mais de soins médicaux spécialisés. Les symptômes de sa maladie sont connus depuis la nuit des temps même si aujourd'hui on continue à parler de « haut mal ». Ne la condamnez pas par avance, et protégez-la d'elle-même et des autres.
- De mon côté, je sais de source sûre (ma hiérarchie) qu'Avrillé a quitté la région depuis un bout de temps. Il a été chargé d'une mission qui n'a rien à voir avec l'enquête que j'ai à mener. Si je ne peux vous dire de quoi il s'agit ne le sachant pas moi-même, je puis vous assurer qu'il est toujours bien vivant. En revanche, il nous a laissé des rapports très circonstanciés pour qu'on puisse continuer ici. Toutefois, il ne parle jamais de cette femme dans ses rapports, et il n'en parle pas du tout dans ses notes personnelles, une sorte de journal qui m'a été remis avec le dossier. Après avoir étudié de près ces documents, j'ai demandé à mes supérieurs si on avait d'ultérieures informations sur cette personne ou sur celles avec qui elle serait en contact, mais rien ne m'a été signalé. J'en ai

d'ailleurs parlé avec Mademoiselle Marthe elle-même et elle a éclairé pour moi certains points obscurs de son passé, ce qui me suffit amplement.

- Elle m'en a révélé quelques bribes également. Elle n'a pas eu la vie de n'importe quelle femme et sans doute veut-elle garder le secret sur certaines choses, ce qui est compréhensible... C'est pourquoi je vous demande de respecter son secret, si elle en a un. Et, je vous en prie, faites savoir au plus tôt à la population qu'elle n'est pour rien dans le massacre de ces animaux. Sa santé dépend de sa tranquillité.

- Par ailleurs, vous m'avez affirmé que le corps retrouvé était celui d'un homme jeune. Or le laboratoire confirme le contraire. Vous seriez vous trompé ? Ou avez-vous voulu me tromper ?

- Pour le cadavre, je vous ai trompé en effet. Rien ne permet d'identifier le corps comme étant celui d'Avrillé comme tout le monde le croit ici. Je l'ai assez examiné pour comprendre que l'âge ne correspond pas au sien. Malgré la dégradation, les signes ne manquent pas. Il s'agit d'un homme d'un âge mûr, assez avancé. Mais, pardonnez-moi, je pensais qu'il n'y aurait pas de problème à vous laisser dans le doute, s'excusa le médecin avec un sourire penaud.

- Vous vouliez protéger cette demoiselle ? Vous savez ce que coûte une fausse déclaration ?

- Pas seulement. Mais je les connais bien tous. Je vis parmi eux depuis toujours, et je les ai mis au monde pour la plupart. Je voulais simplement leur donner quelque chose en pâture pour éviter une catastrophe. Si vous aviez pris dès le début la piste à laquelle je pense, celle des patriotes... enfin, vous savez de quoi je parle... vous n'auriez réussi qu'à attiser la haine qui serait retombée encore plus violemment sur Mademoiselle Marthe. Il valait mieux qu'ils pensent à quelqu'un qui aurait quitté le village précipitamment... comme l'inspecteur Avrillé, qui était jeune et dynamique. Alors le bruit a couru ! Et je l'ai laissé courir... Mais si j'avais su que vous étiez au courant du passé de cette demoiselle... Et maintenant que votre enquête a avancé à son sujet tout est différent. Je vais vous dire ce que je sais. Ici, des familles s'affrontent, comme dans tous les villages, des haines ancestrales persistent, si bien que des protections s'établissent et qu'il est difficile de ne pas déclencher des cataclysmes au moindre faux pas. Voyez, d'ailleurs, ce mort. Je ne voudrais pas vous envoyer sur une fausse piste. Mais j'ai un doute dont il faut que je vous parle maintenant. Sachez que, contrairement à ce que disent les villageois, ici quelqu'un a disparu du jour au lendemain et sans laisser de trace. Pour eux, cela n'a pas d'importance, puisque l'homme n'était pas du pays, n'y étant pas né. C'était un compagnon qui faisait son tour pour continuer son apprentissage en même temps que la pratique de son métier. Un forgeron. Il a travaillé pendant quelques mois chez le maréchal-ferrant qui est, par ailleurs, le frère de votre hôte. Tout le monde a su que ce jeune homme venu d'ailleurs, (encore un étranger, comme ils disent), a eu une liaison passionnée avec Eimeline et que l'enfant de la jeune femme est le sien. Eimeline avait rompu ses fiançailles pour lui. Quand elle s'est retrouvée enceinte, bannie du village, elle n'a dû son salut qu'à Mademoiselle Marthe qui l'a recueillie ainsi que son fils. C'est moi qui ai accouché Eimeline à Combeferres. Le village ne lui a pas pardonné sa faute et encore moins sa trahison envers le fiancé éconduit. Je ne peux pas vous en dire tellement plus, ce ne sont que des suppositions. On a l'honneur chatouilleux, ici comme ailleurs ! Je n'ai pas de conseil à vous donner mais je pense qu'il faudrait peut-être voir du côté de ce fiancé éconduit… et voir également ce qu'il est advenu du père de l'enfant d'Eimeline… dont hélas, elle n'a plus eu de nouvelles.

Le médecin s'interrompit. L'hôte était réapparu dans l'encadrement de la porte. La chandelle posée sur la table arrivait au bout. Dans l'âtre le feu s'éteignait et l'hôte semblait être là pour y remettre quelques bûches. Mais quand le silence se fit, il tourna en rond autour d'eux, leur demanda s'ils n'avaient besoin de rien, puis retourna dans sa cuisine. Il n'avait eu aucune intention de raviver le feu.

Alors le médecin se leva. Il ajouta, à voix basse, un nom. Ce nom que l'inspecteur connaissait pour avoir vu son initiale, évocatrice pour lui (le « C » de Céleste qui accompagnait chaque jour de sa vie) sur les outils du maréchal-ferrant. L'entretien avait pris fin ainsi. L'inspecteur avait confirmation du récit qu'il avait entendu de la bouche d'Eimeline elle-même. Laissant de côté amour-propre et susceptibilité au sujet de conseils que chacun se mêlait de donner sans en avoir l'air, il voyait enfin une piste se dessiner. Comme c'était la seule, il n'allait pas ergoter et il allait la suivre. Car il était urgent de venir à bout des suspicions qui planaient sur Combeferres et de faire une brillante démonstration d'une vérité que personne ne pourrait contester. Pour la première fois, Debrume n'était pas loin de toucher au but et il se sentait des ailes. C'était le bon côté de son métier : arriver enfin à établir une certitude, quand le sol sur lequel il dirigeait sa vie intime comme un somnambule vacillait à chaque instant sous ses pas.

40

Depuis qu'il lui avait montré les vieilles lettres de Corsan, il venait chaque soir. Et maintenant, ironie du sort, c'était lui qu'elle attendait tout en attisant les flammes d'une main distraite. Et ça la faisait sourire pendant que ses yeux se perdaient dans la lente danse des lames vaporeuses et de leur enchevêtrement couleur de sang.

Elle avait froid. Elle savait la douceur du feu trompeuse et elle devait rester auprès de lui, le feu qui se jouait d'elle. Mais il était son compagnon d'infortune et elle lui était reconnaissante de l'avoir contrainte à ne pas oublier cet autre feu qui avait signé la fin d'une période de sa vie. Désormais, l'étrange sentiment que son amitié pour Elodie n'avait jamais existé ne la quittait plus. Il ne restait d'elle que le souvenir du moment où cette amitié avait pris fin, ce moment précis où elle avait senti sa vie basculer dans l'inconnu, quand, à peine arrivées sur le rivage, un douloureux pressentiment les avait fait se serrer l'une contre l'autre sur la banquette de la calèche. L'odeur terrifiante du bûcher était alors entrée en elle et depuis n'avait jamais cessé d'accomplir son travail de torture en y mettant un soin obsessionnel. Aujourd'hui pourtant, elle savait que son passé appartenait à la personne qu'elle n'était plus, mais au moment où elle s'y attendait le moins il l'assaillait encore avec une acuité et une présence qui le lui rendait insoutenable.

Cependant, à Combeferres, contrainte et forcée, malgré les médisances dont elle était la victime, elle avait appris à vivre d'une vie qu'il lui avait d'abord été difficile d'envisager, et encore plus de conquérir. Le soir, quand elle sentait descendre du Couron le silence de la nuit, elle se surprenait à penser qu'elle pourrait finir par aimer ce pays. Elle y appréciait même la compagnie de certaines personnes, pourvu qu'elles ne soient pas trop pressantes. Contre toute attente, Debrume était l'une d'elles depuis le jour où il lui avait mis en main les lettres de Corsan, faisant ainsi ressurgir sans le vouloir ce passé que, contre sa volonté, elle était loin d'avoir effacé de sa mémoire.

Il allait arriver d'un moment à l'autre. Il venait tous les jours à la tombée de la nuit. Un accord tacite et sans calcul entre eux avait établi cette sorte de routine. Et elle avait beau ne pas le vouloir, elle se surprenait à l'attendre - à ne pouvoir s'empêcher de l'attendre. Il entrait dans la pièce précautionneusement en mettant toute son attention à maîtriser les gestes de son grand corps maladroit, mais sans se rendre compte que, comme il avait marché dans la neige, il laissait des flaques d'eau sur le tapis. Il avait cependant appris à éviter les piles de livres et ne renversait plus sa tasse de thé quand elle lui en offrait et qu'il acceptait d'en prendre. Malgré son invitation, ce n'était pas tous les soirs qu'il s'autorisait à s'asseoir. Elle l'observait sans lui demander quel était le but de sa visite. Lui aussi avait froid malgré ses bottes et la houppelande de berger qu'il avait fait doubler de peau de chèvre. Certains jours il semblait plus fermé que d'autres, soucieux, ailleurs et il la regardait, un peu hagard, comme s'il la voyait pour la première fois. Elle ne savait pas pourquoi il était là tous les soirs. Elle redoutait toujours de le voir évoquer les ragots qui couraient à son sujet à propos de ses déambulations nocturnes, des hordes de loups, des animaux dépecés, du cadavre enfoui entre deux rochers, comme si elle connaissait l'explication de ces cruautés plus absurdes les unes que les autres. Mais il n'abordait jamais aucun sujet précis. Il attendait sans entamer la conversation et souvent il préférait se taire. Elle répondait à son silence par le silence et ils écoutaient ensemble le crépitement du feu dans l'âtre avec la plus grande attention.

Malgré tout, elle savait qu'il n'était plus l'homme de leur première rencontre, ce policier peu discret qui était venu enquêter lors du dernier feu de cheminée de Combeferres. Alors, comme son prédécesseur, il avait semblé attribuer une grande importance à la question de l'arme qui servait à Utto pour éteindre les feux de cheminée si fréquents dans sa maison et depuis, elle avait appris pourquoi il l'avait pressée de questions. Elle s'en était sortie par quelques pirouettes qui l'avaient laissé pantois. De même que, dès l'instant où elle avait compris qu'il la surveillait du bout de sa lorgnette, s'élevant contre cette consternante intrusion dans sa vie, elle l'avait promené sur les sentiers les plus escarpés du Couron, de même, ce jour-là, elle l'avait promené dans un discours sans queue ni tête et sans aucune pitié pour son trouble évident. C'était avec un certain contentement qu'elle l'avait vu perdre pied, le regard perdu, les mains fébriles. Stoïque, il s'était laissé faire sans perdre sa contenance. Mais il avait préféré se retirer avec dignité, sans tenter d'ajouter un mot, se contentant d'un salut solennel et froid en guise de réprobation. Elle gardait de ce moment une certaine jubilation dont elle ne comprenait pas la raison. Sans doute cette épreuve qu'elle lui avait fait subir soulageait-elle la blessure causée par les fables abjectes qu'on inventait sur elle.

Par ailleurs, elle ne regrettait pas d'avoir joué pour lui, dans ses courses dans la montagne, à devenir celle qu'il poursuivait. Elle avait aimé ce rôle de fugitive auquel il l'avait poussée, puis, dans laquelle il l'avait cantonnée avant de se décider à venir lui parler de son passé. Aujourd'hui, il n'avait plus rien à attendre d'elle. Que pouvait-elle encore lui apprendre ? Si, par leurs entrevues journalières, il espérait seulement comprendre où elle en était, elle n'était pas sûre de pouvoir l'aider, ne sachant pas s'aider elle-même. Mais cela n'avait aucune importance, elle savait maintenant qu'il n'était pas là pour lui mettre de nouveaux bâtons dans les roues. Et puis elle lui était particulièrement reconnaissante de lui avoir donné une bouffée d'espoir quand il n'avait pas hésité à lui rapporter quelques observations du docteur Courbet au sujet de l'homme qu'on avait trouvé au pied de la falaise : il s'agissait d'un homme jeune, avait-il assuré. Que ses vêtements aient été ceux d'un paysan de la région ne signifiait rien pour elle. Auguste pouvait s'en être affublé pour passer inaperçu. Mais s'il vivait encore, Auguste était maintenant un vieillard. Malgré la maîtrise avec laquelle il maniait l'art du grimage et du déguisement, il n'aurait pas pu effacer, sur son corps, les signes du travail sordide du temps.

Parfois elle était saisie par l'impression accablante que son passé avait donné une légitimité à sa place parmi les rochers du Couron : sans doute y avait-elle encore tant de choses à expier. Pour autant, mener, au sein de leur paix mystérieuse, cette vie sauvage à laquelle elle avait été contrainte lui était peu à peu devenu nécessaire. Après avoir souhaité longtemps et de toutes ses forces le retour à une vie pleine d'action, elle avait une manière à elle d'appréhender ce pays de silence qui lui faisait penser à celui de son enfance aimé et maudit à la fois. C'était ici qu'elle avait profondément ressenti le deuil du lien viscéral qui l'avait attachée à Elodie, son double, sa raison de vivre. C'était ici que la nécessité qui l'avait fait agir autrefois aux côtés d'Elodie pour qui elle eût donné sa vie avait perdu son caractère d'urgence exclusive et d'espoir. Ici, rien autour d'elle ne pouvait lui rendre ou justifier les raisons de son ancienne vie, ni les lieux, ni les personnes qui l'entouraient. On y était dans un autre monde qui n'avait rien à faire de l'unification de l'Italie, des exploits de Garibaldi et des traîtrises qui cernaient les républicains. Tout ce qui la concernait de si près autrefois, elle pouvait le tenir tassé au coin de l'âtre, en un petit tas rabougri qu'elle donnerait un jour aux flammes, ces mêmes flammes qui l'avaient narguée chaque jour, qui l'avaient appelée à elles, qui lui avaient promis ce qu'elle ne savait plus où chercher, une raison de vivre. En contrepartie, elles avaient eu la vertu de lui apprendre à se repaître du silence qui l'entourait, de la réalité de ce silence, sans doute la seule à valoir la peine.

Dehors, la neige habillait de sa parure éclatante les grands arbres autour de la maison. La nature paralysée par le froid célébrait la gloire de la morte saison, celle de l'immobilité qui n'était pas la mort mais qui faisait état de son mystère. Fascinante autant qu'éphémère, elle s'obstinait à placer des cascades de perles glacées et des guirlandes de dentelles sur chaque brindille, sur chaque branche, instaurant l'émerveillement de ce silence qui n'appartenait qu'à elle. Les oiseaux avaient déserté le ciel et le ciel lui-même n'était plus qu'une fugace lueur qui s'éloignait de la terre sans espoir de retour. Dans ce royaume d'incandescente blancheur, privé de tout signe de vie, Marthe ne voyait plus seulement le reflet de sa propre fragilité. Et si le feu s'était joué d'elle, aujourd'hui elle ne voulait plus jouer avec lui. Elle attendait encore une fois Debrume et c'était avec une sorte d'apaisement qu'elle ignorait l'étrange fascination du feu qui pourrait encore avoir raison d'elle si elle s'obstinait à ne voir que lui.

41

Les événements changeaient de signification au fur et à mesure qu'il comprenait leurs causes. Il les voyait se dérouler comme, dans un rêve, lieux et choses se transforment, suivant leurs propres lois, tout en restant toujours hors d'atteinte. La vérité que son métier réclamait était une déesse lointaine qui n'existait que dans l'imagination des humains. La réalité elle-même n'était-elle pas seulement une création de leur esprit, une image fluctuante, un leurre mis en œuvre par quelque démon facétieux pour nous faire croire à notre existence ?

C'était la première fois que Debrume se retrouvait seul lors d'une mission. Avant que les chemins ne soient bloqués par la neige, il se rendait régulièrement à la ville de V d'où il télégraphiait à la préfecture et profitait de ce retour en pays civilisé pour acheter des livres et autres produits exotiques inconnus des couraurguais. De temps à autre il envoyait des rapports écrits dont la teneur, hélas, ne variait guère. Mais en retour, les ordres, eux, restaient les mêmes : identifier le cadavre dont la découverte menaçait la paix du village. C'était tout.

Or, malgré sa surveillance assidue, Debrume n'avait toujours pas trouvé d'indice concernant la malheureuse victime. L'hypothèse d'éventuelles rencontres d'opposants politiques dans le secret des rochers du Couron était tentante, mais sans la moindre preuve pour la démontrer, cette piste débouchait sur une impasse. Le lieu était pourtant propice : voyageurs sans sauf-conduit, contrebandiers, malfaiteurs, réfugiés politiques, voire forçats évadés, des gens de toute sorte pouvaient emprunter ces chemins qui enjambaient discrètement les frontières. Depuis Couraurgues le passage vers l'est et la haute Provence ne présentait pas de difficultés majeures et la Provence vous ouvrait toutes les routes de France. Autrefois, d'après les lettres de Corsan retrouvées par Avrillé, la maison de Mademoiselle Marthe avait été choisie pour servir d'abri aux amis de la cause contraints de voyager dans la clandestinité. Mais aujourd'hui, d'une part Debrume n'y avait jamais surpris aucun visiteur, d'autre part, une fois close, l'enquête d'Avrillé n'avait pas donné de suite et les habitants de Combeferres n'avaient pas fait l'objet de quelque mandat. Désormais semblait-il, rien n'autorisait la police à intervenir contre eux, d'autant que, enfin reconnus comme architectes de l'unité italienne, de bannis qu'ils étaient, ils étaient en passe de devenir des héros.

Ainsi, depuis son arrivée dans le village, le fait d'attendre qu'un événement se produisît ou qu'il ne se produisît pas n'avait évidemment pas servi son enquête. Ses observations oiseuses n'ayant mené nulle part, il craignait que l'on mît fin à sa mission. Ce n'était pas pour son amour-propre qu'il redoutait d'en souffrir mais pour tout autre chose. En effet, cet étrange état dans lequel ses sempiternelles promenades à travers la montagne le faisaient évoluer lui était devenu indispensable même s'il l'amenait parfois à frôler les affres du cauchemar : c'était une sorte de nourriture spirituelle qui le tenait debout. Sa disparition le rejetterait dans cette terrible réalité sans intérêt et lassante de platitude, celle-là même dans laquelle il avait vécu après la mort de Céleste et avant son séjour à Couraurgues. Or, d'une façon ou d'une autre, un lien fort s'était établi entre lui et la montagne et peut-être seulement grâce à certaine personne qui hantait ses sentiers tortueux. Etait-ce le fruit de son imagination, il lui semblait que sa propre existence pouvait être transformée par cette attirance qui le portait vers Mademoiselle Marthe et ce qui était encore à découvrir de sa vie secrète. Et pourtant, quelque chose l'empêchait de s'approcher d'elle davantage.

Certes, sous prétexte de surveillance, ses incessantes promenades en montagne lui avaient permis de franchir la lisière d'un rêve incertain qui alimentait son désir. Mais du même coup, elles lui faisaient perdre cette réalité qui avait constitué l'essence même de sa vie depuis son deuil. Ainsi voyait-il avec terreur l'image du beau visage de Céleste s'estomper dans le flou des années passées comme une aquarelle aux couleurs pâlies que le temps s'amuse à brouiller et à ternir. C'était dans l'ordre des choses, disait-on de l'oubli. Mais on ne disait pas quoi d'autre l'oubli était capable d'emporter avec lui, ni, après avoir fait son travail de fossoyeur, ce qu'il restait de vous. Et il savait également que, dans cet état où il évoluait en suivant Marthe sur les sentiers, il marchait sur le bord d'une réalité qui n'était pas la sienne comme au bord d'un précipice. Pour ne pas sombrer dans son vertige, il lui fallait éloigner les promesses fallacieuses du rêve que celle-ci représentait, tout en tenant à distance l'appel du souvenir, porteur de pesante mélancolie. Or, ce dont il était sûr c'est qu'il aurait beau fluctuer entre ces deux alternatives, il n'était pas prêt à vouer Céleste à une deuxième mort.

Mais il était revenu à Combeferres ce jour-là pour effectuer son travail : il avait interrogé la servante Eimeline. Après une description précise de son amoureux disparu, le jeune compagnon qui avait travaillé une année entière à la forge de Cavadaire, elle lui avait parlé sans honte de leur liaison qui pour être fugace n'en n'avait pas été moins passionnée. Portée par son amour, - l'amour de sa vie, disait-elle -, elle avait affronté avec un courage qu'elle ne se connaissait pas toute sa famille et le blâme du village tout entier sans craindre les conséquences qui pouvaient en découler. Elle n'avait pas hésité à rompre ses fiançailles avec le jeune Cavadaire qu'elle n'aimait pas et qu'on voulait lui imposer comme époux. Le riche maréchal-ferrant lui-même, maître Cavadaire, que la réussite rendait si dédaigneux envers les pauvres, s'était abaissé à venir chez ses parents pour la demander. Laissant de côté sa fierté, ce père dépassé ne savait plus quoi faire de son fils qui ne pensait qu'à la chasse, à l'alcool, au jeu et aux femmes alors que la forge avait besoin de ses bras et les affaires d'un esprit clair et acéré. Le mariage lui paraissait la meilleure solution pour le mettre au pas. Il comptait sur Eimeline, si sérieuse et travailleuse, pour donner à ce fils indiscipliné le sens du devoir et des responsabilités. En contrepartie, elle serait à l'abri du besoin toute sa vie ainsi que ses enfants et toute sa famille. Les parents d'Eimeline étaient très pauvres. Ils avaient vu cette demande comme une chance inespérée pour leur fille qui ne pouvait prétendre à un si beau parti étant donnée leur modeste condition. Mais Eimeline préférait mourir plutôt que renoncer à son bel amour. De plus, entrer dans cette famille de fourbes signifiait qu'elle devrait les servir toute sa vie mieux que des maîtres. Elle ne regrettait rien, insistait-elle, même si elle s'était retrouvée à la rue, chassée par ses propres parents, insultée, humiliée, sans moyen de subsistance et sur le point de mettre au monde un enfant illégitime. Tous lui avaient fermé leur porte et monsieur le Curé lui avait même refusé le secours de la religion. C'était une fille perdue et un exemple déplorable pour les plus jeunes, disait-on. Perdue, elle l'eût été vraiment si dans son malheur elle n'avait pas eu une chance infinie. Quand tous, (père et mère y compris), la rejetaient comme une pestiférée, elle avait quitté le village et avait erré dans la campagne en se demandant ce qu'elle allait faire d'elle-même. Elle s'était cachée parmi les premiers rochers du Couron. C'était là qu'Utto l'avait découverte en bien mauvaise posture. Il l'avait ramenée à Combeferres dans ses bras. Mademoiselle, voyant ses larmes, lui avait fait raconter son histoire et n'avait pas hésité une seconde : elle avait pris aussitôt fait et cause pour elle. Après avoir exprimé sa colère et son indignation contre les villageois, elle l'avait gardée auprès d'elle et avait envoyé Utto chez le docteur Courbet qui s'était précipité à son chevet. Il était revenu chaque jour pour la soigner et enfin, le moment venu, il l'avait aidée à mettre au monde son enfant. Avec Utto, Mademoiselle s'était occupée d'elle comme si elle avait été sa propre fille jusqu'à ce qu'elle soit rétablie. Après quoi elle lui avait offert d'habiter chez elle le temps qu'elle voudrait. En échange, Eimeline lui avait proposé de la servir du mieux qu'elle pourrait. Elle n'aurait pas assez de toute une vie pour lui montrer sa reconnaissance. Elle pouvait grâce à elle attendre le retour de son futur mari et s'occuper de son enfant. Il reviendrait, elle en était sûre et elle serait sa femme. Il ne fallait pas le connaître pour penser qu'il l'avait oubliée. Mais tout en lui gardant sa confiance, elle ne pouvait s'empêcher de trembler à chaque moment du jour et de la nuit en pensant que ce malheureux cadavre abandonné aux bêtes sauvages, ce pouvait être lui : dans le village on parlait d'un homme jeune, conclut-elle en éclatant en sanglots.

Le lendemain, se donnant le temps de réfléchir et de trouver quelque preuve pour pouvoir interroger les éventuels suspects qui auraient pu s'en prendre à ce jeune homme, Debrume était reparti à l'assaut des rochers. En vérité, si avec ses hauts escarpements où s'accrochaient les nuages la montagne pouvait le broyer sans pitié comme elle l'avait fait de tant d'autres, il ne pouvait se passer d'elle. Elle l'appelait à elle et malgré les forces redoutables qu'elle déployait contre lui pour le diriger à l'aveugle vers tous les dangers par de mystérieux chemins où il se perdait, il se surprenait à attendre le retour du brouillard pour se confronter à lui, par bravade, par défi, comme si quelque chose allait surgir de cette confrontation. Peut-être cherchait-il seulement la preuve qu'il n'avait plus rien à perdre puisqu'il avait déjà tout perdu s'il avait perdu jusqu'à son chagrin. Et s'il l'avait vraiment perdu, il se sentait ridicule d'espérer encore quelque chose.

Ce fut par cette journée où il errait au hasard, qu'à deux pas de lui, comme s'il allait la toucher, il aperçut la silhouette de Céleste. Elle flottait dans la lumière qui perlait dans l'air entre les gouttelettes en suspension et tissaient un voile vaporeux autour de sa silhouette. Il ne put à aucun moment distinguer son visage. Il n'aurait pu, non plus, mettre un nom sur la couleur de son manteau. Mais tout à coup elle était là. Elle marchait devant lui, irréelle mais présente, faite d'une matière impalpable dont il imaginait la douceur. Il savait que s'il l'approchait assez pour la toucher, elle se diluerait dans le brouillard comme une apparition. Il la suivait à quelques pas. Elle évoluait maintenant dans un espace apaisé qui avait retrouvé une certaine cohérence. Ici, les rochers ne semblaient plus être tombés en vrac du ciel. Ils n'agressaient plus de leurs arêtes acérées celui qui se risquait parmi eux et ils avaient perdu le pouvoir maléfique de diriger le chemin de l'imprudent au bord d'une falaise pour le précipiter dans le vide. Ici, on accédait à une autre dimension de la montagne, celle dont Debrume avait cherché l'entrée dès son arrivée sans jamais la trouver. Or, tout à coup elle lui était ouverte par cette femme – mais était-ce vraiment Céleste ? - qui marchait devant lui comme un guide, de son pas de souveraine. Et il entrait dans sa mouvance, se conformant avec une facilité déconcertante à tous les mouvements de son corps, comme s'il était fait de la même matière impalpable qu'elle. Il marchait derrière elle, bien décidé à ne plus jamais cesser de la suivre, même si elle devait le mener... Alors, subitement il se ressaisit et tenta d'effacer de son esprit troublé cette funeste pensée. Terrifié par le sentiment d'irréalité qui l'envahissait, il se refusait d'y céder davantage. Mais peut-être était-il déjà trop tard.

Il se hasarda pourtant à l'appeler. Mais qui devait-il appeler, Marthe ou Céleste ? Il avait beau s'époumoner, à aucun moment elle ne se retourna. Elle ne pouvait l'entendre. Elle ne faisait pas partie de ce monde dans lequel il évoluait encore, se tordant les pieds sur les pierres, heurtant quelque obstacle qu'il ne voyait qu'au dernier moment. Elle était une ombre que le brouillard avalait peu à peu. Il ne pouvait la retenir. Quand elle fut sur le point de disparaître, il eut un instant l'étrange sentiment qu'il allait disparaître avec elle, telle l'ombre qu'il était devenu à son insu à force de la suivre. Mais ses propres appels revenaient à ses oreilles. Il n'avait plus de voix à force de crier entre deux sanglots. Elle continuait de marcher. Rien ne pouvait l'arrêter. Quant à lui, il ne pouvait plus avancer, comme retenu par une barrière invisible. Il avait vu le dédale se refermer sur elle, juste sous ses yeux : elle avait pu sans difficulté en trouver l'entrée et s'enfoncer plus avant parmi les rochers avec toujours la même aisance et comme si elle marchait sur un sentier de mousse. Le brouillard l'avait saisie, engloutie, et elle avait disparu.

Il restait là les bras ballants. Alors qu'il scrutait les ondes de vapeur qui le cernaient et se mouvaient lentement autour de lui sans plus la voir nulle part, il eut tout à coup l'étrange impression qu'il revenait d'un autre monde. Il s'ébroua pour se remettre de sa torpeur. De nouveau les pieds sur terre, il constata qu'il s'était à nouveau perdu. Où se trouvait-il ? Il eut du mal à admettre qu'il avait suivi une ombre, une morte, jusqu'à un endroit qui s'était refermé sur elle et au-delà duquel il n'avait pu continuer. Brutalement, il était rendu à lui-même, à sa matérialité, à sa vie étriquée prisonnière de souvenirs et de chagrin, à l'absurdité du chaos de rochers hérissant leurs angles affilés au milieu d'un brouillard qui ne laissait pas de tourner autour de lui à le rendre fou. Il lui faudrait, hélas, plusieurs heures pour trouver le départ d'un sentier accessible qui le ramènerait au village.

Et il savait comment tout cela finirait. Il arriverait, fatigué et crotté, les vêtements détrempés, furieux encore une fois contre lui-même. D'un seul coup d'œil, l'hôte comprendrait la situation dans laquelle une fois de plus il s'était fourré. Il le recevrait avec son sempiternel sourire qui se voulait bienveillant mais qui recouvrait toujours un mépris impossible à supporter tant il en percevait la mauvaise intention. Il entendait par avance le ton que cet hypocrite prendrait en lui proposant sa meilleure table auprès du feu. Et il devinait qu'il aurait du mal à maîtriser sa colère contre cet individu infatué de lui-même qui le regardait de haut. Il ne pourrait tolérer une minute de plus sa compagnie et préférerait se retirer dans sa chambre sans souper en demandant la lampe à pétrole et de quoi écrire. Dans cette chambre que le misérable avait intentionnellement laissée sans feu, grelottant de froid, il rédigerait un énième rapport tout aussi vide que les précédents. Et la promesse de faire ravaler leur morgue à ceux qui se moquaient de lui et de ses déboires d'alpiniste ne lui serait pour autant d'aucun réconfort.

En attendant, il était toujours là, planté au milieu des rochers devant le mur de brouillard qui ne s'ouvrait pas. Sa colère sourde contre l'hôte et par extension contre le reste du monde n'excluait pas le docteur Courbet qui avait mis tant de temps à lui parler après s'être caché derrière le secret professionnel, l'avoir induit sciemment en erreur à propos de l'âge de la victime et, au bout du compte, l'avoir pris pour un imbécile avec un aplomb parfait. Il était maintenant clair qu'il allait devoir mettre la police aux trousses de l'amoureux transi qui avait quitté le village : si celui-ci avait choisi de disparaître sous la menace de son rival, on devait s'assurer qu'il était toujours en vie avant de supposer que c'était lui qu'on avait trouvé sous forme de cadavre. De plus, aujourd'hui, Debrume ne pouvait plus douter que son hôte l'espionnait depuis le début de son séjour pour tenir son neveu - le fiancé évincé livré à son désir de vengeance - au courant de l'avancement de l'enquête. Il devait donc déployer une stratégie de son cru pour régler son compte à ce fourbe qui lui mettait sans cesse des bâtons dans les roues et s'appliquait à le ridiculiser aux yeux de tous. Même si ça ne changeait rien à l'affaire, c'était maintenant pour lui une question d'honneur.

Mais Debrume savait qu'il n'était pas près d'être rendu à l'auberge. Pour l'heure, il continuait de tourner en rond parmi les rochers sans pouvoir décider de quelle direction prendre. Et comme il se refusait à rentrer encore une fois bredouille et sans cheval sous les quolibets des villageois, quitte à prendre quelques risques, il choisit d'emprunter des raccourcis encore inconnus de lui, conscient que le manque de visibilité le remettait à nouveau dans les mains du hasard. Et c'est ainsi qu'après avoir cheminé longtemps il se trouva tout à coup à longer les basses falaises en surplomb de la bastide de Combeferres. Il se dit qu'il n'était pas arrivé là pour rien.

    Il ne saurait jamais pourquoi, car cela se décida sans lui comme il arrive parfois dans l'existence et toujours dans les rêves, pris d'une sorte d'impatience, il rebroussa chemin subitement et remonta en direction des hautes falaises de Grancaïre par le premier sentier qui se présentait. Il reconnut à certains repères celui qu'il avait emprunté par hasard le jour où il avait trouvé les biches éventrées et qui l'avait mené droit à Combeferres. Il ne l'emprunta pas. Il passa non loin du creux de rochers situé sous la haute falaise et qui avait servi de sépulture provisoire à la victime toujours non identifiée. Ces lieux sentaient la mort.

    Il bifurqua, trouvant un chemin qui lui sembla plus facile et continua à grimper. C'était un petit sentier tout lisse, creusé entre deux bordures de pierres, et qui avait été longuement piétiné. Aucune plante ne le bordait. Aucune autre présence que celle des rochers qui élevaient leurs formes changeantes dans le brouillard. L'odeur de l'humidité et du froid avait remplacé les parfums de thym et de sarriette malgré l'absence de neige en cet endroit exposé plein sud. Le chemin n'en finissait plus. A nouveau, il ne reconnaissait pas les lieux traversés, mais il connaissait assez la montagne pour savoir que, s'il n'était jamais passé par ce sentier, son ascension le conduisait au sommet des hautes falaises si redoutables en temps de brouillard. A cause de son vertige, il avait toujours soigneusement évité ce chemin qui longeait de près le bord de la falaise. Il préférait passer au large, à quelques mètres de là. Comme toujours sur ces chemins caillouteux, il regardait ses pieds pour éviter une malencontreuse glissade. Et tout à coup, cela brilla comme une vérité révélée. A ses pieds, juste devant lui : un objet de couleur insolite en ce lieu faisait une tache qui affleurait de la terre. On avait creusé un trou pour ensevelir l'objet et quelque bête trouvant son odeur alléchante avait essayé de l'en sortir. Il n'eut qu'à tirer vers lui. Un petit sac de cuir rouge apparut. Il l'ouvrit en hâte et y trouva des papiers. Puis, il sentit quelque chose de dur resté à l'intérieur : quelque chose était caché dans une double paroi. Il faudrait explorer tout cela et défaire les coutures de l'habile artisan qui avait serré les fils avec une régularité parfaite. Il ne faisait aucun doute que cette improbable double paroi pouvait le conduire tout droit à une sorte de révélation. Mais dire si elle concernerait son enquête était impossible. Il mit donc le petit sac rouge dans sa poche et se remit à marcher sans y penser davantage, mais avec un peu plus d'allant qu'auparavant.

Avec cette découverte, c'était au fond de lui-même que le brouillard se dissipait. La réalité reprenait une forme familière, même si la vérité, encore une fois, fluctuait dans ses formes changeantes et que, dès qu'il l'approchait pour l'appréhender, elle restait insaisissable. Cette pochette de cuir qu'on avait pris soin de cacher ici appartenait peut-être à la victime. C'était un objet trop luxueux pour un villageois qui travaille la terre. Et cela pouvait signifier également que le cadavre de la montagne n'avait rien à voir avec la disparition du jeune compagnon forgeron placé chez Cavadaire, père de l'enfant d'Eimeline. De plus, regardant autour de lui, malgré le brouillard toujours aussi dense, Debrume se rendit compte qu'il se trouvait au-dessus du trou de rocher qui avait servi de refuge provisoire à la malheureuse victime tombée du haut de la falaise. Il se dit que, juste avant sa chute, l'homme marchait sur le sentier où lui-même se trouvait, à cet endroit précis, tout près du bord de la falaise. Peut-être avait-il compris qu'on le suivait depuis un certain temps. Et, se sentant en danger, il avait préféré cacher ce qu'il possédait de plus précieux pour ne pas le voir tomber dans des mains peu sûres. Avait-il quelque chose à voir avec celui qui l'avait menacé, avec qui peut-être il s'était battu et qui, après l'avoir terrassé l'avait trainé et poussé dans le vide ? L'assassin avait-il été à deux doigts de découvrir son secret ? Toujours était-il qu'il avait disparu sans laisser de trace en prenant soin d'enfouir sa victime dans un trou de rocher afin qu'on ne découvre le cadavre que le plus tard possible. Son stratagème avait été efficace puisque le docteur Courbet faisait remonter la mort à plus d'une année sans pouvoir préciser davantage. Dans ce domaine également on en était encore aux hypothèses. Seul l'objet découvert avait une réalité, mais il fallait encore percer son secret.

La recherche de la vérité, une fois encore, n'était faite que de fluctuations, comme la mémoire des sentiments et des images, comme la vie elle-même que le temps ne pouvait figer sans la détruire. Et c'était encore une fois par hasard que la montagne éclairait de sa lumière et de son silence, pour Debrume seul, son propre paysage intérieur qu'elle lui avait permis d'explorer de plus en plus profondément à partir du jour où il avait posé un pied sur ses chemins tortueux. Elle lui avait également donné la certitude que, quoi qu'il fît, où qu'il se trouvât, elle le ramènerait toujours en pays connu. La découverte du petit sac de cuir en était la preuve tangible et lui rendait entrain et confiance.

Un peu plus tard, il ne fut pas étonné de retrouver sans aucune difficulté le chemin qui le ramenait à sa monture. Le cheval l'attendait patiemment là où il l'avait laissé des heures plus tôt, broutant le peu d'herbe repoussée entre l'écobuage d'automne et les premières chutes de neige qui l'avaient protégée de la brûlure du gel. Rassasié d'herbe tendre réapparue sur ce carré de terre nue, la bête montra sa satisfaction et accueillit son cavalier d'un éternuement poli. En lui caressant l'encolure Debrume lui dit à l'oreille, et c'était la première fois qu'il lui parlait comme à une personne : « Nous avons encore à faire, mon vieux. Il me faut passer au village où je dois m'assurer de quelque chose. Après quoi nous nous ferons beaux tous les deux et nous nous inviterons à Combeferres où nous passerons la soirée. Et je te promets un bon seau d'avoine, pour ta peine. »

Sûr de ce qu'il avait à faire, il se remit en selle et partit au petit trop enlevé, se sentant tout à coup léger comme une plume sur le cheval le plus hardi de la contrée. Pour une fois, son cheval obéissait à la moindre pression de ses talons et de ses jambes contre ses flancs. Sans doute était-ce cela qui avait manqué à cette bête jusqu'à présent, se dit-il, une parole amicale !

42

Le lendemain, une fumée âcre couvrait la plaine du Can d'un brouillard aussi épais que celui dans lequel Debrume avait si souvent perdu ses pas. Il se trouvait à nouveau dans la jardinière du docteur Courbet, exactement comme au début de son séjour et sans rien savoir de ce qui l'attendait. Doublé d'inquiétude pour Combeferres et ses habitants, ce retour du temps sur lui-même lui donnait à penser : il reléguait aux oubliettes sa découverte de la veille et rendait nulles et non avenues les journées passées sur les sentiers du Couron. Alors que sa découverte avait éclairé le mystère du cadavre d'une lueur nouvelle et apporté une réponse satisfaisante à ses questionnements, l'incendie de Combeferres, s'il était d'origine criminelle, recentrait le cours languissant de son enquête sur Couraurgues même et confirmait ce que Debrume soupçonnait : le criminel courait toujours. Son travail d'inspecteur de police n'était donc pas terminé et il n'était pas près de retrouver ses misères ordinaires dans la solitude du Couron qu'il recherchait et redoutait à la fois. Mais au sujet de Couraurgues, il n'avait appris qu'une chose : la neige avait beau y apporter une odeur de pureté, l'air y était aussi vicié qu'ailleurs. Rien n'y résistait à la tentation du mal, ni la vie à la tentation de la mort. Le blanc manteau qui couvrait le paysage de sérénité et de silence n'était qu'un cache-misère qui ne trompait personne.

Son hôte n'avait évidemment pas trouvé nécessaire de le réveiller pour l'informer que la maison de Mademoiselle Marthe avait brûlé pendant la nuit. C'était le garçon envoyé à l'auberge aux aurores par le docteur Courbet qui l'avait tiré du lit. Il s'était habillé en hâte et s'était rendu chez le médecin. Celui-ci avait déjà fait atteler et il l'attendait pour lui éviter de perdre un temps précieux à harnacher son cheval. L'inconfort et les grincements de son vénérable véhicule avaient cessé d'inquiéter depuis longtemps le médecin et ne l'empêchaient pas de pester contre les villageois qui encombraient le passage. Certes, l'incendie les avait mis en grand émoi. Mais, encore une fois, disait-il, la situation me permet de mesurer leur inconséquence. Si certains s'étaient précipités à Combeferres, avec l'intention de venir au secours de ses habitants, d'autres, dès qu'ils avaient su d'où venait la fumée, s'étaient hâtés vers l'église pour une action de grâce. Ils disaient à qui voulait l'entendre que l'air de Couraurgues allait enfin être purifié et lavé des traces du diable et de la marque du péché venus ils savaient bien d'où. Toutefois, tout en voyant dans ce désastre matière à occuper des journées entières à l'auberge ou au lavoir, pour l'heure, la curiosité était la plus forte. Après ce passage à l'église, ils ne pouvaient pas laisser passer l'occasion d'une visite à Combeferres. Et le vieil homme qui avait tellement à cœur leur santé, continuait de fulminer contre cette foule d'imbéciles qui envahissait les chemins et barrait le passage à la jardinière.

Arrivé sur les lieux, malgré l'angoisse qui l'assaillait devant le spectacle du désastre, Debrume jugea indispensable de garder son sang-froid. Il se mêla à la foule des badauds impuissants devant les restes de la grande maison qui finissait de se consumer. Les commentaires fusaient. Il y apprit que c'était la vieille Bastoure qui, toujours à l'affût de quelque piment pour agrémenter sa journée, avait donné l'alerte, juste avant le lever du jour. Les secours s'étaient organisés aussitôt. Mais les premiers arrivés n'avaient même pas pu approcher du brasier : il était trop tard, la maison flambait entière comme une torche compacte, de la cave au grenier. C'était un spectacle qu'on ne pouvait soutenir tant il était effrayant. Il ne restait déjà plus rien des écuries et des granges où Utto serrait la paille et le foin pour les chevaux. Les poules avaient été libérées et piaillaient loin du brasier, entre les arbres du parc, dans un désordre affolé, sautillant sur leurs courtes pattes dans la neige. Mais à part les poules, aucun autre animal n'errait autour de la maison. On se demandait ce qu'étaient devenus pour les splendides chevaux de Combeferres. Avaient-ils eux aussi péri dans les flammes ? On se désolait pour la perte de si belles bêtes. Quant aux habitants de la maison, hélas, il n'y avait plus rien à faire pour eux. Il était probable que, surpris dans leur sommeil, ils étaient morts dans l'incendie. On n'avait jamais connu une catastrophe de cette envergure et on en était bouleversé surtout si on pensait que n'importe quelle maison pouvait être touchée par la même calamité.

  Autour de Combeferres le paysage se terrait sous une lueur blafarde quand, quelques instants auparavant, la jardinière grinçante du médecin avait franchi le passage qui menait tout droit à l'arrière de la maison et qui, de mémoire de courauguais n'avait jamais comporté de clôture. Montant de la plaine et des creux des vallons, le brouillard effilochait ses épaisses écharpes blanches et laissait paraître par endroit un ciel d'une uniformité verdâtre, comme si un orage était sur le point d'éclater. Lointaine, impassible, la masse du Couron semblait encore endormie et laissait couler sur ses pentes arides la vague caresse de la lumière indécise du premier matin. Quant aux rochers, dans leur immuable immobilité, indifférents à la lumière comme au feu, ils étaient là pour l'éternité et voyaient défiler les malheurs des humains, témoins sans compassion de leur vulnérabilité.

  Si plus bas, dans la plaine, la neige avait fondu par endroits, laissant dans les champs quelques zones de boues noirâtres, ailleurs elle était restée assez compacte pour empêcher la propagation du feu tant redouté par les villageois pour leurs forêts, leurs haies vives, leurs halliers et leurs cultures d'autant que les champs étaient encore nus en ce mois de février qui n'en finissait pas. Malgré tout, on ne pouvait se détacher de la vision apocalyptique de cette superbe demeure succombant aux attaques incessantes du feu. On était fasciné par la puissance des flammes qui avaient gagné en si peu de temps toutes les parties de la maison. On regrettait de n'avoir rien pu faire. On avait pourtant essayé de s'approcher pour voir si, en passant à travers ce qui restait des croisées à impostes du rez-de-chaussée, on n'aurait pu entrer. Mais le puissant brasier avait déjà emporté planchers, rideaux et meubles, et on avait écouté avec effroi craquer le bois et les poutres maîtresses de l'étage supérieur qui avaient cédé peu à peu. Tout avait été mangé par le feu. Rien ne pourrait être sauvé, on l'avait bien compris. Bientôt cette vaste et élégante demeure ne serait qu'un tas de braises inoffensives.

  En présence du médecin et de l'inspecteur, les habitants de Courargues n'auraient jamais avoué qu'ils se sentaient soulagés. Ils se pressaient autour de la maison, les yeux hors de la tête, pleins de compassion et demandaient à la cantonade quel accident avait pu déclencher un tel feu. Et s'il ne s'agissait pas d'un accident, qui pouvait être assez fou pour avoir mis le feu à une maison habitée. Couraurgues n'était pourtant pas un village de criminels ! Personne ne voulait du mal à ces étrangers ! Ils avaient parfois entendu d'étranges rumeurs au sujet de Combeferres, certes, mais ils eussent été incapables de colporter de tels ragots ! Ils avaient mieux à faire que de se mêler de commérages ! D'ailleurs, en tant que bons chrétiens, ils désapprouvaient les superstitions et avaient pour règle de ne pas faire de tort à leur prochain. Qui avait pu raconter de telles sornettes ?

C'est à ce moment qu'arriva la nouvelle du départ des habitants de Combeferres. Ceux qui les avaient vus partir venaient de rejoindre le groupe qui s'éternisait autour de la maison détruite. Animés de la même curiosité, ils venaient prendre la mesure de la catastrophe. Il s'agissait des bergers du jas d'Aure, une vieille bâtisse située en bonne place sur la colline et qui avait une vue directe sur le pont du Can. Le convoi était passé bien avant que l'alerte ne fût donnée. Il était très tôt et il ne faisait pas un temps à mettre un chien dehors. Mais il y avait déjà assez de jour pour reconnaître les visages, d'autant que les lanternes des voitures n'avaient pas été éteintes. Et ils s'étaient demandé pourquoi ces gens se mettaient en route par un tel temps et alors que le jour n'était pas levé. Utto conduisait la première voiture débordante d'énormes malles entassées les unes sur les autres. Le cabriolet suivait, conduit par Mademoiselle Marthe elle-même. Ses chevaux de selle étaient attachés derrière par une longe. Le plus jeune semblait très agité. Le sang d'une blessure marquait son poil d'ordinaire si soigné. Utto se tenait tout courbé comme s'il s'appliquait à se plier en deux pour se faire oublier, car, - ils n'étaient pas les seuls à le dire - c'était un sournois et il avait certainement quelque chose à cacher. Et Mademoiselle Marthe, toujours aussi fière, conduisait son cabriolet d'une main ferme, droite comme une reine dans son manteau de voyage et sous sa toque de fourrure qui laissait à peine entrevoir son visage. Auprès d'elle, il devait y avoir la servante, cette fille perdue qu'elle avait recueillie, et son marmot, mais si recroquevillés qu'on les distinguait à peine. En voyant ce convoi qui avait du mal à avancer tant les voitures étaient chargées, la première chose qui leur était venue à l'esprit c'était que ces gens faisaient décidément tout à l'envers. C'était chercher les ennuis que de se mettre sur les routes avec un tel chargement et la neige qui menaçait à nouveau. On voyait bien qu'ils ne connaissaient pas le pays ! Eux, qui avaient l'expérience des caprices du temps, le clamaient à la cantonade : ils n'iraient pas loin, ils allaient être bloqués avant le passage du col. On allait les voir revenir la queue basse ! Mais maintenant ils comprenaient pourquoi : c'était le feu qui les avait chassés. Et ils avaient préféré se mettre en danger plutôt que de demander une aide que personne à Couraurgues ne leur aurait refusée. Voilà les réponses que l'inspecteur Debrume reçut en questionnant les gens du jas d'Aure, seuls témoins du départ du convoi de Combeferres.

Autour de lui, les commentaires reprenaient de plus belle car, maintenant qu'on n'avait plus à déplorer des morts, il était tentant de trouver une explication à ce départ précipité. On penchait pour une fuite, arguant que les gens qui fuient ont toujours quelque chose à se reprocher. Mais dans l'ensemble c'était un sentiment de satisfaction générale qui ressortait des différents propos. Sans la présence du médecin et de l'inspecteur on serait allé jusqu'à se féliciter de se retrouver entre soi. Or, si on se félicitait, c'était d'avoir eu auprès d'eux un inspecteur fort capable et à qui tout le mérite revenait : il avait eu du flair en tenant ces gens à l'œil depuis son arrivée ! Ainsi Debrume, étonné, vit des regards de sympathie se tourner vers lui. Il sentit avec effroi que pour peu, on était près de le considérer comme un héros après lui avoir montré la plus redoutable hostilité depuis qu'il s'acharnait en vain sur cette enquête...

Mais comme il n'y avait rien à tirer des propos des villageois, et lassé de ces médisances qui ne voulaient pas dire leur nom, l'inspecteur n'avait plus aucun besoin de s'attarder à regarder les flammes, ce qu'il avait vu et entendu du désastre lui suffisait. En revanche, ce qu'il avait à faire en priorité lui apparaissait avec une criante évidence. Car il avait maintenant un souci précis, une urgence, et il savait que le temps lui était compté. C'était avec un plaisir infini que, sous le choc des évènements, - sa trouvaille de la veille ajoutée à l'incendie de Combeferres - il retrouvait l'enthousiasme qui l'avait animé naguère quand, jeune agent, il avait participé à des enquêtes où parfois il avait eu à donner son avis. Avec lui, il retrouvait sa capacité de relier les choses les unes aux autres et de leur attribuer un sens nouveau. Pour l'heure, il remettait à plus tard la recherche des causes de l'incendie, bien décidé à en trouver la raison. Il aurait alors le plaisir de faire ravaler aux villageois leur morgue et leur mauvaise foi. S'il venait tout juste de comprendre l'importance de sa découverte de la veille dans la montagne, il comprenait également l'impact que, le soir même, sa dernière visite à Combeferres avait pu avoir sur l'action du criminel. Les preuves qu'il était sous stricte surveillance depuis le début de son séjour ne faisaient plus défaut désormais.

En effet, la veille au soir, alors que la nuit était déjà tombée, il s'était dirigé vers Combeferres pour une raison bien précise, contrairement à tant d'autres fois où il ne s'y rendait que pour le plaisir d'une rencontre amicale. Il avait estimé de son devoir de remettre aussitôt à Mademoiselle Marthe la pochette de cuir trouvée dans la montagne quelques heures auparavant. Après avoir pris soin de découdre la double paroi, il savait ce qu'elle contenait. Et ce fut avec quelque fierté qu'il avait déposé le bijou dans la main de Mademoiselle Marthe. Elle avait tenu la bague du bout de ses doigts tremblants, paralysée par l'émotion, tournant ses regards vers lui d'un air incrédule. Et aujourd'hui, malgré la confusion qui régnait dans le parc de Combeferres envahi par la foule, face à la rougeur des flammes impuissantes à réchauffer la lueur blafarde du petit matin, il avait encore sous les yeux l'expression de son visage. Elle examinait la bague sous toutes ses faces en répétant : « Mais qui alors… Auguste ? Mon pauvre Auguste ? Et depuis quand était-il là… ? Et maintenant, s'il était trop tard… que tout soit une fois de plus… », répétait-elle sous le choc que lui avait procuré le si précieux bijou.

Il avait immédiatement compris que ce bijou, elle l'avait attendu depuis son arrivée à Combeferres, et qu'il était la promesse de donner une suite heureuse à la lutte à laquelle elle s'était consacrée depuis son adolescence, peut-être même la possibilité d'effacer les désillusions et les échecs qui l'avaient séparée de ses partenaires : il connaissait maintenant le dossier d'Avrillé sur le bout des doigts. Par contre, comme il ne s'entendait ni de politique ni de révolution et qu'il balayait ces questions avec le regard facile de la naïveté, il pensait que l'amnistie prononcée pour les patriotes exilés permettrait leur retour pur et simple à une vie normale. Ce qui avait été considéré comme subversif aux yeux des gouvernements en place, cet idéal qui avait fait osciller la vie de Marthe entre héroïsme et criminalité, serait réhabilité avec toute la gloire qui lui appartenait. Il voyait devant Marthe la voie de la liberté ouvrir son large boulevard bordé des lauriers qui lui revenaient. Toutefois, après un premier élan, sa naïveté finissait toujours par se tempérer et par céder face à la conviction que dans l'immense farce qu'était la vie, la mesquinerie des hommes étant bien leur seul titre de gloire, le contraire de ce qu'on espérait pouvait toujours arriver. Mais sa réflexion s'arrêtait là. Ces questions restant insolubles, son indolence revenait en force pour lui rappeler que son rôle n'était pas de changer le monde comme Marthe avait voulu le faire. Seules les raisons plus prosaïques de son enquête le concernaient : il avait acquis la certitude que ce petit bijou ne se trouvait pas dans la montagne pas hasard. Entremetteur d'un messager inconnu, il portait en lui tout ce que Marthe avait espéré pendant des années. Et si aujourd'hui la bague de sa mère illuminait sa vie, elle donnait également un éclairage sur la victime dont l'identité ne tarderait pas à être dévoilée.

Ça et là, des flammes surgissaient encore de la bâtisse dont la plus grande partie avait été détruite. Debrume n'avait plus rien à faire ici désormais, il avait déjà assez traîné. Il prit la décision de rentrer au village aux côtés du docteur Courbet qui de son côté était pressé de retourner à ses patients. Arrivé à l'auberge, il régla en hâte différentes affaires. Il fit un paquet de quelques effets qu'il accrocha derrière la selle, au portemanteau du cheval que l'hôte lui louait à prix d'or. Tandis que l'homme le regardait faire avec curiosité et suspicion, Debrume lui ordonna d'une voix ferme de garder ses malles dans sa chambre et de laisser celle-ci inoccupée pendant son absence. Il ne montra aucune intention de régler sa note que l'hôte, devant tant d'ordres péremptoires, n'osa réclamer. Et sous son regard ahuri, il déclara sans aucune explication, avec une autorité mordante et un soupçon de prépotence dans la voix, qu'il réquisitionnait son cheval et qu'il ne savait pas quand il reviendrait. L'hôte en serait informé quand il le verrait arriver. Très lentement, sans un regard pour lui, il ajusta avec soin son haut de forme et redressa le buste. Son port de tête et son élégant maintien donnant à sa silhouette une certaine prestance, il traversa la place avec assurance, au petit trot enlevé d'un très heureux effet. Et il en éprouva la délicieuse satisfaction de sentir que, derrière lui, l'homme le regardait partir bouche bée et sans comprendre.

43

Il n'eut pas plus de regard pour les petits groupes d'hommes ou de femmes qui remontaient de Combeferres et s'interrogeaient à son passage, et il laissa derrière lui le village. Il prit un petit galop régulier pour couper à travers champs. Le jour était complètement levé et confirmait sa promesse de morosité. La neige n'était pas loin ; il en reconnaissait l'odeur qui arrivait à Couraurgues chargée des senteurs d'hiver des montagnes, collines et vallons traversés et en imprégnait l'air. Il accéléra son allure et parcourut la plaine au grand galop, traversant l'épaisseur de languissantes franges de brouillard qui entortillaient mollement leurs lambeaux autour de la fumée de Combeferres.

Il imaginait les habitants massés sur les remparts, le regardant s'éloigner avec soulagement, un sourire goguenard aux lèvres, contents de le voir prendre cette direction qui désignait déjà un coupable. Après cet épisode, ils s'apprêtaient à retrouver les habitudes qui leur venaient inchangées de la nuit des temps. Mais si la vie était sur le point de reprendre son train-train identique à lui-même, les langues n'étaient pas près d'en finir : de cette journée de travail qui commençait si tard on se souviendrait longtemps.

Seul le docteur Courbet était déjà reparti sur les routes, car, non seulement il n'avait aucun intérêt pour ce type de distractions appréciées de tous, mais il était attendu à la ferme de Peccorelle où la jeune Marie était sur le point d'accoucher et une naissance n'admet pas de retard. Son rôle, indispensable à la survie de la petite communauté, le protégeait momentanément de la bêtise collective. Contraint malgré lui de laisser ces gens s'y vautrer aujourd'hui sans retenue et avec délectation, il se promettait rageusement de faire la fête à cette même bêtise plus tard. Il n'y avait aucune urgence : endémique, le syndrome était tenace, c'était une plaie ouverte, il la retrouverait intacte à son retour et tenterait encore une fois de l'éradiquer, même si ce geste équivalait à cautériser une plaie sur une jambe de bois.

Quand Debrume eut rejoint la route qui naguère l'avait amené, secoué par les cahots de la patache, de V à Couraurgues, une évidence lui sauta aux yeux : tant de choses étaient entrées dans sa vie depuis ce jour-là qu'il avait du mal à la reconnaître. Les événements d'hier et d'aujourd'hui finissaient d'accomplir cette transformation. S'il savait depuis longtemps que, lorsqu'il quitterait Couraurgues il ne serait plus jamais le même, aujourd'hui par exemple, lui qui n'était qu'un piètre cavalier sans expérience, il s'étonnait de se voir galoper comme un fou à travers la plaine au risque de se casser le cou. C'était un besoin impératif qui l'y incitait mais il se refusait d'en décortiquer le sens profond. Il sentait confusément la nécessité de se protéger de la tyrannie de sa propre raison, et il choisissait pour une fois de se fier à son impulsion première sans chercher plus loin.

Toujours au galop, il continuait à travers champs, chevauchant sur la terre brûlée par un froid intense qui collait ses doigts gelés sur les rênes. A chaque foulée, il enfonçait un peu plus son assise dans le cuir de la selle qui accompagnait le galop de son crissement régulier. Il venait d'atteindre les collines qui faisaient face au village. La neige laissait sur les buis rougis par l'hiver de petites plaques blanches comme des linges mis à sécher. Ici, il n'avait pas à ralentir son allure, la route avait été dégagée. Après quelques lacets, elle échappait à la surveillance du village en s'engageant dans une petite vallée où des prés lisses comme une pièce de monnaie et bordés de haies vives, permettaient un galop plus soutenu. Il se dit que, dans la grisaille d'herbe et de buissons décharnés que la neige laisserait après le dégel, les moutons n'étaient pas près de trouver leur victuaille.

Le cavalier voyait approcher la forêt de Terpane qu'il aurait à traverser pour arriver à la route du col. Elle faisait au loin, une masse brune contre les flancs de la colline. Il quitta les pâtures qui finissaient là et retrouva la route.

Des ornières toutes fraîches creusaient la boue laissée par la fonte partielle de la neige. Le ciel était plus lourd que jamais et de bas nuages blancs rapprochaient la promesse de nouvelles chutes. Au grand étonnement de l'inspecteur, le cheval ne renâclait pas et continuait de marteler le sol de son lourd galop, lançant de temps en temps de longs jets de vapeur dans l'air froid en faisant vibrer ses naseaux. Le cliquetis du harnachement suivait les mouvements de la bête, et le frottement des étrivières sur la selle scandait le rythme affolé des pensées de Debrume quand tout à coup il aperçut devant lui deux hommes à cheval. Dès qu'ils le virent, ils quittèrent le petit trot pour prendre le galop. Il avait cru pouvoir les rattraper mais ils le distancièrent rapidement. Toutefois, il avait eu le temps de reconnaître le fils du maréchal-ferrant et un jeune apprenti qu'il avait vu à la forge. Il les héla avec toute la force de sa voix et leur ordonna de s'arrêter au nom de la loi. Mais ils n'en firent rien, quittèrent la route, prirent de la vitesse et bifurquèrent à la croisée d'un chemin qui revenait au village, dans la direction opposée à celle du col. Il se dit que s'ils avaient eu l'intention de rejoindre le convoi, il était arrivé au bon moment pour éviter à Eimeline de nouveaux désagréments. Mais ils ne perdaient rien pour attendre, il s'occuperait d'eux bientôt.

Il pensait qu'au village le bruit du départ inopiné de l'inspecteur avait déjà dû se répandre. Connaissant la capacité des médisants à gonfler les évènements, ils devaient affirmer qu'il partait pour toujours après l'échec de son enquête, et de plus, sans avoir réglé sa note. L'hôte en était pour ses frais et pour un cheval. L'inspecteur se réjouissait : pour une fois les persifflages servaient ses affaires. Pour l'heure, il s'appliquait seulement à accélérer son allure, de plus en plus étonné de voir les capacités incroyables de ce cheval de trait devenu léger comme une biche et docile comme un agneau.

Après le sommet de la colline, la route descendait vers la forêt qui couvrait sa face sud et s'y enfonçait. Les arbres aux branches nues tressaient de sombres entrelacs au-dessus de sa tête comme pour le menacer de leur désordre immobile. La nuit semblait être revenue. Il arrêta la bête et redouta de ne pouvoir rattraper le convoi qui avait plusieurs heures d'avance sur lui. Mais, tendant l'oreille dans le silence revenu, il entendit très loin un bruit de roulement. Il reprit le petit trot et après quelques courbes il arriva sur le convoi qui cheminait lentement à travers la forêt. On s'arrêta à son appel. Debrume se dirigea vers la calèche que conduisait Marthe, après être passé devant les chevaux de selle qui étaient attachés à l'arrière et qui suivaient le convoi. Il se posta à sa hauteur et aussitôt il ressentit une sorte d'apaisement en la voyant. Elle le reçut avec un demi sourire. Elle était blanche et rose, enveloppée dans

son manteau de voyage dont la fourrure claire de la capuche entourait son visage et ne laissait voir que ses yeux et ce semblant de sourire qui lui était gentiment dédié.
- Vous pouviez partir sans donner raison à vos ennemis ! lui lança-t-il en forme de reproche mais en mettant le plus de douceur possible dans sa voix.
- C'est le feu qui a gagné. Mais ce n'est pas lui qui nous a chassés. Personne d'entre nous n'y est pour rien... Et encore une fois, je sais qu'il va vous falloir des preuves pour me croire..., je vous connais maintenant ! répondit-elle malicieuse.

Elle ajouta, retrouvant son sérieux, que cette fois, il ne s'agissait pas d'un feu de cheminée mais d'un incendie criminel. Quelqu'un avait mis le feu à la grange de la bastide alors que le jour n'était pas encore levé. Mais, fort heureusement Utto était déjà debout, en train de charger les malles. Elle les avait fait préparer la veille, juste après le passage de l'inspecteur : c'était le précieux objet qu'il lui avait amené qui lui avait permis de prendre la décision de partir. N'avait-il pas reçu le mot qu'elle lui avait fait tenir ? Quelques heures à peine avant sa visite, elle n'aurait pu imaginer un départ aussi précipité que celui auquel elle s'était résolue en quelques instants. Mais en fait, c'était cela qui les avait sauvés : ils étaient déjà tous éveillés et prêts pour le départ quand l'incendie s'était déclaré. Le feu avait été mis à la grange, la paille s'était enflammée en un éclair et tandis qu'Utto tentait vainement de l'éteindre, le feu avait atteint la souillarde, puis cellier et caves et s'était rapidement propagé à la maison. Les planchers anciens avaient brûlé comme une allumette et le reste avait suivi. Ils n'avaient pu sauver que ce qui avait été préparé pour leur départ, les malles, les chevaux et les attelages. Le reste était perdu, elle le savait, mais elle ne voulait plus y penser désormais. C'était une tranche de sa vie qui était partie en fumée et elle allait s'appliquer à l'oublier : la vie était devant elle, résuma-t-elle.
- Voyez, nous partons ! Nous mettrons Eimeline à l'abri ainsi que son fils, ce qui est de la plus grande urgence, et peut-être que les villageois après notre départ retrouveront la paix. Quant à nous..., mais elle ne finit pas sa phrase.

Tassée dans le fond de la calèche que Marthe conduisait, Eimeline serrait contre elle son bambin endormi, enveloppé dans des couvertures. On ne voyait de lui que la pointe d'un petit bonnet de laine. Entre ses larmes, elle sourit à l'inspecteur.
- Où allez-vous, demanda-t-il ?

Marthe ne répondit pas à la question mais réajusta les rênes dans ses mains.

- Lorsque le feu a pris à la grange, Utto était déjà levé depuis longtemps. Il n'avait d'ailleurs pas dû dormir de la nuit. A un certain moment, alors qu'il ajustait les cordes autour du chargement, il a entendu du bruit dans les fourrés qui jouxtent la façade nord. Il s'est dirigé vers eux et a vu s'enfuir un homme dont il m'a dit vous avoir déjà parlé et qui, dans sa fuite, a laissé tomber un objet. Il vous expliquera tout cela et il va vous montrer l'objet. Mais allez jusqu'à lui, ce sera plus facile. Les chevaux s'énervent, ils commencent à avoir froid. Faites attention, le chemin est étroit et le ravin profond.

Utto déroula pour l'inspecteur, un morceau de toile qui resserrait un vieil outil.
- Cela ressemble à un tiers-point, dit-il, mais ce n'en est pas un. Cet outil a été conçu pour servir d'arme. La pointe a été forgée de façon à former deux lames aiguisées. Cela n'a pas pu être réalisé autrement qu'en utilisant des outils appropriés ainsi que le feu de la forge. L'objet très pointu et bifide, s'il entre dans la chair, en fait de la charpie. J'ai vu les dépouilles des biches et des autres animaux. C'est un tel outil qui a pu faire ce massacre. Il reste des traces de sang. Et regardez de plus près… Là est toute l'affaire…

Utto mit le manche sous les yeux de Debrume. Parmi les différentes écorchures qui avaient creusé le bois de l'outil, apparaissait une lettre, un C qui y avait été gravé grossièrement. Debrume ne put s'empêcher de penser au C de Céleste qui était aussi celui de Combeferres. Mais il savait qu'en l'occurrence il s'agissait de celle de Cavadaire. Et il approuva lorsqu'Utto ajouta : « Tous les outils de Cavadaire sont marqués de cette lettre, vous avez dû le remarquer… » « En effet, répondit l'inspecteur en secouant lentement la tête. J'avais noté cela lors d'une visite à la forge. Et votre trouvaille ne me surprend guère. »

Debrume revint sur ses pas. Mademoiselle Marthe avait de plus en plus de mal à maintenir l'attelage. Les chevaux attachés à l'arrière de la voiture piaffaient et se bousculaient, menaçant à chaque instant d'emmêler leurs longes ou de se blesser.
- Il va nous falloir repartir, dit-elle.
- Je vous escorterai jusqu'à ce que vous soyiez en lieu sûr. C'est plus prudent : quelqu'un tentait de vous suivre et vous devinez qui… Le lendemain j'irai rendre compte à mes supérieurs du méfait que vous avez subi, et accomplir les formalités nécessaires afin d'arrêter le coupable. Il me faudra recueillir le témoignage d'Utto qui sera décisif. En attendant je garde l'outil.
- Votre aide est la bienvenue. Quant à nous, nous ne nous reverrons plus. Je repars aussitôt. Je serai rendue à l'étranger dans quelques semaines. Je sais que je vous dois la vie. C'est pourquoi je ne vous laisserai pas sans nouvelles. Je

vous écrirai. Prenez soin de faire suivre votre courrier là où votre métier vous enverra. Utto sera à Nice pendant quelques temps encore. Vous pourrez le joindre quand vous en aurez l'utilité pour votre enquête. Et soyez sans crainte : il viendra apporter son témoignage avec enthousiasme. Bonne chance, inspecteur… »

De loin Utto lui fit un grand signe du bras. Le dernier adieu de Mademoiselle Marthe parvint à Debrume parmi les bruits du charroi qui s'était mis en branle, des éternuements des chevaux, des claquements et cliquetis des harnachements, du roulement des roues crissant sur le sol caillouteux et glacé. Debrume suivait le convoi.

Il ne revint au village que quelques jours plus tard, au pas compté, en prenant tout son temps. Désormais, il avait tout le temps qu'il voulait. Il allait d'abord terminer son travail. Il avait la preuve que l'amoureux éconduit d'Eimeline n'en avait pas fini avec son chagrin d'amour et il saurait le confondre. Pour le reste, après avoir réuni sur place les preuves et les divers témoignages, il ne mettrait aucune hâte à mettre un terme à sa mission. Il calcula qu'il pourrait ne quitter le village que dans un mois : c'était la durée nécessaire pour laisser le temps à une lettre d'arriver de l'étranger.

44

Quelques années plus tard, Debrume revenait à Couraurgues. C'était une belle journée de juin. Tout lui sembla transformé. Le trajet même pour y arriver était différent tant la nature s'était employée à donner de nouvelles formes au paysage. Le long de la route du col qui cheminait entre les rochers blancs de soleil, quantité de chèvrefeuilles en fleur déployant leurs parfums, accrochaient leurs lianes légères aux branches des buissons qui avaient reverdi, surgis d'il ne savait où, là où autrefois il n'avait vu que pierraille et bois mort. Au sol, les touffes de thym et de sariette se haussaient du col en préparant leurs fleurs à éclore. Sur les zones d'écobuage, la pluie récente avait fait naître une herbe fine dont le vert vif rehaussait la grisaille des pierres. Au loin, la mer étalait sa majestueuse splendeur et s'appliquait, avec plus d'emphase que jamais, à atteindre le bleu du ciel pour se fondre en lui dans l'immatérialité de l'horizon. En se tenant immobile devant ce paysage, on aurait pu oublier le monde si le monde l'avait permis.

L'inspecteur fut encore plus étonné en traversant la forêt où, par un petit matin maussade et glacé, il avait vu Mademoiselle Marthe s'éloigner, et avec elle toute sa maisonnée. Là où se serraient l'un contre l'autre des fantômes d'arbres couverts de givre, l'ombre et le soleil jouaient parmi les jeunes feuilles. Les oiseaux chantaient, toute la forêt vibrait d'une éclatante jubilation. Plus loin, dans les pâtures que, ce même jour, mu par l'urgence et le cœur battant il avait foulées au sol du galop de son cheval, une herbe drue avait poussé. Des troupeaux de moutons paissaient, que gardaient des bergers silencieux, habillés de toile de bure et qui méditaient en appui sur leur bâton, les chiens à leurs pieds, impassibles sentinelles des saisons. Une paix irréelle régnait dans ce pays qu'au fil du temps l'hiver rendait si hostile et le printemps si amène.

Des années avaient passé mais il n'avait rien oublié de sa première impression à la vue du village quand il y était arrivé pour la première fois. Celui-ci lui apparut identique, rose dans le couchant, tel qu'il l'avait vu par un jour ensoleillé de l'automne finissant. En l'observant de ce même endroit où le cocher signalait son arrivée d'un coup de corne, il se rendit compte à quel point, avec son obstination à s'accrocher sur la pointe du mamelon où il avait pris racine, son apparente fragilité y recouvrait un ordre rigoureux. C'était un ordre établi depuis des siècles et qui transparaissait dans l'alignement des maisons autour du clocher, contenues dans un cercle presque parfait bordé par la limite immuable des remparts. Ici rien ne pouvait changer et ne changerait jamais, se dit-il.

Sur la place de la Combe régnait une activité que Debrume n'y avait encore jamais vue. On avait coupé les foins et on les engrangeait. Les charrettes débordantes répandaient une odeur d'herbage qui donnait au village une fraîcheur toute nouvelle pour le visiteur. Des haquets, sur lesquels des garçons se laissaient porter jambes pendantes, se pressaient sur la place, attendant de pouvoir accéder aux granges et aux remises. Le froid qui avait maintenu les rues dans l'abattement et la torpeur avait laissé place à une joyeuse activité. Tout le monde avait à cœur de montrer l'utilité de sa propre existence et sa capacité à faire ronronner les rouages bien huilés des travaux séculaires. Le sentiment rassurant de quiétude qui en émanait était en accord avec la volonté d'ordre et d'harmonie que révélait l'ordonnance des maisons.

L'aubergiste le salua avec la déférence qu'il lui avait montrée autrefois. Mais Debrume perçut dans ce salut une nouvelle manière, quelque chose qui ressemblait davantage à de la crainte qu'à du respect et qui avait effacé toute morgue de son sourire mielleux. Il lui fit remarquer que, par égard pour ses habitudes, il lui avait réservé la chambre que l'inspecteur avait occupée lors de son premier séjour. Debrume y retrouva les mêmes rustiques objets, les mêmes meubles, mais elle gardait aussi le souvenir des fantômes qu'il y avait laissés et qui ne manqueraient pas de se manifester à lui un jour ou l'autre. Un feu, inutile en cette saison, brûlait dans la cheminée. Il n'eut pas à réclamer de la lumière, une lampe à pétrole trônait sur la commode. Et on lui procura un cheval avec plus d'empressement que la première fois.

  Dès le lendemain, Debrume entreprit de retourner sur les chemins qu'il avait si souvent arpentés dans la neige et le brouillard, paralysé par le froid sous sa houppelande de berger. Il était impatient de se rapprocher des pentes du Couron touchées par la même métamorphose qu'il voyait partout. Dans les champs qui longeaient sa route, quelques paysans qui l'avaient reconnu s'arrêtèrent de travailler pour le saluer en levant haut leur chapeau de paille. Il était accueilli avec sympathie maintenant que sa surveillance ne les gênait plus. Ce qui s'était passé quelques années auparavant était jeté aux oubliettes. Plus que la bonne issue de l'enquête, le départ de Mademoiselle Marthe et la destruction de sa maison les avaient définitivement rassurés quant à la victoire du bien sur le mal : plus de sorcière pour jeter un sort aux cultures, plus d'inquiétude à avoir pour leur réserve de chasse, l'assassin qui décimait les troupeaux de cervidés ayant été mis sous les verrous par les bons soins de l'inspecteur. C'était grâce à lui qu'on avait retrouvé l'ordre et la paix, ce policier si mauvais cavalier mais qui avait montré dans son travail une adresse et un savoir-faire insoupçonnés. Si on avait souvent douté de lui, on se devait maintenant de lui témoigner de la reconnaissance. Il restait que, dans le secret de son intime conviction, on n'était pas tenu pour autant de renoncer aux sorcières s'il arrivait encore de devoir donner une explication rationnelle à ce qui ne l'était pas. Mais pour le moment, la seule préoccupation était de trouver la raison du retour de cet inspecteur à Couraurgues où rien d'étrange ne s'était passé depuis son départ. Que venait-il y faire ? Seul Debrume aurait pu leur répondre s'ils avaient eu le courage de l'aborder. Mais d'une part, ils s'en seraient bien gardé et d'autre part, qu'eût-il pu leur dire puisqu'il n'en savait rien lui-même.

  En effet, pourquoi revenir à Couraurgues ? Professionnellement, il avait tiré de son premier séjour dans ce village esseulé et austère toutes les satisfactions escomptées ainsi qu'une certaine reconnaissance de la part de sa hiérarchie. Grâce au témoignage apporté par Utto, le fils Cavadaire avait avoué ses crimes et avait quitté le village entre deux gendarmes, sous le regard médusé des habitants. En effet, après une série d'interrogatoires rondement menés, ce garçon aux idées noires avait commencé par avouer qu'il avait mis le feu à Combeferres sur un coup de colère quand il avait compris qu'un départ se préparait et qu'Eimeline allait lui échapper pour toujours. Mais il avait fallu insister quelque peu pour qu'il raconte ce qui s'était passé dans le Couron sur les falaises de Grancaïre et dont personne n'avait été témoin. Alors qu'il ne s'y attendait pas, un inconnu avait surgi sur le sentier qui longe la falaise et l'avait surpris en train de dépecer une nichée de renardeaux qu'il venait de décimer. Il avait l'intention d'aller en accrocher les dépouilles sanglantes aux contrevents des cuisines de Combeferres comme il l'avait déjà fait plusieurs fois avec d'autres dépouilles. Parce qu'il n'avait pas trouvé mieux comme représailles : terroriser Eimeline et lui rendre la vie impossible pour l'avoir déshonoré et ridiculisé aux yeux de tout le village. Tout à sa joie perverse, il n'avait pas entendu arriver l'homme derrière lui. Se sentant pris en défaut, il n'avait pensé qu'à son père. Dans la crainte que la chose ne vienne à ses oreilles, il avait voulu convaincre l'homme de passer son chemin. Mais l'homme ne parlait pas sa langue, c'était un étranger : il ne comprenait rien à ce qu'il essayait de lui dire. Et comme il avait toujours son couteau ensanglanté à la main, l'inconnu avait pris ses paroles pour des menaces et avait cru qu'il était sur le point de l'attaquer. Alors, il avait sorti son poignard lui aussi et ils avaient fini par se battre comme des sauvages. C'était le jeune Cavadaire qui avait eu le dessus. Il avait blessé son adversaire et il s'était enfui en abandonnant ses prises sanguinolentes à regret. Il avait laissé l'homme à terre mais vivant, il le jurait sur la tête de sa propre mère. Il ne savait rien de ce qui était arrivé à cet étranger par la suite et il ne s'en était pas préoccupé, jugeant qu'il n'avait aucune responsabilité dans cette altercation : c'était l'autre qui lui barrait le passage et l'empêchait de faire ses affaires. On pouvait imaginer que cet homme blessé avait tenté de se relever et de marcher pour chercher de l'aide, mais les lieux sont traîtres quand on ne les connaît pas, d'autant qu'il n'y avait plus beaucoup de lumière. Il avait dû approcher trop près du bord de la falaise d'où il était tombé. Mais le jeune Cavadaire n'y était pour rien, il le jurait encore et encore, il ne l'avait pas poussé et il nia jusqu'au bout avoir été pour quelque chose dans cette chute qui n'était qu'un malencontreux accident. Cependant, il reconnut qu'il avait commencé à s'inquiéter après que le corps sans vie avait été retrouvé. Il était donc retourné sur le lieu de cette malheureuse rencontre. Il y avait trouvé la pochette de cuir dans un buisson. Il avait pensé qu'elle était tombée de la poche de l'inconnu pendant leur lutte. Mais il avait préféré n'en rien dire par peur d'être mêlé à l'affaire et soupçonné de meurtre. Il avait fait disparaître l'objet en l'enterrant.

Les aveux du jeune Cavadaire, s'ils n'avaient pas tout à fait convaincu, avaient eu le mérite d'écarter son rival, ce jeune compagnon forgeron, père de l'enfant d'Eimeline, d'une quelconque implication dans cette affaire. Toutefois, les preuves manquaient toujours pour inculper de meurtre le fils du forgeron qui échappa de peu à la guillotine mais fut condamné à purger une lourde peine.

Lorsqu'Utto était venu faire sa déposition, il avait dit à Debrume qu'après leur départ de Combeferres, arrivés à l'adresse niçoise des Corsan, Mademoiselle Marthe n'avait pas attendu. Elle avait préparé son départ aussitôt pour le lieu de rendez-vous qu'indiquait la bague. Elle avait quitté Nice par la première diligence le lendemain très tôt, tandis que de son côté, Utto accompagnait Eimeline et son fils dans le village d'origine du père de l'enfant. Quant à Debrume, au moment où avaient lieu ces chaleureuses retrouvailles et où l'on célébrait le mariage, il séjournait à Nice pour effectuer des recherches auprès des autorités italiennes. Il avait fini par avoir confirmation de l'identité du cadavre et de son lien avec Combeferres. Depuis les exploits de Garibaldi et de ses Mille, depuis l'amnistie que le roi du Piémont avait octroyée à ces patriotes qui l'avaient aidé à réaliser l'unité de l'Italie, la situation de cet homme s'acheminant vers Combeferres en traversant clandestinement le Couron où il avait trouvé la mort n'inquiétait plus la police. Par ailleurs, Combeferres ayant été rayé de la carte, aucun mandat ne fut délivré pour une quelconque enquête au sujet des activités de ses habitants.

Quelques années plus tard, cette affaire que Debrume avait menée seul pour la première fois, n'était plus qu'un souvenir : il avait fait son devoir jusqu'au bout et avait quitté Couraurgues la tête haute. Si le jeune Cavadaire n'avait pu être inculpé de meurtre, il était désormais hors d'état de nuire. D'autre part, l'infortunée victime avait été identifiée et sa dépouille rendue à sa famille. Les résultats de l'enquête avaient même valu au jeune inspecteur quelque avancement. Si bien que s'il revenait à Couraurgues aujourd'hui, c'était loin d'être pour une raison professionnelle. Autre chose l'obligeait à ce retour, une chose dont il ne pouvait parler à personne et qu'il garderait toujours comme l'unique secret de toute une vie. Car, sans passer pour fou, comment expliquer qu'il s'agissait de mettre à exécution l'impossible projet de remonter le temps ? Il ne savait pas lui-même comment pouvaient l'y aider sa propre présence sur les chemins muletiers de ce pays et les sentiers qui sillonnaient les pentes du Couron. Mais il était sûr que ce paysage qui l'avait envoûté avait encore beaucoup à lui apporter. C'était en arpentant ce dédale qu'il espérait à nouveau se perdre dans les méandres du temps comme s'il ne devait plus jamais en sortir.

Il voulut donc refaire les mêmes trajets. Il chercha parmi les arbres aujourd'hui couverts de feuilles son poste d'observation d'où il avait tant de fois surveillé le village, la plaine et la bastide de Combeferres, allant de l'un à l'autre sans que son regard n'y trouvât d'obstacle. Mais il eut quelques difficultés à se repérer. La saison ici aussi avait tout chamboulé. Remplaçant les teintes grisâtres de l'herbe brûlée et de la terre dénudée, le vert des buissons et des arbres arrondissait le dos des collines et faisait écho au verts vifs des champs dans une subtile symphonie de nuances. Un vert plus tendre étalait ses subtils aplats des collines à la plaine et grimpait à l'assaut des pentes du Couron avec une joyeuse assurance. Le ciel resplendissait d'un bleu limpide où quelques nuages vaporeux finissaient de se défaire avec lenteur. Du bout de sa lorgnette, Debrume chercha l'emplacement de l'écu d'or qui le premier lui avait indiqué la direction de Combeferres. Mais à l'endroit où il aurait dû le voir, émergeaient de la verdure environnante quelques carcasses d'arbres qui tendaient au ciel leurs moignons calcinés dans un élan de désespoir. Il se mit en chemin, il connaissait la route : s'il n'y avait eu qu'un seul lieu où se rendre pendant les quelques jours qu'il allait passer à Couraurgues, c'était évidemment celui-là.

Il arriva devant la grille. Elle était restée béante comme autrefois. Il s'étonna d'en voir les vantaux toujours en place. Il franchit l'entrée du parc, et, maintenant son cheval au pas, il longea ce qui avait été l'allée d'accès à la maison. Elle était enfouie sous une herbe haute et dense. Les arbres qui la bordaient, - des conifères dont le vert sombre traversait les hivers sans fléchir - , étaient restés les mêmes et il semblait qu'Utto allait surgir, une faux à la main pour faucher l'herbe de l'allée. Il ne faisait aucun doute qu'après la prochaine courbe, la maison apparaîtrait, toujours aussi belle avec ses fenêtres à impostes et ses allures de château du dix-huitième siècle. Mais à la sortie de la courbe, à la place de la bâtisse qu'il était sûr de voir, il ne trouva qu'un trou raviné de pierrailles autour duquel s'amoncelait un amas de murs écroulés et noircis. De tristes squelettes d'arbres racornis aux branches carbonisées, victimes de l'incendie, s'y appuyaient encore et le lierre y prospérait par endroits. Dans son insolente exubérance il avait recouvert un pan de mur de son vert profond, le seul mur resté debout avec fierté, qui se dressait, indifférent, au milieu du désastre. Ce mur lui rappela l'habitante du lieu et la grave dignité qu'elle avait arborée sans fléchir sous les regards malveillants et réprobateurs, tout le temps qu'elle avait vécu à Couraurgues.

Il devait se rendre à l'évidence, le désastre avait bien eu lieu et la maison avait bel et bien disparu. Si les ruines de la bâtisse étaient marquées par le signe de la mort qu'on avait voulu infliger à ses habitants, pour Debrume elles représentaient une époque de sa vie dont il ne savait que penser. Il revenait devant les ruines de Combeferres comme devant le mausolée du souvenir pour constater la fin d'un rêve tout autant impossible qu'encombrant. D'un côté, il désirait plus que tout voir disparaître le sentiment inexplicable qui l'avait attaché à une inconnue et qui ne voulait plus le quitter : il lui semblait que son désir le plus cher était de rendre sa mémoire à elle-même, blanche comme une étendue de neige, peuplée comme autrefois des souvenirs qui y étaient entrés avec son assentiment et nettoyée de ceux qui l'avaient assailli par surprise. Mais d'un autre côté, il était bien obligé de reconnaître que ce qu'il avait vécu à Couraurgues était ce qui lui était arrivé de mieux après la disparition de sa jeune épouse et il regrettait que cette époque de sa vie ait eu une telle fin.

Il tourna un moment autour de la ruine, ne sachant ce qu'il pouvait y trouver encore. Puis il reprit l'allée par laquelle il était venu. Cependant, au moment de passer la grille, il ne put se résoudre à quitter ce lieu en catimini et comme si de rien n'était. Il revint sur ses pas : s'il s'arrêtait avant la dernière courbe de l'allée, rien ne pouvait l'empêcher de croire que la bastide était toujours debout. En restant un moment à cet endroit précis, il pourrait respirer l'air qui l'avait enveloppée du temps où elle était habitée, entendre les mêmes chants d'oiseaux, les mêmes bruits de la vie qui s'agitait dans le bosquet et qui avaient accompagné les activités des habitants de Combeferres. Il aurait encore une fois l'impression d'être en train de l'attendre, qu'elle allait arriver sur son petit cheval nerveux, dans sa tenue d'amazone, pour entreprendre l'un de ces périples dans lesquels il s'était cassé le dos à la suivre sans qu'elle le voie. En contrepartie, il se promettait que c'était la dernière fois…, il pouvait le jurer sur ce qu'il avait de plus cher au monde : non, après cet ultime pèlerinage aussi vain que saugrenu il ne reviendrait jamais plus dans ce pays. Il n'avait aucune raison de le faire.

Satisfait de cette résolution, il chercha donc l'endroit propice entre les arbres. Il découvrit une petite clairière où s'étaient perdues des touffes de marguerites en fleur bourdonnantes d'abeilles. Il arrêta son cheval et l'attacha à une branche. Il s'assit au pied d'un arbre et se mit à écouter attentivement les dialogues des oiseaux qui faisaient un fouillis inextricable de sons autour de lui et lui apportaient un message du Combeferres d'autrefois, un message inespéré et qui le réconforta. Il respira profondément. Au loin, face à lui, il y avait les pentes du Couron qu'il avait tant de fois arpentées. Elles étaient de ce même vert léger qui faisait son chemin entre les rochers blancs à force de soleil. Par endroit émergeaient les touffes jaunes des genêts sauvages dont il devinait la senteur douceâtre. La présence des rochers était immuable : ils ne cédaient pas et émergeaient avec régularité, gagnant du terrain vers le sommet. Plus haut à l'ouest, à un endroit précis, suivant avec obstination une ligne parfaite, ils donnaient naissance aux grandes falaises de Grancaïre, ces barres rocheuses qui l'avaient tant de fois fait trembler quand il n'avait pu éviter de s'approcher d'elles.

Dans le ciel bleu, quelques petits nuages stationnaient encore, effleurant à peine les pentes du Couron de leur blanc duvet. Ils s'attardaient dans des poses changeantes, poussés par la brise légère et l'inspecteur suivait des yeux leurs lentes évolutions en s'abandonnant avec nonchalance à la tendresse de l'air. Tout à coup, quelques nuages se regroupèrent en un clin d'œil pour dessiner un gigantesque C. Il secoua la tête en souriant : il voulut croire que ce n'était pas seulement l'initiale de Combeferres, de Couraurgues ou de Cavadaire, mais un signe que lui faisait Céleste. Il préféra en rire de bon cœur et son rire explosa dans le silence, interrompant les chants des oiseaux. Mais, s'il était là pour la dernière fois de sa vie, il se dit, au mépris du carcan que lui imposaient d'ordinaire sa rationalité et son sens de la réalité, qu'il pouvait bien penser que c'était elle, Céleste, qui l'avait guidé jusqu'ici. C'était elle qui le rappelait à sa mémoire. Avait-elle si peur qu'il l'oublie ? Céleste qui avait disparu, emportant avec elle leur belle jeunesse, leurs espoirs et leur avenir tout entier, Céleste qui l'avait laissé désespérément seul, nu face à la vie, et sans arme pour affronter le vide qui se présentait à lui. Il ne la reverrait jamais plus mais c'était pour elle qu'il était là. De même, il ne reverrait jamais plus Marthe qui était passée dans sa vie comme un météore. Toujours en fuite devant lui, il avait voulu croire qu'elle était l'image retrouvée de Céleste, son double vivant et que, pendant quelques instants d'un bonheur éphémère, elle lui avait rendu ce qu'il avait perdu pour toujours.

Il ne savait pas ce que Mademoiselle Marthe était devenue. Malgré leur semblant d'amitié naissante et sans douter de sa reconnaissance pour l'aide qu'il lui avait apportée au péril de sa carrière et même de sa vie, elle n'était jamais réapparue. Deux mois après son départ de Couraurgues, il avait reçu d'elle une brève lettre de remerciements. Elle y parlait d'eaux dormantes, profondes et troubles, qui portaient en elles ce que chacun voulait y voir. C'étaient celles des canaux d'Amsterdam dans lesquels elle contemplait le reflet du ciel et le défilé des nuages. Dans le jeu de ces reflets elle entrevoyait parfois les étendues de neige qui transfiguraient la montagne de sa blancheur. Et il lui semblait encore sentir l'air si vif et doux à la fois qu'elle respirait lors des longues promenades à cheval où elle savait qu'elle n'était jamais seule. Ces promenades étaient ce qu'elle regrettait le plus. Elle n'avait jamais imaginé qu'elles lui manqueraient autant. C'était sans doute ce manque qui lui avait rendu la vie si sombre depuis qu'elle avait quitté Combeferres. Elle n'ajoutait rien d'autre mis à part les salutations convenues.

Sa lettre venait de Hollande mais ne comportait pas d'adresse. Ainsi, il n'avait pu lui répondre malgré de longues recherches et un bref voyage entrepris jusqu'à Amsterdam qui n'avaient rien donné. Cette correspondance avait donc pris fin avant de vraiment commencer, à l'instar de leur amitié qui s'était terminée par un abrupt adieu autour de la calèche et des chevaux trépignants de froid. Depuis, il pensait souvent à Marthe sans pouvoir retrouver, dans sa mémoire, les traits de son visage, de même qu'il ne pouvait plus retrouver ceux de Céleste. Il ne lui restait qu'un souvenir flou de ces deux jeunes visages qui se ressemblaient tant, de ces deux mêmes silhouettes, de leur démarche à la même élégante souplesse. La couleur indéfinissable de leurs robes, la forme identique de leurs chapeaux, la couleur de leurs cheveux... Il se demandait parfois s'il eût été capable de les distinguer l'une de l'autre si elles s'étaient présentées ensemble devant lui. Cette réflexion l'accompagnait souvent comme une obsession douloureuse. Mais à ce moment précis, elle fit sourdre une angoisse qui le poussa à se lever d'un coup et à abandonner le pied de l'arbre sous lequel il était assis ainsi que l'inutile rêverie à laquelle il venait de s'abandonner avec une volupté assumée.

Il laissa là son cheval et, traversant la clairière aux marguerites, il entreprit d'approcher de la maison par le bosquet que les flammes n'avaient pas touché. C'est à ce moment-là seulement qu'il se rendit compte que la nuit était tombée. Il avait du mal à trouver son chemin ; sa marche dans les herbes folles était entravée par des branches mortes et par les buissons qui avaient poussé en désordre dans ce bosquet si bien entretenu naguère. La nuit était noire. Pas d'étoile, pas de lune pour le diriger. Mais quelque chose le poussait à continuer droit devant lui. Enfin, une petite lueur apparut entre les arbres. Puis disparut aussitôt. C'était sans doute la lanterne que prenait Utto quand il traversait le parvis de pierres pour aller aux écuries. Maintenant, des milliers de petites lumières clignotaient devant lui et lui faisaient plisser les paupières. Il ferma les yeux. Quand il les rouvrit, il vit la masse de la maison qui lui faisait face. Bouleversé, il recula d'un pas. La façade était illuminée comme pour une fête. Par les croisées dont les rideaux n'avaient pas été tirés, il vit, dans chaque pièce, telles qu'il les avait vues autrefois, des milliers de flammes danser dans les grands chandeliers de cristal et d'argent disposés sur les consoles de marbre et de bois doré. Dansantes comme des ailes de papillons, elles caressaient les murs de leur chaleureuse lueur. Une odeur de feu de bois parvenait à ses narines. Toutes les cheminées de Combeferres fumaient malgré la douceur de ce mois de juin.

Il approcha encore, désormais confiant en ce qu'il allait voir apparaître de l'autre côté des fenêtres. Le rêve ne pouvait pas le trahir maintenant qu'il était sur le point d'y entrer de plain-pied. Et en effet, elles étaient là toutes les deux. Assises devant la cheminée du petit salon rose, leurs jupons de dentelles mêlaient leurs volants devant elles, et, occupées à quelques travaux d'aiguille, elles devisaient comme deux amies de longue date. Le visage de Céleste reflétait celui de Marthe ou c'était l'inverse. Mais peu importait désormais de savoir qui était le miroir de l'autre. Il ne voulait plus qu'une chose, entrer dans le petit salon rose de la bastide de Combeferres pour s'asseoir auprès de ces deux femmes. L'une et l'autre étaient la révélation d'un unique désir jamais assouvi mais qui dirigeait sa vie depuis qu'il avait vu la première fois leurs deux silhouettes se confondre en une seule sur les sentiers du Couron, et que, dans le brouillard, cette image s'obstinait à s'évanouir sous ses yeux s'il tentait de s'approcher d'elle. Et inévitablement, elle finissait par s'estomper comme une esquisse mal ébauchée sur du papier rongé par les ans. Alors, il n'en percevait plus que le miroitement modeste et vaporeux qu'il imaginait fait de la même inconsistance que le temps, cette chimère insaisissable, cette fugace illusion qui emprisonne nos vies. Ce qu'il avait devant lui aujourd'hui n'était qu'un rêve, mais il révélait une résistance charnelle d'une telle force et d'une telle présence qu'il rendait une réalité à sa vie toute entière. Devant les ruines calcinées de Combeferres, il venait de comprendre pourquoi il était revenu à Couraurgues. C'était ce même rêve qui avait dirigé ses faits et gestes en dépit de sa volonté, en s'imposant à lui de toute sa puissance et avec cette intensité qui le lui rendait si présent : dans ce lieu il avait pu éclore comme la délicate saponaire rose prend naissance entre deux rochers. Il savait qu'il n'appartenait qu'à lui et qu'il était sa seule richesse. Il devait donc s'en remettre à lui et continuer de le chérir à la folie, dans le plus grand secret de son âme. Désormais c'était de lui seul qu'il lui fallait vivre .

FIN

L'Escours, 7 septembre 2005, puis 2022 à partir du mois de mai et janvier 2024.